詩經新繹

雅頌編

小雅

吳宏一

目錄

《詩經新繹．雅頌編》序論

吳宏一

一、《詩經》與禮樂的關係

《詩經》原稱《詩》或《詩三百》，是周朝用以配樂的詩集。它的產生，在孔子以前，起先流傳於貴族之間，與禮樂相結合，應用於宗廟祭祀和朝會燕饗的場合。

從古以來，禮是行為的規範，樂是心靈的調和，詩則是情志的流露。禮有一定的儀式，樂有一定的節奏，詩也有它一定的表現方式。《禮記．孔子閒居篇》記載子夏曾經向孔子請教《詩經》的一些問題，孔子回答時說：「志之所至，詩亦至焉；詩之所至，禮亦至焉；禮之所至，樂亦至焉；樂之所至，哀亦至焉；哀樂相生。」可見他以為詩是用來表達哀樂之情，而和禮樂相終始。鄭樵《通志》也有一段話說到詩和禮樂的關係：「禮樂相須以為用，禮非樂不行，樂非禮不舉。自后夔以來，樂以詩為本，詩以聲為用。」意思是說：它們互相配合，才有意義，才有價值。因此「詩以聲為用」時，「樂由中出，禮自外作」，詩與歌無異，所以古人稱之為樂章或樂歌。它是「用以歌」，不是「用以說義」，重點在配合禮樂，不在解釋歌詞。

周朝從周公制禮作樂以後，禮樂達於天下，所謂「先王之禮」的古禮，所謂「先王之樂」的雅樂，都為貴族所奉行，不但宗廟祭祀和朝會燕饗要用它，連與戰爭、農事有關的慶祝活動，和貴族日常生活中的禮儀行為，也要受到它的節制。周朝以農立國，戰爭和祭祀是國之大事，在戰爭前後和祭祀節慶時，都要舉行燕饗典禮。燕就是宴，指安坐下來休息吃喝。饗則指飲宴前行禮作樂的一定程序，通常是繁文縟節。先饗而後燕，饗重威儀，燕示慈惠。因此，起先流行於貴族之間的樂章，不論是殷商以前流傳下來的，或周公制禮作樂時才改訂或創立的，不論是廟堂祭祀的或朝會燕饗的樂章，甚至是後來朝士大夫的獻詩，或採自諸侯列國的民間歌謠，都要經過樂工的比對音律，和太師的校訂整理，合乎禮，入乎樂，然後才可以被之管弦，用之諷頌。比較隆重盛大的場合，還要配樂演奏，載歌載舞。《論語．泰伯篇》說的「興於詩，立於禮，成於樂」，《禮記．樂記》說的詩言其志，歌詠其聲，舞動其容，說的就是這些事情。《詩三百》中的十五〈國風〉、大小〈雅〉和三〈頌〉，收的也就是這些樂章。不只孔子與其信徒強調《詩》是六經之一，必須與禮樂相結合，《墨子．公孟篇》也說：「頌詩三百，弦詩三百，歌詩三百，舞詩三百。」可見《詩三百》本來就是可以配樂的弦誦歌舞的樂章。所以古人稱詩為詩歌。詩與歌常常是一體合用的。

孔子（公元前五五一～四七九年）所看到的《詩經》，尚未稱「經」，只叫《詩》和《詩三百》，從《論語》和《史記》等書看，孔子所談論的，像《論語．八佾篇》的：「〈關雎〉樂而不淫，哀而不傷。」《論語．衛靈公篇》的：「行夏之時，乘殷之輅，服周之冕，樂則韶舞。放鄭聲，遠佞人。鄭聲淫，佞人殆。」像《史記．孔子世家》的：「三百五篇，孔子皆弦歌之，以求合韶、武、雅、頌之音。」都可以看出來孔子對於《詩三百》的談論，重點都是在於它合不合乎禮樂的要求。他說〈關雎〉「樂而不淫，哀而不傷」和「鄭聲淫」，應該是指其音樂曲調而言，不是說其文字內容有何義理；否則〈關雎〉篇寫吉士之思慕淑女，何淫何哀之有？鄭聲不等於鄭詩，他在《論語．陽貨篇》說得更明白：「惡紫之奪朱也，惡鄭聲之亂雅樂也，惡利口之覆邦家者。」因為鄭聲不是雅樂，所以他要排斥。推而言之，〈關雎〉樂而不淫，哀而不傷，發乎情，合乎禮義，表現了中正和平的情感，合乎周公制禮作樂的要求，所以孔子才特別標舉它。鄭聲即所謂「新聲」，雖然悅耳動聽，但無論是樂是哀，表現出來的情感卻都過分了，有了偏失。或失之淫蕩，或過於悲傷。雖然很有味道，討人喜歡，卻已失去調適心靈的功能。《禮記．樂記》說：「禮樂刑政，其極一也，所以同民心而出治道也。」又說：「先王之制禮樂也，非以極口腹耳目之欲也，將以教民平好惡而反人道之正也。」鄭衛之類的「新聲」，正是「極口腹耳目之欲」，不能教民守住正道，因此孔子才力加排斥。這就是所謂禮樂之教。這也才是所謂「德音」。

《禮記》所謂「口腹耳目之欲」，本來是人類的本能，與生俱來，但古人認為它不能過分貪求，否則會有害身心。耳目自指聲色而言，口腹則指飲食。《禮記．禮運篇》說：「禮之初，始諸飲食。」又說：「禮終而宴」、「非專為飲食，為行禮也。」可見古人以為飲食和音樂一樣，都必須配合禮儀才有意義。三百篇中有很多燕饗詩和祭祀詩，其意義即在於此。

孔子生於春秋晚期的魯國，那是周公後裔受封的禮儀之邦。《左傳．襄公二十九年》記載吳公子季札在魯國觀賞周樂的演奏，十五國風和二雅三頌的編次，大抵已與今見《詩經》相同。那時孔子才八歲，自無編訂《詩經》的可能，可證在孔子出生之前，《詩經》的早期傳本《詩》或《詩三百》，已經成型。《論語．子罕篇》又說孔子「自衛反魯，然後樂正，雅、頌各得其所。」那時孔子已六十九歲，他對《詩三百》的重加整理訂正，核其內容，重點應該只在於雅頌音樂的部分，亦即上述《史記》所謂「孔子皆弦歌之，以求合韶、武、雅、頌之音。」

在孔子生活的時代，周室衰微，諸侯兼併，周公制禮作樂的傳統，已經開始禮崩樂壞。《論語．衛靈公篇》記載孔子「在齊聞韶，三月不知肉味。曰：不圖為樂之至於斯也！」《論語．微子篇》記載他感嘆魯國操習雅樂的樂師，「太師摯適齊，亞飯干適楚……」等等，都可以看出他對古代雅樂的高雅和衰落，是如何的愛好和痛惜。

所謂禮崩樂壞，對《詩三百》而言，有兩層意義：一是政治外交上的實用目的消失了，一是生活修養上的審美功能改變了。前者指春秋時代賦詩的風氣逐漸衰微，後者指詩歌與禮樂逐漸分離。根據《禮記．仲尼燕居》的記載，孔子說過：「古之君子，不必親相與言也，以禮樂相示而已矣。」意思是說：古之君子迎客進門而鳴鐘奏樂，是表示歡迎；揖讓升堂，歌者堂上吟唱，是表示讚美；樂工堂下奏樂、舞蹈，是顯示祖先德業。陳其薦俎，備其百官，一切以禮樂相示，何必親相與言呢？然而到了孔子的時代，君子相交，卻已不能僅以禮樂相示，以詩相感，還必須親相與言，當面把話說清楚，才能彼此了解。

原來西周自成王以後，由於推行周公制禮作樂的政策，禮興樂作，不但王朝宗室君臣之間，祭祀宴饗之際，要講求禮樂儀節，而且不同的時間、不同的地點、不同的身分，都有不同的規範。又由於當時王朝能夠號令諸侯，所以諸侯列國之間的交際往來，逐漸興起一種以禮樂相示、賦詩以明志的風氣。古代有地位或有聲望的人，都可稱為君子；君子之間的交際往來，自然不可粗鄙無文，而應以禮樂相示。在迎獻酬酢的宴會裡，在奏樂行禮的過程中，有時候不必親相與言，只要以禮樂相示，甚至只詠頌某些詩篇或其中若干章句，即可讓雙方彼此知曉其意。這就叫做賦詩明志或引詩明志。賦是雙方賦答，引是引頌詩句。它們的表現方式，多為斷章取義。所謂斷章取義，是說只取詩篇中的一章或片段，用三言兩語以為譬喻，卻希望對方了解自己所暗示的用意。這個基礎，必須建立在雙方對所賦的詩篇，要有共同的認識；如此賦者始能運用自如，而聽者也始能知曉其意。而且在兩者之間，還必須具備一種「觸類旁通」、「善體會之」的能力。換言之，他們必須先有共同的讀本才能辦到。我們相信，《詩經》的早期本子，就是在這種需求的情況下編成的。

這種賦詩或引詩明志的風氣，到了春秋時代，由於諸侯列國各自為政，往來頻仍，特別盛行。在朝聘會盟的外交場合裡，《國語》、《左傳》等書，有很多資料反映了此一史實。以《左傳》為例，始自魯僖公二十三年（公元前六三七年）秦穆公與晉公子重耳的饗宴，雙方君臣彼此賦了〈河水〉、〈六月〉等詩篇，多斷章而取義；終於魯定公四年（公元前五〇六年）申包胥哭秦庭，秦哀公為賦〈無衣〉。魯定公四年，那時孔子才四十六歲左右。此後《左傳》就沒有「賦詩」的記載了。「引詩」的記載，則終於魯哀公二十六年（公元前四六九年）子貢對衛出公所引用的《周頌．烈文》篇，那已是孔子死後十幾年之事。除了賦詩、引詩之外，其實還有解詩、歌詩。所謂歌詩，說不必本人唱誦，由樂工代唱也可以。

由此可知，賦詩明志的風氣，在孔子生前曾風行一時，《詩三百》的早期本子一定也風行一時。因此孔子才會說，「不學《詩》，無以言。」又說：「誦《詩三百》，授之以政，不達；使於四方，不能專對；雖多，亦奚以為？」在他看來，《詩》除了可以興、觀、群、怨以外，還可以「邇之事父，遠之事君，多識於鳥獸草木之名」，具有經世致用和陶冶情操的雙重作用，所以他也才選它來做為傳授弟子的六經教材之一。

孔子標榜「溫柔敦厚」的詩教，標榜「思無邪」是《詩三百》的思想內容，這當然也和古禮雅樂的傳統息息相關，但同時也顯示出詩教和禮教樂教已經開始分別獨立了。六經包括《詩》、《書》、《易》、《禮》、《樂》、《春秋》，正說明了此一事實。

列國賦詩的風氣，在春秋中葉就隨著周王朝的式微、不能號令諸侯而逐漸衰微了。諸侯僭越各自為政的結果，古禮雅樂已逐漸罕人問津，而新聲卻日漸興起。不但賦詩的風氣衰微了，而且禮樂的節次也亂了變了。例如〈周頌〉中有〈雝〉（一作〈雍〉）篇，本是天子之樂，用於祭畢徹俎之際，但《論語．八佾篇》卻記載著：「三家以雍徹」。孟孫（一作仲孫）、叔孫、季孫三家，都只是魯國的大夫，但他們在祭祀時卻用天子之樂〈雍〉來歌徹。同樣的，〈八佾篇〉也記載：「季氏八佾舞於庭」。八佾，是天子之舞，三家之一的季孫氏卻僭用它。孔子以為魯大夫的這些行為，都是僭越失禮的，因此慨言：「是可忍也，孰不可忍也。」又如《左傳．文公四年》記載：魯文公宴饗衛國寧武子時，為賦〈湛露〉、〈彤弓〉二詩。這兩首詩都在〈小雅〉，本來都是天子讌饗諸侯的樂章，可是魯文公卻僭越了，用它來讌饗列國大夫。這些現象，說明了列國諸侯之間「大雅久不作」，正聲已微茫。上文引述孔子自稱：「吾自衛反魯，然後樂正，雅、頌各得其所。」說他「惡鄭聲之亂雅樂」，就是由此而來的。就像他著《春秋》而使亂臣賊子懼一樣，他也要重訂《詩三百》，守禮樂之正道，斥鄭衛之新聲，「放鄭聲，遠佞人」，要在舉世滔滔之中，堅持古禮雅樂的傳統，發揮賦詩明志的功用，用「斷章取義」的方法，用「溫柔敦厚」的詩教，來闡明詩篇「思無邪」的宗旨。

《論語．學而篇》記載孔子和子貢的一段對話。當孔子告訴子貢「貧而無諂，富而無驕」不如「貧而樂（道），富而好禮」時，子貢問：「《詩》云：如切如磋，如琢如磨，其斯之謂與？」孔子答：「賜也，始可與言《詩》已矣！告諸往而知來者。」告諸往而知來者，是說能觸類旁通，能善加體會。《論語．八佾篇》也記載了孔子和子夏的一段對話。子夏問：「巧笑倩兮，美目盼兮，素以為絢兮。何謂也？」子曰：「繪事後素。」子夏又問：「禮後乎？」孔子答：「啟予者商也！始可與言《詩》已矣。」孔子稱讚子夏能由「繪事後素」聯想到「禮後乎」，這就是觸類旁通，引喻知義。這和春秋時代所盛行的賦詩斷章，是一樣的道理。「斷章取義」，固然有時是曲解，偏離了詩的本義，但它所闡述的義理，卻往往關乎生活倫理和政教風化。這是孔子以及他學生說詩的一個共同認知。

《禮記．樂記》也有一段記載：魏文侯請教孔子的得意門生子夏，說他自己「端冕而聽古樂則唯恐臥，聽鄭衛之音則不知倦」，這是什麼道理？子夏的回答是：「（古樂）始奏以文，復亂以武，治亂以相，訊疾以雅。君子於是語，於是道古，修身及家，平均天下。此古樂之發也。」顯然是把古樂和修齊治平之道連結在一起。這和孔子以「思無邪」來詮釋《詩三百》是一脈相承的。後人所以會說〈詩序〉出於子夏之手，不是沒有它的道理。

《禮記．大學》是後來闡述孔子學說和儒家思想的主流之一，它有一段話引用孔子之言，解釋《詩三百》雅頌中「止」字的意義：

《詩》云：「邦畿千里，維民所止。」《詩》云：「緡蠻黃鳥，止於丘隅。」子曰：「於止知其所止，可以人而不如鳥乎！」

《詩》云：「穆穆文王，於緝熙敬止。」為人君，止於仁；為人臣，止於敬；為人子，止於孝；為人父，止於慈；與國人交，止於信。

「維民所止」，見〈商頌．玄鳥〉篇；「止於丘隅」，見〈小雅．綿蠻〉篇。這兩個「止」字，雖然都有停留之意，但前者重在歸順、依從，後者重在勞頓、歇息，意義其實不同。「於緝熙敬止」，見〈大雅．文王〉篇，其「止」字其實更只是語辭，並無實義。但〈大學〉的作者，卻把這幾個「止」字句連在一起，既引孔子之言「於止知其所止，可以人而不如鳥乎」為證，又自己引申發揮「知止」的哲學，全都附會到倫理政教上面來。這和荀子的說《詩》非常相似。孔子的詩教，儒家的詩說，就沿著這個軌道向前進。

二、《詩經》的漢學今古文之爭

戰國時代，業已禮崩樂壞，賦詩風氣消失了，取而代之的是新聲的崛起和策士的縱橫。列國諸侯在鄭衛「新聲」之外，各有所好，例如齊好吹竽，燕善擊筑，趙喜鼓瑟，秦善叩缻，等等。古禮雅樂已少人聞問，《詩三百》也失其用途，傳習者只有儒家的信徒而已。墨家雖然偶爾也說《詩》，但常常《詩》、《書》不分。例如《墨子．兼愛篇》所引的「《周詩》曰：王道蕩蕩，不偏不黨；王道平平，不黨不偏。」其實出自《尚書．洪範》。可見他們對《詩》的理解，是頗有隔閡的。其他如《莊子》、《韓非子》等書也偶有論及《詩》者，但皆無體系可言。至於《左傳》書中記載的「仲尼曰」或「君子曰」的引詩，有的像春秋中期的賦詩斷章，有的近乎戰國時代的引詩說禮，頗為駁雜。後來頗有些學者以為：此書並非左丘明的原作，而是出於後人的偽託或增益。不過，從這些資料中，仍可看出，詩與禮樂分途之後，說《詩》者不知音節，對詩義卻已有漸求合理化的趨勢。

戰國時代最能繼述孔子詩教的，當然是孟子（公元前三八九～三〇五年？）。《史記．孟軻荀卿列傳》就說孟子「退而與萬章之徒，序《詩》、《書》，述仲尼之意。」他主張「不以文害辭，不以辭害志；以意逆志，是謂得之。」以意逆志，近於上文孔子稱許子夏、子貢所標榜的觸類旁通、善加體會。讀詩不可死看文字，不必株守一說，但為了不致過於偏離主旨，必須求其合理化，所以他又主張：「誦其詩，讀其書，不知其人可乎？是以論其世也，是尚友也。」這就是所謂知人論世。能知人論世，就有中心思想，不會偏離主題。孟子所說，係就閱讀方法立論，對斷章取義而言，誠可救其偏失。《孟子》七篇中，引詩共三十多次，以大、小〈雅〉為多。光是〈大雅〉就佔了一半。雅多詠先王史事，是貴族祭祀朝會燕饗之樂，這與孟子提倡知人論世之說，要先論其世，知其人，然後才能以意逆志讀其詩，道理是相通的。

荀子（公元前三一三～二三八年？）是戰國晚期的經學大師，他對秦漢以後的儒、法學說，影響極大。《詩三百》被稱為《詩經》，大概也就是這個時候。他說《詩》，和孟子一樣，特別重視〈大雅〉和〈小雅〉，其次才是〈國風〉和〈頌〉。他對個別的篇章說的不多，說的都是有關政教風化和一般的道德教訓。他說《詩》時，通常先引用一般詩文，發表個人的評論之後，再徵引二〈雅〉中若干具體的詩句以為例證，來體現徵聖、宗經、明道的主張。由於大小〈雅〉詩篇的內容，多涉及古代史事，所以他又特別強調師古，說其學承自子夏，特別強調禮樂的重要，即使有所附會，也不避忌。他引詩說禮時，闡述的文字多了，不再是三言兩語，也不再多用比喻，往往直接說明道理，宣揚禮義。因此，《詩經》從此沾染上濃厚的儒教色彩。樂經雖然失傳了，但儒生一說起《詩》來，無不乶言禮義，處處求其內容的合理化。秦漢的經師儒生，喜談家法師法，每說《詩》學承自荀子、子夏，就是這樣來的。

秦始皇焚書坑儒，對儒家經學的壓迫傷害，當然很大，但《詩經》因為易於背誦，所謂「諷誦不賴竹帛」，較之其他經書，流傳不成問題。然而，由於戰國時代諸侯列國各自為政，秦、漢又進行文字改造，加上各家詩篇的解題和各地諷誦的讀音不同，因此《詩經》流傳到西漢時，有了今文經學派和古文經學派的門戶之爭。

西漢初年，罷黜百家，獨尊儒術，不但開了書禁，蒐求古籍，准許私人講學，而且朝廷還為五經立博士，設官學，並整理寫本讀本。這些寫本，都用當時通行的文字隸書來書寫的，所以稱為今文經。到了西漢中葉，又發現了用古代文字所謂「篆書」、「古文」抄寫的一些經籍，因為是用秦以前的古文字書寫的，所以稱為古文經。今文經和古文經，不只書寫的文字不同，連文句訓詁也多有差異。各有師承，各有堅持，因而形成歷時長久的門戶之爭。

就《詩經》而言，今文經學派流傳後世的主要有魯、齊、韓三家，據《漢書．儒林傳》和《漢書．藝文志》的記載：魯詩為魯人申培公所傳，其學受自荀子門人浮丘伯，在文帝時已立博士，流傳頗廣。其遺說見於孔安國、司馬遷、劉向、王逸、王符、蔡邕、高誘等人之書。齊詩為齊人轅固生所傳，主陰陽五行之說，景帝立為博士。其遺說見於夏侯始昌、董仲舒、荀悅、焦氏、翼奉、匡衡、班固等人之書。韓詩為燕人韓嬰所傳，也託稱學自荀子，上承子夏。文帝景帝時，其遺說見於薛漢、鄭玄等人之書。西漢之世，三家詩因帝王提倡，人多勢眾，弟子多為博士或高官，一時競尚成風，曾經出現許多派別。家有家法，師有師法，前後相承，互爭勝負。他們「以說相高」、「以義理相授」的結果，就像鄭樵在《通志．樂略》中所說的那樣，「遂使聲歌之音，湮沒無聞」了。

相較之下，古文經學派的《詩經》學，只有毛詩一家。毛詩為毛公所傳，相傳毛公有兩位，一是大毛公毛亨，一是小毛公毛萇。毛亨，周、秦間魯人，亦稱學自荀子，上承子夏。他在西漢初年曾開門授徒，傳給趙人毛萇。他們著有《毛詩故訓傳》，不但註釋文字，也時闡義理，並獨標興體，簡稱《毛傳》。毛萇在景帝時曾被河間獻王立為博士，將毛詩獻給朝廷，但未得立為官學，只能在民間傳授。據《漢書．儒林傳》說，毛公傳貫長卿，長卿傳解延年；延年傳徐敖，敖傳九江人陳俠。陳俠在王莽時為講學大夫，傳者不少。到東漢時，九江人謝曼卿以善毛詩稱，東海衛宏從曼卿受學，因毛詩舊本而作〈毛詩序〉，後人簡稱〈詩序〉、〈小序〉或〈序〉。《漢書．儒林傳》和陸璣《毛詩草木鳥獸蟲魚疏》都說衛宏所作的〈毛詩序〉，「善得風雅之旨」，但後人對此說法仍有許多疑義。或謂〈序〉非衛宏一人所作，或謂〈小序〉中所說的各篇詩旨，頗多錯誤，迄今尚無定論。其中以為〈詩序〉出自卜商子夏，得自孔子嫡傳的，仍然大有人在。

除衛宏之外，東漢還出現不少古文經學大師，像鄭眾、賈逵、馬融、鄭玄等即是。鄭玄（一二七～二〇〇年），字康成。北海高密（今屬山東）人。他好經學，曾博訪通人，師從馬融，在諸家並立、異說紛呈之時，主張兼採眾說，取長捨短，刪繁刊誤。他對《詩經》先學韓詩，後從馬融攻讀毛詩，撰成《毛詩傳箋》一書。簡稱《鄭箋》。箋者，表也，識也。當時今文學派三家詩立於學官，毛詩尚未通行。鄭玄在〈六藝論〉中曾自稱：「注詩宗毛為主，其義若隱略，則更表明。如有不同，即下己意，使可識別也。」他之箋《詩》，雖以《毛傳》為主，但兼取三家之說，或參用三家以申毛，或用三家以正毛，一以是非為斷。由於他學問淵博，又長於《三禮》，所以對於很多涉及禮儀的詩篇，都有詳實的說明，但也由於他以「禮」說「詩」，求其系統化、條理化，對於詩篇的正變和美刺，特別重視，希望一切的解釋都合乎孔子的詩教，難免有穿鑿附會的地方，甚至於歪曲了詩義。尤其在宣揚政教風化和倫理道德方面，他常比《毛傳》還要嚴格，更進一步。

鄭玄除了《毛詩傳箋》之外，另著《毛詩譜》一書，亦稱《鄭氏詩譜》或《詩譜》。此書對正變美刺之說，有比較完整的論述，對〈毛詩序〉也有補證。正變專論〈風〉、〈雅〉，他把起於太平盛世的詩篇，稱為「正風」、「正雅」；起於衰亂之世的，稱為「變風」、「變雅」。美刺則是推究詩人作詩的用意，究竟是主頌美或寓諷刺。今文學派三家詩的看法，因為要結合當時的現實政治，基本上都把〈風〉、〈雅〉視為刺時之作，例如把〈國風．周南〉之首的〈關雎〉，視為刺康王晏起之詩；把〈小雅〉之首的〈鹿鳴〉，也視為「仁義陵遲」的諷刺之作。鄭玄則完全依照時代世次的盛衰，來分正變，論美刺。他認為〈周南〉、〈召南〉二南之詩，皆「以后妃夫人之德為首」，「興助其君子，皆可以成功，至于獲嘉瑞」，因此〈關雎〉篇歌詠的是后妃之德；他又認為「天子、諸侯燕群臣及聘問之賓，皆歌〈鹿鳴〉」，因此〈鹿鳴〉篇歌詠的「君臣賓主相樂」，並非刺時之作。至於〈周頌〉和〈魯頌〉，美盛德之形容，今古文學派俱無異義，也都可以和周公制禮作樂的記載互相發明，可以不論。但對於〈商頌〉，三家詩中的魯詩和韓詩，都說它們是春秋時代殷商後裔歌詠宋襄公之詞；鄭玄則認定是殷商時代的舊作，說是商湯、中宗、高宗，「此三王有受命中興之功，時有作詩頌之者。」從這些地方可以看出：鄭玄所推闡的毛詩，比較依託古史古事，照顧到詩字面上的意義。雖然有時失之附會，但總有依據，目的還是在於解詩，求其本義，不像三家詩那樣比附時事，只是藉詩來發表政論，常常鑿空而談，尤其是三家詩中的齊詩，以災異五行說詩，更是令人覺得玄虛莫測。

因此，由於鄭玄在學界有一定的聲望，能兼採今古文學派諸家之長，又由於東漢末年王權的衰落和魏晉以後政權的長期南北對立，立於官學的三家詩遂逐漸趨於衰亡，齊詩亡於魏，魯詩亡於西晉，韓詩亡佚時間較晚，至北宋而失傳。現在僅存《韓詩外傳》，重在引詩證事，已與詩義無關。相對的，毛詩卻日漸興盛，逐漸取代了三家詩的地位。雖然其間有玄學的興起，佛學的盛行，有王肅（一九五～二五六年）等復古學者的挑戰，有所謂南學北學之爭，最後《毛傳》、《鄭箋》仍然流行而未替。而且在這段期間內，三國時吳人陸璣的《毛詩草木鳥獸蟲魚疏》，無異為毛詩的箋注名物，另闢一新天地；南朝劉勰的《文心雕龍》和鍾嶸的《詩品》，在宗經明道之外，論情采、比興，無異為毛詩的文學欣賞，別開一新視野。它們對毛詩的流傳和研究，都有意想不到的助益。等到唐代孔穎達等人集體合著的《毛詩正義》出現時，《毛傳》、《鄭箋》的地位就更趨穩固了。所謂「宗毛尊鄭」的毛鄭之學，成為說《詩》者的主流。

唐朝統一天下後，廣設學校，講習五經。唐太宗為統一經學的南北之爭，乃於貞觀七年（六三三年）敕令孔穎達等人編纂《五經正義》。孔穎達（五七四～六四八年），字仲達，河北衡水人。隋初，舉明經，授博士，入唐，官至國子監祭酒，曾與魏徵合修《隋史》，又奉敕與顏師古等合纂《五經正義》一八〇卷，博綜賅洽，考前儒之遺說，歷時九年而完成。其中《毛詩正義》七十卷，一稱《毛詩注疏》，簡稱《孔疏》，係由王德韶、齊威等學者襄理撰成。該書依據顏師古的《五經定本》，以隋朝劉焯、劉炫二家注疏為基礎，採納魏晉以來諸家之善，包括王肅之說，所謂「融貫群言，包羅古義」，所謂《傳》、《箋》為本，「疏不破注」，統一了歷代《詩經》的傳本，並附陸德明《詩經音義》備供讀者參考。《孔疏》一方面總結隋唐以前《毛傳》、《鄭箋》等等經師儒生的舊說，一方面又賦予《詩經》種種新的解釋。例如說《詩》的六義：「風雅頌者，詩篇之異體；賦比興者，詩文之異辭耳」，「賦比興是詩之所用，風雅頌是詩之成形。用彼三事，成此三事，是故同稱為義。」既擺脫了正變美刺的束縛，又在經學中加進了純文學的質素，對後來的研究者，影響很大。在北宋中葉以前，學《詩》者無不奉《孔疏》為圭臬。

三、《朱傳》在宋學中的地位

從《毛傳》、《鄭箋》到《孔疏》，毛詩終於成為《詩經》定於一尊的讀本。然而物極必反，到了宋代，在《詩經》的研究領域中，竟出現了好幾股反對漢儒毛、鄭之說的思潮。

先是歐陽修（一〇〇七～一〇七二年）的《詩本義》，對先儒所崇奉的《毛傳》、《鄭箋》

以及〈毛詩序〉等，提出了不少質疑，「考之於經，而證之於序、譜，惜其不合」，指出它們之間有許多矛盾和錯誤。蘇轍的《詩集傳》承唐人成伯璵之說，直接指斥〈毛詩序〉假託「聖人之言」，「時有反復煩重，類非一人之辭者」，因此他說《詩》只取各篇小序的句首，認為此為孔子及其弟子所作，以下文字皆漢儒之言，悉加刪芟或辯駁。漢儒毛詩的思想體系，在此簡稱為漢學，主要表現在《毛傳》、《鄭箋》、《孔疏》和〈毛詩序〉上。《箋》、《疏》基本上都是照錄〈序〉文，根據它來說詩的，因此每一詩篇題解式的小序，可以說就是構成《詩經》的義疏中心。漢、唐以來，學者對它們都深信不疑，但宋儒重思辨，重實證，對經文、訓詁、義疏卻無不重加檢討。我們在此文中稱之為宋學。這種學風影響所及，首當其衝的就是〈毛詩序〉的部分。歐、蘇是當時的詩文大家，他們的質疑，開啟了宋儒疑〈序〉、廢〈序〉的風潮。

鄭樵（一一〇六～一一六二年）博學通識，精通經史，曾撰《通志》兩百卷，並著《六經奧論》。據說他曾苦讀三十年，對《詩經》時有新見，例如說「詩在於聲，不在於義」、風雅頌蓋以聲分、雅無正變而以先後為次第，等等，這些見解，皆發前人所未發。他的《夾漈詩傳》、《詩辨妄》，對三百篇重作訓詁，重作詩序，尤其是《詩辨妄》一書，指摘毛、鄭之妄，攻擊〈毛詩序〉最為激烈。他認為毛詩只是漢儒傳《詩》四家之一，不必偏信；並舉證說明〈毛詩序〉乃漢儒比附史書、偽託聖賢之作，實出於「陋儒」衛宏等人之手，而且還斥之為「鄉野妄人」。他列舉了〈詩序〉附會書史、妄生美刺、自相矛盾、曲解詩意、望文生義等十種謬誤，因而公開主張廢〈序〉。

同樣主張廢〈序〉而為後人所稱的，還有王質和朱熹。王質（一一二七～一一八八年）原籍鄆州，後定居江西興國。朱熹（一一三〇～一二〇〇年）原籍婺源（今屬江西），後寓居福建建陽。他們時代與鄭樵同時略晚，地緣則頗相近。王質著有《詩總聞》，據說前後歷經三十年，他中進士又比朱熹晚十二年，所以他雖年長朱熹三歲，但《詩總聞》之成書，未必比朱熹的《詩集傳》等書早。

王質之說《詩》，廢〈序〉不用，卻不直斥其非。他不循毛、鄭舊說，對詩篇一一自用己意。在名物訓詁、史地考證方面，他下了很大工夫；對於詩意的解析，他也以意逆志，冥思研索，務造深新。因此從好處說，他有時真的能匠心獨造，別出新裁，但也難免時有師心自用、穿鑿附會之失。他革新的觀點，雖與朱熹相近，但論其成就與影響，卻遠不如朱熹。

朱熹是南宋著名的思想家，集兩宋理學之大成。他對經學用力最多、貢獻最大的，首推《四書》，其次是《詩經》。他的《四書章句》和《詩集傳》是明清兩代科舉考試的標準讀本，在宋元以後的學術文化史上，其影響力可謂無人能出其右。因此後世儒生以之配享孔廟，世稱朱子。他既能兼採古聖昔賢各家之長，又敢於疑古，勇於創新，真不愧是一大宗師。

朱熹關於《詩經》的論著，有《詩序辨說》、《詩集傳》和《朱子大全・詩綱領》等。《詩序辨說》是批判〈毛詩序〉之作。朱子治《詩》，起先是宗毛尊鄭、採錄〈詩序〉的，後來看了鄭樵的《詩辨妄》，「質之《史記》、《國語》，然後知〈詩序〉之果不足信」，因而改變他對於《詩經》的觀點。他的批評，蓋以〈小序〉為主。他的所謂〈小序〉，係指〈關雎〉篇「詩之至也」以下的序言，以及各篇題下的序文，認為它們的弊病，主要在於妄生美刺、隨文生義和附會書史。看法和鄭樵雖然大致相同，但他能本之詩文，玩味涵泳，發疑祛妄，實事求是。他認定〈毛詩序〉是東漢衛宏所作，往往「不得詩人之本意而肆為妄說」，所以他合諸詩之序為一編，加以辨說，論其得失。他的具體意見，大多落實在淳熙四年（一一七七年）所完成的《詩集傳》一書之中。

《詩集傳》廢〈序〉以言詩，調整了〈小雅．南陔〉等六篇的順序，對於《詩》的其餘三百零五篇，篇篇反復涵泳本文，體會詩義。熟讀冥思，依文求義的結果，據統計，不同於〈毛詩序〉舊說的有一二六篇，那是他的新見解。另外，與舊說相同的有八十二篇，大同小異的有八十九篇，占全書一半以上。可見他雖然主張廢〈序〉，但他不偏廢，實事求是，擇善而從，真正體現了宋儒重實證重真理的精神。他曾說：「不要留一點先儒舊說」，認為「漢魏諸儒正音讀，通訓詁，考制度，辨名物，其功博矣。」所以他既多用《毛傳》、《鄭箋》之舊說，也間採西漢三家之言。同時他「不薄今人愛古人」，既博引當代歐、蘇以下諸家之長，也曾旁徵引證古代的彝器銘文。他的注釋，簡明扼要；他的體例，完整嚴謹。最難得的是，他不受理學家所囿，還用文學的觀點來看《詩經》。例如他認為〈國風〉「多出於里巷歌謠之作」，「乃是男女相與詠歌，各言其情」，不必篇篇附會政教，談美刺。有些〈雅〉詩，他也當做文學作品看，例如對於〈小雅．小宛〉篇，他說「此詩之辭最為明白，而意極懇至。說者必欲為刺王之言，故其說穿鑿破碎，無理尤甚，今悉改定。」說得言簡而意賅，情深而理洽，趣味盎然。

當然，受到時代的限制，朱熹的《詩集傳》也有被後人詬病處。例如他採用吳棫的「叶音」說，為求合轍押韻，同一個字，在此篇他注讀某音，在另一篇他又注改讀另一讀音。這當然是不科學的。又如他對於「情詩」、「淫詩」的認定，像〈陳風〉的〈東門之池〉、〈東門之楊〉等篇，純寫男女之情，〈毛詩序〉說是：「刺時也。疾其君之淫昏，而思賢女以配君子也。」顯然是用美刺之說來說教，朱熹卻認為「此亦男女會遇之詞」，「男女相會而有負約不至者」，雖然尋其本義，說是男女相愛相怨之詞，卻隱約有情奔或淫詩之義。這當然也是有些不妥的。

總而言之，朱熹是南宋的理學大師，宋學至他而大放異彩。他的《詩集傳》，簡稱《朱傳》，是《詩經》學中宋學的集大成著作，它以三綱五常的理學思想為基礎，既彙合了宋代學者的種種訓詁、義理、考證的成果，又能闡發一些純文學的特點，因而取代了《孔疏》的地位，成為此後通行約近千年的權威著作。

朱熹之後，推轂其說的理學家，不乏其人。除了上述的王質之外，楊簡是理學家陸九淵的弟子，他的《慈湖詩傳》，推闡孔子「思無邪」的思想和陸九淵心學的觀點，比朱熹更勇於批評〈毛詩序〉。輔廣先後師事呂祖謙和朱熹，他的《詩童子問》，自稱在朱子門下，學詩有得，故推衍師說以攻詰〈小序〉，做為《詩集傳》的後盾。朱熹的嫡孫朱鑒，著《詩傳遺說》，更摭取朱子論詩之語，補其未竟之義。這些著作，對《朱傳》都有推闡之功。不過，朱熹雖然把若干描寫男女之情的詩篇，視為淫奔之詩，多少帶有理學家的習氣，但這是敢於疑古、勇於創新的表現，而且措辭含蓄，總是有個節制，到了他的三傳弟子王柏手中，卻變本加厲，將這種議論推向極峰。王柏（一一九七～一二七四年）出身於理學世家，他的祖父王師愈、父親王瀚，都曾受教於朱熹、呂祖謙之門，他自己更拜朱子門人楊與立為師，發憤蹈厲，撰《詩疑》以申朱子之說。朱熹只說〈國風〉有里巷歌謠、男女言情之作，王柏卻高樹宗聖明道的大旗，不僅將鄭、衛、王、陳諸〈國風〉詩共三十二篇，斥為淫奔者所作，而且攻擊毛、鄭之不足，連本經也加以詆斥；詆斥本經之不足，更進而主張刪削。他說：「今日三百五篇，豈果為聖人之三百五篇乎？秦法嚴密，詩無獨全之理。」連《詩經》的經文他都懷疑了，難怪他會主張刪詩；刪〈國風〉三十二篇之外，還要重編〈雅〉〈頌〉。他主張刪去〈小雅〉中雜以怨誚之語，歸之〈王風〉；又主張〈頌〉詩也分正變，應按各篇是否宣揚王道聖教而重新編次。這就真的是矯枉過正了。

以上說的是宋學中主張廢〈序〉的主流，以朱熹為代表，以下介紹遵守舊說的一派。

宋儒敢於疑古，勇於創新，固與漢儒之株守師法家法，風氣大不相同，但宋代學者之中，尊〈序〉而推闡毛鄭之說的，也大有人在。王安石在北宋神宗時推行新政，對五經經義主張破舊布新，他著成於熙寧七年（一〇七四年）的《詩經新義》，雖然主張「先儒傳注，一切廢而不用」，但他實際上仍然尊〈序〉，認為只據「詩人自記」的序文，即可涵泳自得。理學大師程頤的《伊川詩說》也一樣。他固守傳統，悉從舊說。有人問他《詩》該如何學，他的回答是：「只在〈大序〉中求」、「〈序〉中分明言國史，明乎得失之迹。蓋國史得於采詩之官。」他們二人名位高，對後學自有一定程度的影響力，但畢竟抵抗不了歐、蘇以下的疑古廢〈序〉的浪潮。當鄭樵《詩辨妄》問世之時，雖然周孚立即寫《非詩辨妄》加以駁斥，范處義也趕快著《詩補傳》強調治詩須「以〈序〉為據，兼採諸家之長」，但都不足以相抗衡。同樣的，當朱熹《詩集傳》風行之時，雖然理學家呂祖謙著《呂氏家塾讀詩記》引錄朱熹早期據〈序〉說詩的言論，強調「學《詩》而不求〈序〉，猶欲入室而不由戶也。」但一般人仍採朱子後期之說；雖然嚴粲的《詩緝》，在闡述呂祖謙的詩說之餘，真的「兼採諸家之長」，能不囿舊說，有獨到之處，但與朱熹的《詩集傳》等書相較，他們的光彩仍然盡為朱熹所掩。其餘名家，更無論矣。

在廢〈序〉尊〈序〉之間，主張以舊〈序〉為據，而兼採新說的，有范處義的《詩補傳》和程大昌的《詩議》等，但也不足與朱熹的《詩集傳》相抗衡。程大昌認為〈詩序〉雖非出於子夏，而出於作詩之世，並非一世一人所能為，〈小序〉首二句即古序，下文才是衛宏所綴補。這些論點其實都頗有參考的價值。

朱熹的《詩集傳》，在元明兩代被定為官學，異議極少。學者很少不在他的思想籠罩之下，直至明代中葉以後，才有一些人嘗試另闢蹊徑。元代的《詩經》論著，基本上都是詮釋《朱傳》，沒有什麼特色。比較著名的，是劉瑾的《詩經通釋》。明初胡廣等人奉敕編纂的《五經大全》，其中《詩經》的部分，即抄襲劉氏的論著。到了明代中葉以後，才有人起而反對《朱傳》。例如朱謀㙔《詩故》，兼採漢、宋之說，不作偏袒之論；如季本《詩說解頤》自出新意，反駁朱子之說。另外有一些學者純就文學觀點加以析論，例如賀貽孫的《詩觸》，例如鍾惺的《批點詩經》、戴君恩的《讀風臆評》等，甚至不視《詩經》為經，也不理會傳統的序傳箋疏，只對詩篇作即興的審美的點評。還有一些是在考據方面作新突破的，例如陳第的《毛詩古音考》，利用諧聲字偏旁研究古音，比起宋代吳棫的「叶音」說，要科學得多；例如何楷的《詩經世本古義》，蒐集很多古史傳說，重新釐定詩篇的產生時代，分成二十八個段落，從夏少康之世到周敬王之世，分繫二十八宿，藉以說明各時代的政治社會狀況。雖多附會，鑿空武斷，但資料宏富，仍有其參考價值。

四、清代的考據學風及其成就

清代是中國學術的文藝復興時代，就《詩經》的傳承而言，自清初樸學考據興盛之後，以復古為解放，不但打破了漢代經師的因襲，也打破了宋代理學的桎梏，真的名家輩出，著作如林，競奇鬥勝，並開爭茂，呈現一片繁榮的景象。

顧炎武、王夫之和黃宗羲是明末清初學術界有民族氣節的三大家。他們都重視經史，講求經世致用的實學。清代的《詩經》學，也經由他們倡導而開一代之風氣。顧炎武說：「凡文不關於六經之指、當世之務者，一切不為。」王夫之云：「六經責我開生面，七尺從天乞活埋。」這種勇於承擔的大無畏精神，為清代學術的發展，揭開序幕。梁啟超曾以「以復古為解放」概括清代學風，所謂復古，當指漢學的復興；所謂解放，當指宋學的革新。清代的《詩經》學，正是在漢學宋學並重的基礎上發展起來的。

顧炎武以為「讀經自考文始，考文自知音始。」他《音學五書》中的《詩本音》，即考究《詩經》音韻的名著。他根據明末陳第《毛詩古音考》「詩無叶韻」之說，參互考證，研求三百篇古讀之本音。他的《日知錄》中，有四十二則筆記，考論《詩經》中的種種問題。例如論〈南〉、〈豳〉、〈雅〉、〈頌〉為四詩，〈邶〉、〈鄘〉、〈衛〉皆衛人之作，等等，俱屬前人之所罕見。王夫之遍注群經，《詩經稗疏》是他疏解《詩經》名物器用的名著；《詩廣傳》則是寫他閱讀《詩經》的心得，藉此申論他政治倫理的思想，提出他社會改革的主張，自有其現實的意義。最受後人注意的是他的《薑齋詩話》，包括《詩繹》和《夕堂永日緒論》等，雖是詩話、詩論性質，但所論的《詩經》部分，純以文學的感發，繼承孔子興觀群怨的觀點，析論詩歌創作的表現藝術，對於言與意的關係，情與景的交融，比與興的作用，等等，發表了很多精闢的見解，實在令人歎服。

黃宗羲雖無《詩經》的專著，但他創始的浙東學派，強調窮經讀史的重要，《黃梨洲文集．詩曆題辭》有云：「詩之道甚大」，說一人之性情，可以反映天下之治亂。這些觀點對讀《詩》者而言，都有參考的價值和鼓舞的作用。

清初三大家之後，繼之而起的，有陳啟源、朱鶴齡、閻若璩、毛奇齡等人。他們都是復興漢學、駁斥《朱傳》的健將。陳啟源和朱鶴齡年里相近，都是江蘇吳江人，康熙間以同好《詩經》，互相切磋。朱鶴齡著有《詩經通義》，陳啟源著有《毛詩稽古錄》，都以為宋儒空疏，《朱傳》廢〈序〉太過，因而力主復興漢學之傳疏。陳啟源的《毛詩稽古錄》歷時十四年，三易其稿，傾注其半生心血。該書以申毛貶朱為主，訓詁以《爾雅》為準，篇義以〈小序〉為準，詮釋以毛鄭為主，名物則採用陸璣之說，所稽古者，指當代《孔疏》以前專門之學問；所辨駁者，指宋明理學及歐陽修、嚴粲之書。朱鶴齡則大倡呂東萊之學，力斥廢〈序〉之非。閻若璩和毛奇齡也都是康熙年間的經學名家，也都以駁斥《朱傳》為主。毛奇齡著有《毛詩寫官記》、《詩傳詩說駁義》、《白鷺洲主客說詩》等書，除駁斥《朱傳》之外，對明代豐坊的偽書《子貢詩傳》、《申培詩說》等，以及對同時主張朱熹「淫詩」、「笙詩」之說的學者楊洪才，都有嚴謹的考辨和批評。

這些駁斥和批評，標示漢學開始復興，但康熙末年，由王鴻緒等人奉敕所編，由雍正制序頒行的《欽定詩經傳說彙纂》，該書以朱熹《詩集傳》為綱，在《朱傳》闕疑之處，補錄漢學古義之可採者。對照來看，清初批評駁斥《朱傳》者固然不少，但朱熹的著作在官方的維護之下，仍然屹立不搖。康熙提倡程朱理學，他親近的理學大臣李光地，著有《榕村詩所》，其論多本朱子，足透箇中消息。

《欽定詩經傳說彙纂》雖本《朱傳》而兼採漢學舊說，但真正藉由官方力量改變時代風氣由宋而漢的，其實是在乾隆《欽定詩義折中》頒行之後。該書係近臣傅恒等人所撰，他們迎合乾隆皇帝「晦翁舊解我疑生」詩句並自注「採用毛鄭舊解」的旨意，以為皇上不喜《朱傳》，故編校此書，「分章多準康成，徵事率從〈小序〉。使孔門大義上溯淵源卜氏舊傳，遠承端緒。」康成即鄭玄，卜氏即子夏。意即一切以《鄭箋》、〈毛詩序〉為準。書名冠以「欽定」或「御纂」，也都是用以奉承上意，表示經學昌明的意思。從此採錄漢學舊說者日多，採錄之不足，繼之以考據，因此考據之風大興。在康熙到乾隆之間，我們可以看到很多論著，像范家相的《詩瀋》、姜炳璋的《詩序補義》、顧鎮的《虞東學詩》等等，它們都是這風氣轉變期間兼採漢宋之學、不主一家的產物。

在此附帶一提，有清一代，從清初到末季，兼採漢宋，不主一家的學者，並不少見。但能屹然獨立，自成一家而為後人稱述的並不多。其中像清初田秉鐙（澄之）的《田間詩學》，不但《毛傳》、《鄭箋》、《孔疏》與《朱傳》兼納並採，而且博考經史，於山川地理名物訓詁，言之尤詳。姚際恆的《詩經通論》，正好相反，他不採〈詩序〉之說，既反《鄭箋》，又反《朱傳》，「惟是涵泳篇章，尋繹文義」，在探討詩義之際，往往徘徊漢、宋之間。雖然勇於疑古，具有膽識，肯作獨立之思考，評析章句詞語，亦頗生動，時見新奇之趣，但疏於歷史考證，偶有自相矛盾處。無論如何，他們的著作，都非學人口舌而別有創新處。清代中葉以後，像嘉慶年間崔述的《讀風偶識》，同治年間方玉潤的《詩經原始》，亦大類如此。崔氏自稱「惟知體會經文，即詞以求其意」，其論「采詩」之說不可信，論風詩無正變，論朱熹「淫詩」之說或有可採，等等，雖非定論，卻具特識。方氏自稱不顧〈詩序〉，不顧《朱傳》，也不顧姚氏《詩經通論》，反復涵泳，循文按義，以求古人作詩之本意。這種獨立思考的精神，使他們的著作雖不見稱於當時，卻在清末民初以後，得到讀者的歡迎。

從乾嘉時期開始，清代考據學風盛行，江南人材輩出。主要流派有吳派和皖派。吳派的惠棟與其父惠士奇、其祖父惠周惕，三代治經，俱稱大師。惠棟承衍家學，著《九經古義》，其中第五、六兩卷即《毛詩古義》，愛博嗜奇，徵引經典舊說，解釋古字奧義，上自天文地理，下至文字聲韻，無所不考。同道學者如洪亮吉的《毛詩天文考》、焦循的《毛詩補疏》、《毛詩陸璣疏考證》，可為代表。他們都好博而尊古，卻不太講義理。皖派的創始學者戴震，曾師從江永、惠棟，學識淵博，長於考辨，尤精古文字聲韻之學。主張「以字考經，以經考字」，藉考證來闡述經義，其代表著作《孟子字義疏證》最見工夫。因不喜空談義理，故反宋儒而主漢學，但實事求是而不主一家。其《毛鄭詩考正》、《杲溪詩經補注》，考證毛詩《傳》《箋》的詞語訓詁，都精審嚴辨，言之有據。他的弟子之中，像段玉裁的《詩經小學》、王念孫王引之父子的《經義述聞》，都為研讀者所稱道。

乾嘉考據學風的盛行，促進了漢學的復興。漢儒的《詩經》學，本來就有今古文學派的不同，清代中葉以後，這兩個不同的學派，都取得了不讓前賢的輝煌成果。

古文學派的成就，表現在對毛詩的疏釋上。胡承珙的《毛詩後箋》、馬瑞辰的《毛詩傳箋通釋》、陳奐的《詩毛氏傳疏》，是三大代表著作。他們都是博古通今的毛詩專家。胡氏以為「毛公秦人，去周近，其語言文學、名物訓詁，已有後漢人所不能盡通者」，故《鄭箋》常不能旁通

《毛傳》之義。他為了彌補鄭玄的闕失，旁徵博引許多資料，包括兩宋學者的論著。據說撰寫十年間常與陳奐往復討論，四易其稿，寫到〈魯頌．泮水〉篇時，因臥病囑請陳奐補齊。陳奐先後師事段玉裁、王念孫引之父子，精於訓詁考證，畢生治學不倦。他治《詩》專主《毛傳》與〈詩序〉，曾說：「讀《詩》不讀〈序〉，無本之教也；讀《詩》與〈序〉而不讀《傳》，失守之學也。」他認為鄭玄為《毛傳》作箋，參雜韓詩、魯詩及個人意見，已非《毛傳》本義，加以二千年來，《鄭箋》、《孔疏》流行，《毛傳》已名存實亡，所以他前後用十八年工夫為《毛傳》作疏，既採錄西漢前人之舊說，又選取清代考據之成果，加以融會貫通，文簡而義贍。此書文字之簡潔，與胡氏《後箋》之溫潤風趣，蓋可比美，至於推闡《毛傳》之功，亦可前後輝映。馬瑞辰、胡承珙都是嘉慶十年進士，與他們多所往來的胡培翬、郝懿行等，亦皆好談經義。馬氏治《詩》，雖宗毛氏而與胡、陳略有不同。他主要是以《鄭箋》為本，吸取清代乾嘉考據學者的成果，通過文字、聲韻、訓詁等等的廣泛考證，對《詩經》逐篇加以疏釋討論。他效法東漢的鄭玄，雜取今文學派三家詩之說，不以毛詩自限。此外，他對《詩經》的一些基本問題，例如三百篇是否入樂、風雅正變、國風的次第、二南的名稱以及邶鄘衛是否全為衛地之詩，等等，也都發表了自己的意見，不只訓詁考據立論詳明而已。馬氏此書成於道光年間，道光十五年刊行之後，成為治《詩》者必備之參考書。

清代中葉以後，今文學派的成就，則表現在道光以後詩旨的闡發，和今文學三家詩說的輯佚上。說到詩旨（特別是微言大義）的闡發，一般研究者很容易聯想到常州學派的莊存與、龔自珍、魏源、龔橙等人。這雖然沒錯，卻也不盡然。

莊存與是乾隆進士，清代今文經學派的始倡者，也是常州學派的開山祖師。他的《毛詩說》，不致力於考據訓詁，反而重在闡發詩中的奧義，以求能夠經世致用。龔自珍的《六經正名》和《五經大義終始》，其中有關《詩經》的問答和評論，其實也是以詩作史，通過微言大義來宣傳托古改制的思想。他們和兩漢今文經學派的經師一樣，討論的重點都在現實政治社會，不是討論《詩經》的本身內容。所以連莊存與的姪兒莊述祖，也不以為然，也因此在他的《毛詩考據》附《周頌口義》中，討論的重點仍以考據訓詁為主。他在旁徵博引漢學舊說、考辨今古經文異同之時，似乎對微言大義已沒有多大興趣。

魏源是道光進士，也是晚近一位著名的愛國思想家。他治學當然講求經世致用，其《詩古微》在宋末王應麟《詩考》、明何楷《詩經世本古義》、清范家相《三家詩拾遺》等書的基礎上，繼續蒐集三家詩的遺說，原本用意在發揮三家詩的微言大義，「豁除毛詩美刺正變之滯例，而揭周公、孔子制禮正樂之用心於來世。」他不但注意到三百篇全為樂歌，而且還注意到有正歌和散樂的分別，但他卻被視為異端，負盡狂名。龔橙是道咸年間的經學家，他的《詩本誼》著成於咸豐五年。「誼」通「義」，該書旨在探索三百篇的本義，不在講求考證章句訓詁。他以為《詩》「有作詩之誼，有讀詩之誼，有太師采詩、鼓蒙誦詩之誼，有周公用為樂章之誼，有孔子定詩建始之誼，有賦詩引詩節取章句之誼，有賦詩寄託之誼，有引詩以就己說之誼。」他還比較四家詩，以為「三家詩多說本誼，毛義多說采詩、諷詩、用詩之誼。」所以他要據「諸家所輯三家詩遺說，正其世次，為詩本誼。」他的認識是明確的，他也果然用禮樂的角度來探討詩篇的大義（例如〈關雎〉、〈葛覃〉等篇），但受到時代環境和禮教觀念的限制，他和魏源一樣，經世致用的理想都落空了，只剩下三家詩遺說，供人研讀而已。

因此三家詩遺說的輯佚，成為清中葉以後《詩經》今文經學派最大的成就。阮元、馬國翰、馮登府等，都有著作傳世。其中陳壽祺、陳喬樅父子合撰的《三家詩遺說考》，包括西漢魯、齊、韓三家的遺說。此書之完成，前後三十年，總共五十卷，允稱鉅著。王先謙的《詩三家義集疏》，原名《三家詩義通繹》，「集」三家之異文，以及秦漢以迄唐宋之三家詩遺說，可考者考之，然後列「疏」，自《毛傳》、《鄭箋》本義以迄南宋以來學者之論說，特別是清代乾嘉學人的精論卓見，包括毛詩專家如陳啟源、陳奐、馬瑞辰、胡承珙等人的研究成果，無不多所稱述，折衷異同，成為後來研究三家詩的學者必備的參考書。

由於清末蒐輯三家詩說者多，在研究者心目中，今文經學派的三家詩，已逐漸可與古文經學派的毛詩以及《朱傳》等相提並論，等量齊觀。例如清末皮錫瑞的《經學通論》，論《詩》主張要守家法，他的家法就是守今文詩說，故其論四家之詩，寧取三家而捨毛詩；論情詩淫詩，寧取毛詩而捨《朱傳》。又如近世知名學者章太炎主古文學，康有為主今文學，在在都可看出清末以後的學者，各有各的崇尚，各有各的主張，已與昔往大不相同。

如今清朝既亡，世變日亟。古道陵夷，經學沒落。治《詩》者不絕如縷，近人成就可觀、能立新說者，如王國維、吳闓生、聞一多、陳子展等等，筆者除篇中偶有引述之外，茲已無暇一一論列。至於域外的《詩經》之學，更限於目前時間與能力，沒有多加涉獵的餘裕。願俟諸他日。

（二〇一六年七月初稿，二〇一七年七月定稿）

正十五

毛詩卷苐九

鹿鳴之什詁訓傳苐十六

毛詩小雅　　鄭氏箋

鹿鳴燕羣臣嘉賓也既飲食之又實幣帛筐篚以將其厚意然後忠臣嘉賓得盡其心矣飲之而有幣酬幣也

《毛詩鄭箋》日本東京汲古書院景印靜嘉堂文庫藏宋抄本

戍役之所芘倚。

翼翼閑也。象弭弓反末也，所以解紒也。魚服魚皮也。箋云弭弓反末彆者，以象骨爲之，以助御者解紒宜滑也。服矢服也。

豈不日戒，玁狁孔棘。箋云戒警敕軍事也。孔甚棘急也。言君子小人豈不日相警戒乎，誠日相警戒也。玁狁之難甚急，豫述其苦以勸之。

昔我往矣，楊柳依依。今我來思，雨雪霏霏。

楊柳蒲柳也。霏霏甚也。箋云我來戍止而謂始反時也。上三章言戍役，次二章言將率之行，故此章重序

毛詩卷第九

鹿鳴之什詁訓傳第十六

小雅　　鄭氏箋

鹿鳴燕羣臣嘉賓也。既飲食之。又實幣帛筐篚。以將
其厚意。然後忠臣嘉賓得盡其心矣。飲之而有幣。酬幣也。食之而有
幣。侑幣也。○[飲]於鴆反。[食]音嗣。○呦呦鹿鳴。食野之苹。興也。苹。蓱也。鹿得蓱。呦呦
然鳴而相呼。懇誠發乎中。以興嘉樂賓客。當有懇誠相招呼以成禮也。箋云。苹。藾蕭。○[呦]音幽。[苹]音平。
我有嘉賓。鼓瑟吹笙。吹笙鼓簧。承筐是將。簧。笙也。吹笙而鼓簧
矣。筐。篚屬。所以行幣帛也。箋云。承猶奉也。書曰。篚厥玄黃。○[簧]音黃。人之好我。示我周
行。周。至。行。道也。箋云。示當作寘。寘。置也。周行。周之列位也。好。猶善也。人有以德善我者。我則置之於周

李滉（退溪）《詩釋義》韓國奎章閣藏本

디어다此說非春酒孫暸釋義云十月釀至春而飲故曰春酒或曰知暢之酒也按此未知爲何人說十月釀

未敢爲是築場圃場을圃애築ᄒᆞ고孫暸釋義以此說爲未穩又云圃를築ᄒᆞ야場ᄒᆞ고此說爲的○滉按後

說非黍稷이重穋과此亦非也祭韭韭로祭或云韭를忡두忡두之意此亦未必然也恩

斯兩斯字皆不釋蓄租蓄ᄒᆞ며租ᄒᆞ논배라未有室家家를두디몯홀ᄉᆡ니라○家ㅣ잇디아니

ᄒᆞ얘니라按二說皆是或云잇디몯호미니라非也東曰歸東으로ᄂᆡ歸호매心이西로悲호라熠燿

ㅣ行ᄒᆞ노소니非一云燿ᄒᆞᆫ行이로소니熠燿其羽그羽ㅣ燿ᄒᆞ두다그馬ㅣ皇이며駁이로다或云燿

ᄒᆞᆫ그羽ㅣ로다皇ᄒᆞ며駁ᄒᆞᆫ馬ㅣ로다是皇이에皇ᄒᆞ시니一云皇케ᄒᆞ시니後說非也九罭罭皆

音域然域亦역音也若音역當系錫部何系職字耶鴻飛호물○ᄒᆞ야無使我心悲우리ᄅᆞᄒᆞ

여곰心悲케마롤디어다一云우리心으로ᄒᆞ여곰悲케後說是

鹿鳴

呦ᄒᆞᄂᆞᆫ鹿의鳴이며吹笙鼓簧笙을吹ᄒᆞ매簧을鼓ᄒᆞ야○을吹ᄒᆞ며簧을鼓ᄒᆞ야按

詩經地理圖

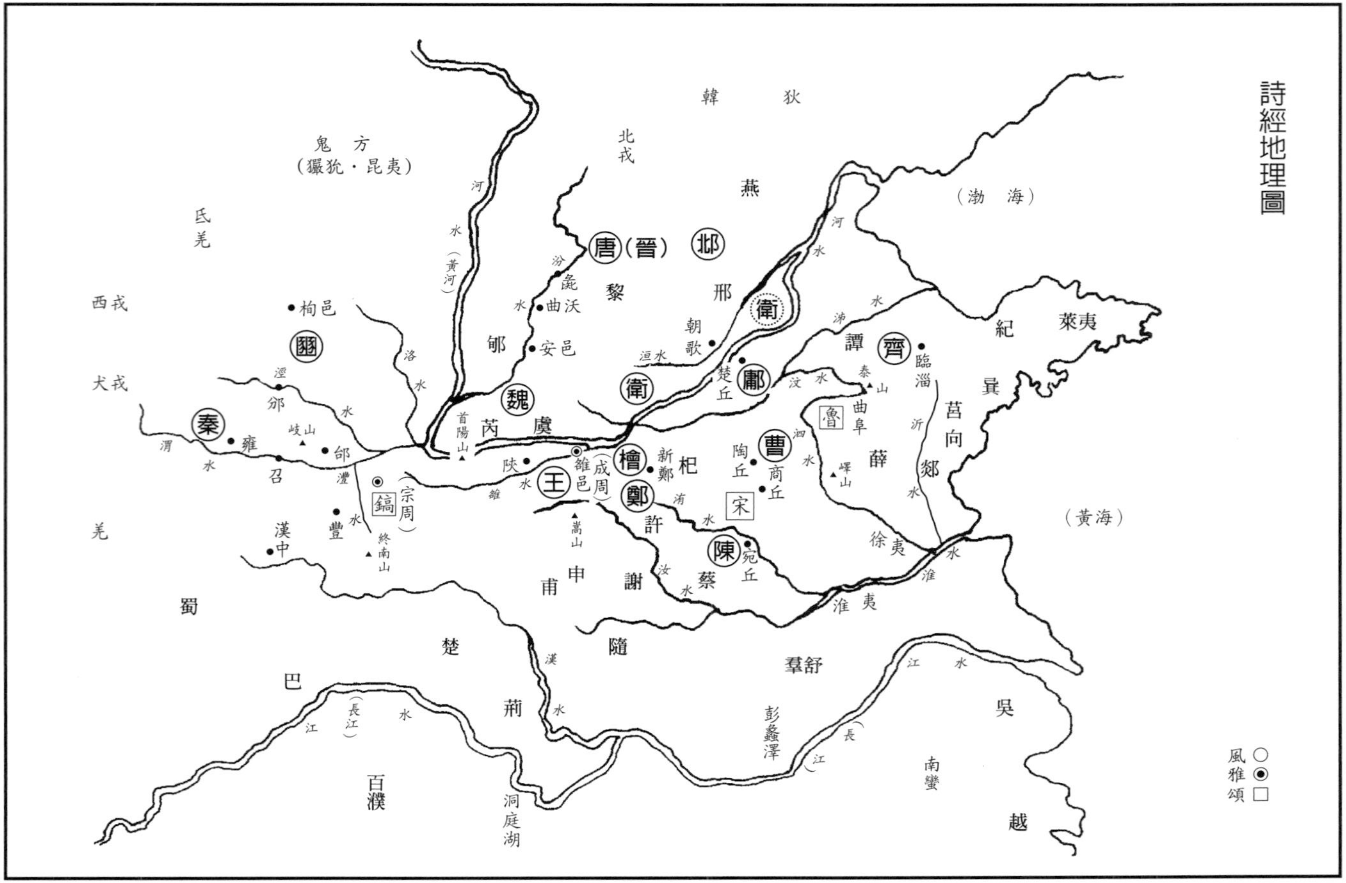
西戎
犬戎
羌
氐羌
鬼方
(玁狁・昆夷)
北戎
韓
狄
燕
(渤海)
(黃海)
蜀
巴
楚
荊
百濮
洞庭湖
隨
羣舒
彭蠡澤
吳
南蠻
越
秦
雍
召
郊
豳
栒邑
岐山
邰
漢中
豐
鎬
(宗周)
終南山
王
雒邑
(成周)
陝
首陽山
芮
虞
魏
郇
安邑
曲沃
堯
黎
唐(晉)
邶
邢
朝歌
衛
鄘
楚丘
檜
鄭
新鄭
許
杞
嵩山
申
甫
謝
蔡
陳
宛丘
宋
商丘
陶丘
曹
魯
曲阜
泰山
嶧山
薛
譚
齊
臨淄
紀
萊夷
莒
向
郯
徐夷
淮夷
渭水
涇水
洛水
灃水
河水
(黃河)
汾水
洹水
雒水
洧水
汝水
泗水
汶水
沂水
濟水
淮水
漢水
江水
(長江)
風○
雅◉
頌□

(吳宏一／繪製)

小雅

小雅解題

《詩經》的〈雅〉，分為〈大雅〉和〈小雅〉。〈大雅〉三十一篇，〈小雅〉七十四篇，另外還有〈南陔〉、〈白華〉、〈華黍〉、〈由庚〉、〈崇丘〉、〈由儀〉六篇，有其義而無其辭，有人稱為「笙詩」，附在〈小雅〉的篇什之中。二〈雅〉基本上以十篇為一組，就稱為「什」，並以每一組的首篇命名。例如〈小雅〉的〈鹿鳴〉以下十篇，稱為「鹿鳴之什」，零頭的詩篇，就歸入最後的篇什之內，例如〈小雅〉最後的〈魚藻〉以下十四篇，全部併入「魚藻之什」。〈大雅〉也一樣。

「雅」的名義，據〈毛詩序〉說：「雅者，正也。言王政之所由廢興也。政有大小，故有〈小雅〉焉，有〈大雅〉焉。」這種解釋，後人多不滿意，認為不如從樂歌的性質去區分，比較明顯。所以唐代孔穎達的《毛詩正義》說：「〈小雅〉為諸侯之樂，〈大雅〉為天子之樂。」宋代鄭樵《六經奧論》說：「蓋〈小雅〉、〈大雅〉者，特隨其音而寫之律耳。律有小呂、大呂，則歌〈小雅〉、〈大雅〉，宜其有別也。」朱熹《詩集傳》說得更明確：「正〈小雅〉，燕饗之樂也；正〈大雅〉，朝會之樂，受釐陳戒之辭也。」後來學者的意見，大致是就上述說法作若干修正或補充。近代學者之中，如章太炎主張：雅是樂器名，是秦地的嗚嗚之聲；如梁啟超主張：雅、夏古字相通，雅音即夏音，《說文》云：「夏，中國之人也。」故〈雅〉者，猶言中原正聲。

這些說法，都各有其道理。有研究者說，夏朝統治的地區，主要在黃河中下游，包括現在的山西、河北、河南、山東等地。這個大地區，古代就稱為「中國」或「中原」。夏朝被商朝滅亡後，夏人有的留在杞（今河南杞縣），但大多移往西北，所謂關中地區，即今陝西省內黃河、渭水和漢水鄰近之地。後來周朝先人由西北高原進入關中，同樣擇居於此，等到世代通婚之後，久而久之，也就自稱夏人了。當時「禮樂征伐，自天子出」，周天子所在的關中地區，特別都城鎬京（今陝西西安附近）是政治文化中心，所以此一地區，統治階層所產生的樂歌曲調，或民間原有的嗚嗚之聲，也就成為正聲或官腔。秦襄公因為襄助周平王東遷有功，被封為諸侯，賜居西周王畿及豳之地，因此上述的關中地區，盡在秦朝的管轄之內。同一地區，音樂相襲，也因此，吳季札在魯觀樂，聽到〈秦風〉就說：「此之謂夏聲」，聽到〈小雅〉就說：「猶有先王之遺民焉。」先王之遺民，指的應該就是夏、周的後人。

除了按政之大小、樂之異同，來區別大、小〈雅〉之外，還有人按風格的純雜、道德的美刺、朝代的盛衰和傳世的先後來區分的。論風格純雜者，說〈大雅〉明白正大，直言其事，〈小雅〉則雜乎風體之優柔委曲；論道德美刺者，說〈大雅〉是言王公大人之德，〈小雅〉是譏執政行事之失；論朝代盛衰者，說〈大雅〉陳述西周盛世，〈小雅〉則陳述西周衰世；論傳世先後者，說雅樂原無所謂大小，後來有新的雅樂產生，便稱舊的為〈大雅〉，新的為〈小雅〉。這些主張，各有所見，但都難免有臆測的成分。茲不贅述。

〈國風〉有正變，大、小〈雅〉亦有正變。這也是根據〈毛詩序〉的說法。所謂正〈大雅〉，指〈文王〉至〈卷阿〉共十八篇；正〈小雅〉則指〈鹿鳴〉至〈菁菁者莪〉共十六篇。變〈大雅〉指〈民勞〉至〈召旻〉共十三篇；變〈小雅〉則指〈六月〉至〈何草不黃〉共五十八篇。正〈雅〉述周政之美者，是歌頌西周先王和盛世的作品；變〈雅〉則為刺周政之惡者，多起於西周後期的所謂衰亂之世。據鄭玄的《詩譜・序》，西周文、武、成王時的詩，皆謂之正，周懿王以後的詩，皆謂之變。這些正變美刺的說法，後代研究者真正信從的不多，但做為詩學史上的課題，卻有參考的價值。

上文說〈小雅〉之中，有〈南陔〉等六篇，有其義而亡其辭，它們在〈小雅〉中的編列順序，今古文學派的看法頗有不同。古文經學派的《毛詩》本子，原是列〈南陔〉、〈白華〉、〈華黍〉三篇於〈魚麗〉一詩之後，列〈由庚〉、〈崇丘〉、〈由儀〉三篇於〈南山有臺〉一詩之後。可是，最遲從唐代開始，就有學者對此提出了質疑。到了宋代，朱熹更根據《儀禮》「升歌」、「笙奏」的記載，調整了原有的順序。唐代陸德明曾說：「〈南陔〉諸詩，蓋武王之時，周公制禮，用為樂章。吹笙以播其曲，及秦而亡。」朱熹《詩集傳》據此申論，在〈南陔〉篇題下注云：「此笙詩也，有聲無辭。舊在〈魚麗〉之後。以《儀禮》考之，其篇當在此。今正之。」他說毛公以〈南陔〉以下三篇無辭，把〈魚麗〉一篇調升，以補足〈鹿鳴之什〉十篇的數目，然後把〈南陔〉三篇附於其後，又因此把〈南有嘉魚〉作為下一篇什之首。朱熹以為毛公這種說法是錯的，所以他重作調整，並把調整的理由和根據，在〈華黍〉篇題下說明。最後，他把〈南陔〉繫於〈杕杜〉之後，成為〈鹿鳴之什〉的最後一篇；又列〈白華〉、〈華黍〉於〈魚麗〉之前。因而〈魚麗〉之後，依序是：〈由庚〉、〈南有嘉魚〉、〈崇丘〉、〈南山有臺〉、〈由儀〉、〈蓼蕭〉、〈湛露〉，這十篇就題為〈白華之什〉。

從詩篇的標題，和《儀禮．鄉飲酒禮》第三章「樂賓」的「升歌」、「笙奏」、「間歌」等儀節看，朱熹的說法是有道理的，所以後來很多今文學派的學者，都接受了他的意見。不過，為了盡量保存古代文獻的原始面目，筆者此書仍然沿用《毛詩》原有的順序。

為了便於讀者參考核對，茲據《史記．周本紀》等資料，列古公亶父以迄幽王之西周世系如下（×表示夫婦）：

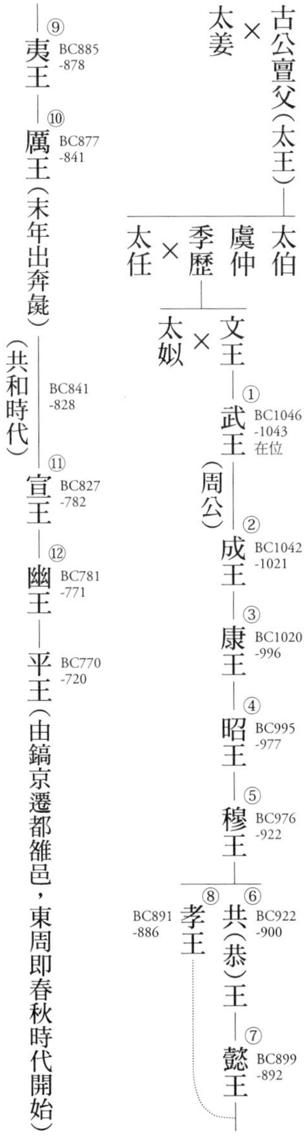

其餘的補充說明，請參閱本書系列另一冊〈大雅解題〉。

鹿鳴

一

呦呦鹿鳴，❶
食野之苹。❷
我有嘉賓，
鼓瑟吹笙。
吹笙鼓簧，
承筐是將。❸
人之好我，
示我周行。❹

二

呦呦鹿鳴，
食野之蒿。
我有嘉賓，
德音孔昭。❺

【直譯】

呦呦地群鹿和鳴，
吃著郊外的青苹。
我有美好的貴賓，
彈著瑟呀吹著笙。
吹著笙呀鼓著簧，
手捧禮筐來獻上。
人家這樣愛護我，
指示我大道方向。

呦呦地群鹿和鳴，
吃著郊外的青蒿。
我有高尚的貴賓，
高尚聲名最榮耀。

【注釋】

❶ 呦呦（音「優」），鹿鳴聲。
❷ 苹，蒿的一種。
❸ 承，奉、捧。將，奉上。
❹ 周行，公路、大道。行，音「杭」。
❺ 孔，大、甚。昭，明、顯耀。

・蒿・

視民不恌，❻
君子是則是傚。❼
我有旨酒，❽
嘉賓式燕以敖。❾

三

呦呦鹿鳴，
食野之芩。❿
我有嘉賓，
鼓瑟鼓琴。
鼓瑟鼓琴，
和樂且湛。⓫
我有旨酒，
以燕樂嘉賓之心。⓬

教導人民不輕佻，
君子學習又倣效。
我有可口的美酒，
貴賓暢飲又逍遙。

呦呦地群鹿和鳴，
吃著郊外的水芩。
我有和樂的貴賓，
彈著瑟呀彈著琴。
彈著瑟呀彈著琴，
和和樂樂又盡興。
我有可口的美酒，
來娛樂貴賓的心。

❻ 視，古「示」字。恌，同「佻」，輕浮。
❼ 是，此。則，榜樣。傚，效法。
❽ 旨，甘美。
❾ 燕，通「宴」。敖，通「遨」，遊。
❿ 芩，音「琴」，即蒿。
⓫ 湛，音義同「耽」，酒酣、盡興。
⓬ 燕樂，安樂。

·芩·

【新繹】

〈鹿鳴〉是〈小雅〉的第一篇，也是「四始」之一。《詩經》有所謂「四始」之說，指的是：

〈關雎〉為〈國風〉之始，〈鹿鳴〉為〈小雅〉之始，〈文王〉為〈大雅〉之始，〈清廟〉為〈頌〉之始。歷來的學者，大都認為「四始」是「歌文王之道」、「述文王之德」，是詩的極致。由此可見〈鹿鳴〉一詩在《詩經》中的重要地位。

〈毛詩序〉說：「鹿鳴，燕群臣嘉賓也。既飲食之，又實幣帛筐篚，以將其厚意，然後忠臣嘉賓得盡其心矣。」根據〈毛詩序〉的說法，這是周王宴會群臣嘉賓的一首樂歌，希望藉此禮樂並用，來達到君臣和衷共濟的作用。至於是哪一個周王，則後來的說法不一。有人說是周文王，有人說是周成王，有人說是周康王，甚至有人認為是「周衰之作」，即東周之前不久的作品。另外還有一種說法，認為這是一首諷刺詩，諷刺「在位之人不仁」。這些說法，不管是美是刺，都沒有確鑿的證據。近現代以來，疑經風氣很盛，所以又有人主張，這只是貴族宴請嘉賓的一首詩歌而已。

可是，無論如何，這首詩歌對後世的影響很大。古代在宴會賓客時，常常要演奏這首樂歌。《儀禮》中有兩處樂工演唱〈鹿鳴〉的記載；從漢到晉，這首歌被演奏的機會最多。到了唐朝，宴會鄉貢，更一定要演唱它。依清朝科舉的慣例，鄉試放榜的第二天，都要舉行盛宴，招待考官和新科舉人，這個宴會就叫「鹿鳴宴」。從這些例子中，都可以看出〈鹿鳴〉一詩對後世的影響。

這首詩共三章，全都以「呦呦鹿鳴」起興。鹿是靈獸，從〈大雅．靈台〉一詩看，牠常為帝王之家所養；牠也是珍貴的稀有動物，因此被古人視為吉祥，可作婚禮納徵之用（見〈召南．野有死麕〉）。同時，鹿是仁獸，相傳牠在得草而食之時，毫無私己之心，會呦呦而鳴，呼朋引伴，所以由此起興的詩篇，也充滿了莊敬和樂的氣氛，也因此可作貴族娛賓之用。雖然三章之間，句數大致相等，句法大致相近，但側重不同，便有起伏變化，而不會單調。第一章寫宴會之始，樂器初奏，主人即獻幣帛，向賓客請教周道之方。第二章寫酬酢之禮既行，賓客酣飲歡暢，主人進而請教可為臣民效法的榜樣。第三章寫琴瑟和鳴，賓主盡歡，和樂無間，達到渾然一體的境界。這真是一首宮商鏗然、首尾相應、傳誦千古的名篇。

〈小雅〉開頭的幾篇，都與周代貴族的燕禮有關。燕禮是五禮中的嘉禮，通常用於周王慰勞卿大夫及招待四方諸侯來聘的場合。關於燕禮的儀節，《儀禮》中有比較詳細的記載。在設具（陳設器物）、迎賓（命賓、納賓）之後，先要舉行主人獻賓、賓酢主人、主人又飲以酬賓等等的所謂「嘗」、「獻」、「酢」、「酬」之禮，過程中都有音樂伴奏，即所謂升歌、獻工、奏笙、歌笙間奏和合樂等等節次。在酬賓之後，通常主人還有禮物贈送嘉賓，以助酒興，這叫「酬幣」。有時還奉行射禮。然後賓主才安坐宴飲，盡情歡樂，這就叫無算爵、無算樂。（以上一些儀節的說明，請參閱下文〈皇皇者華〉篇的「新繹」。）如果是饗禮，在燕禮之外，還有更多的規制（請參閱下文〈彤弓〉篇的「新繹」部分）。〈鹿鳴〉這首詩的描述，可謂完全符合周代燕禮的基本禮節儀式。

筆者著有《儀禮．鄉飲酒禮儀節簡釋》一書（一九七三年由台北中華書局出版），書中繪製了一些圖表，用以顯示儀節的進行。茲摘錄其中二幅於後，供讀者參考。

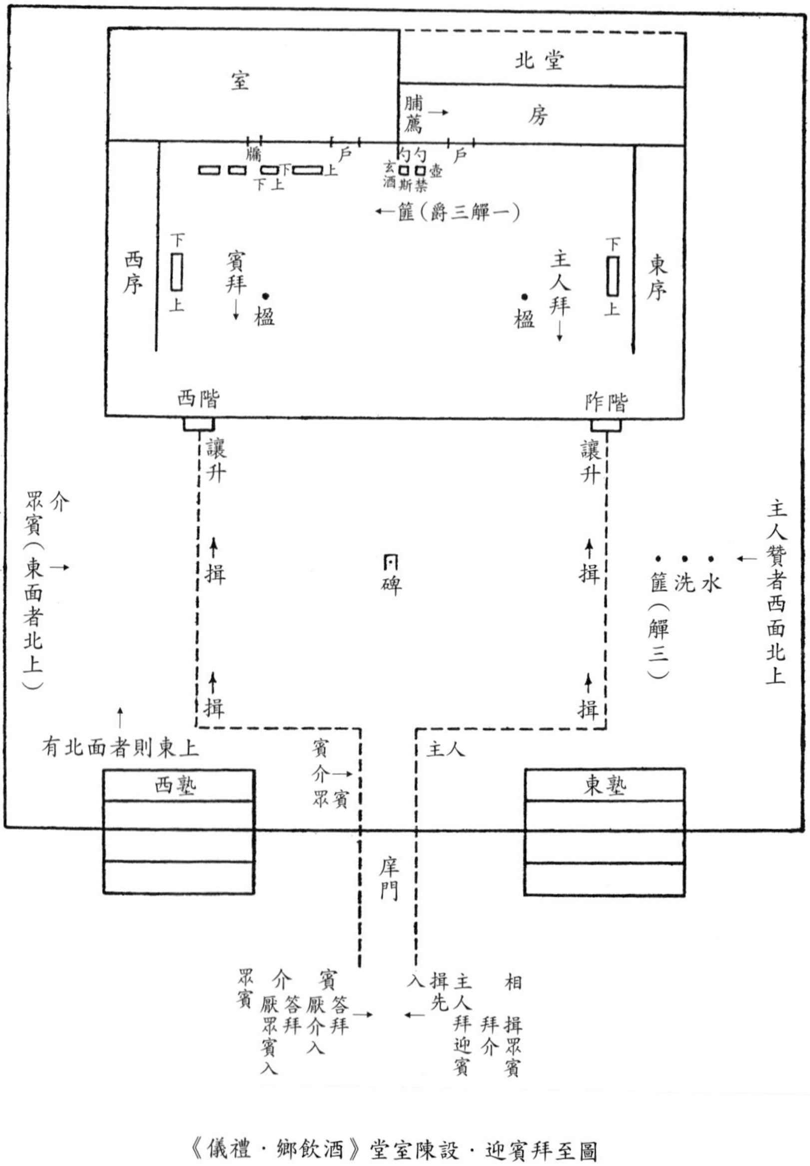

《儀禮·鄉飲酒》堂室陳設·迎賓拜至圖

（吳宏一／繪製）

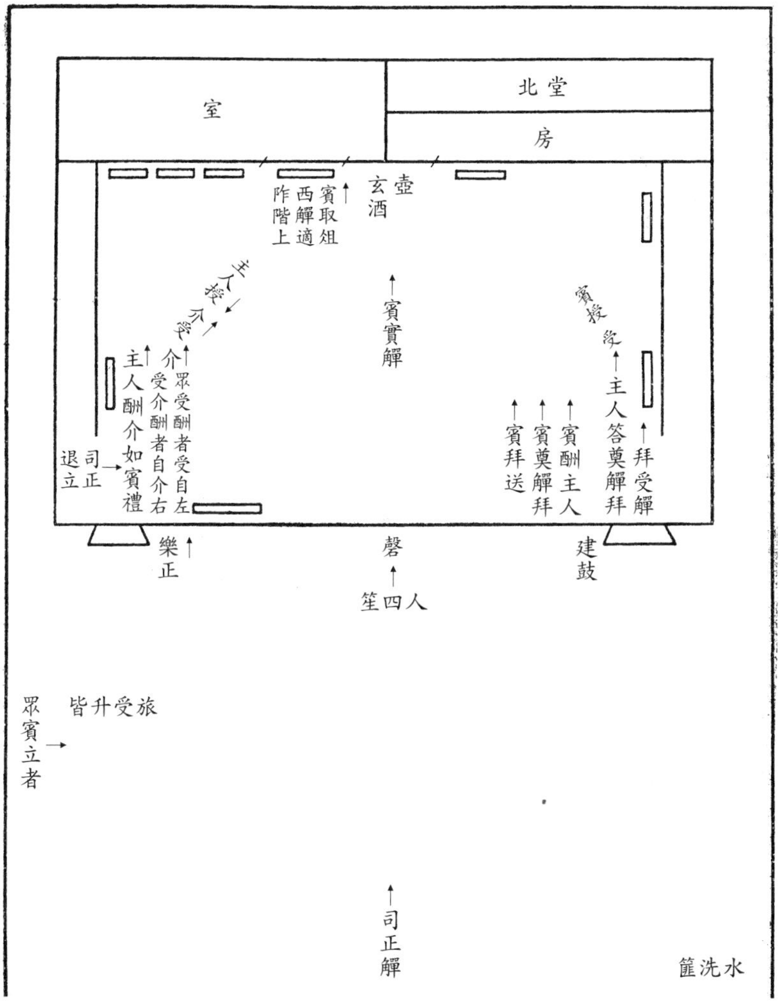

《儀禮・鄉飲酒》飲宴旅酬圖

（吳宏一／繪製）

四牡

一

四牡騑騑，❶
周道倭遲。❷
豈不懷歸？
王事靡盬，❸
我心傷悲。

二

四牡騑騑，
嘽嘽駱馬。❹
豈不懷歸？
王事靡盬，
不遑啟處。❺

【直譯】

四匹雄馬奔跑忙，
大路迂迴又漫長。
難道不想回家鄉？
王事公差忙不完，
我的內心真悲傷。

四匹雄馬奔跑忙，
喘呀喘黑鬃白馬。
難道不想回老家？
公差太多放不下，
沒空歇息或休假。

【注釋】

❶ 騑騑（音「非」），形容馬奔跑不停的樣子。

❷ 倭遲（音「移」），同「逶迤」，迂曲漫長的樣子。

❸ 靡，無。盬，音「古」，止息。

❹ 嘽嘽（音「灘」），喘氣的樣子。駱，黑色頸毛的白馬。

❺ 不遑，無暇。啟處，閒坐休息。古人席地而坐，有跪有坐。跪即啟（起身），坐即處（居）。

三

翩翩者鵻，❻
載飛載下，
集于苞栩。❼
王事靡盬，
不遑將父。❽

翩翩飛的是鵓鴣，
又是飛上又飛下，
群棲於叢生柞樹。
王室征戰沒結束，
沒空來奉養老父。

四

翩翩者鵻，
載飛載止，
集于苞杞。❾
王事靡盬，
不遑將母。

翩翩飛的是鵓鴣，
又是飛翔又停止，
群棲於叢生杞樹。
王室征戰未結束，
沒空來奉養老母。

五

駕彼四駱，
載驟駸駸。❿
豈不懷歸？

駕著那四匹駱馬，
又是奔馳趕呀趕。
難道不想回家鄉？

❻鵻，音「追」，鵓鴣。又名祝鳩。一說：即今鴿子。
❼苞，音「包」，叢生。栩，音「許」，柞樹。
❽將，扶養。
❾杞，音「起」，枸杞。
❿駸駸（音「侵」），馬奔馳的樣子。

·鵻·

是用作歌，將母來諗。⓫

藉此譜曲把歌唱，好將父母來懷想。

⓫ 諗，音「審」，「念」的借字。

【新繹】

〈四牡〉這首詩，據〈毛詩序〉說，是王者「勞使臣之來也」。派遣出去辦事的使臣有功回來時，王朝本來就該慰勞他，歡樂宴飲他。但有人以為：這只是行人思歸之詞，不必附會其他。然而觀詩中有「王事靡盬，不遑啟處」等語，可知仍以「使臣在途自咏之詩」為是。像王先謙《詩三家義集疏》就引《齊詩》之說，認為詩的內容主題，在於使臣思歸，「念及父母」，因而懷舊傷悲。

其實這兩種說法可以相通，並無牴觸。《毛傳》和《鄭箋》都說得好。《毛傳》說：「思歸者，私恩也。靡盬者，公義也。傷悲者，情思也。」《鄭箋》進一步闡釋說：「無私恩，非孝子也。無公義，非忠臣也。君子不以私害公，不以家事辭王事。」詩中的使臣，為忙不完的王朝公事，駕著四匹駱馬拉的馬車，在大路上奔波不停，當然是為公義而忙的忠臣，但他因此而無暇回家侍奉父母，又不免自慚有負私恩而不足以言孝。忠孝不能兩全，這就是使臣自稱「我心傷悲」的原因。事實上，這些說的都是采詩者之義，就其用為樂章而言。

至於《毛傳》、《鄭箋》說此詩作於文王為西伯之時，譜為樂章則或在周公相成王之日，那是傳統的說法。讀者可以參考，不必盡信。

詩共五章，全以第一人稱口氣敘事抒情。第一、二兩章先以四牡的奔馳、道路的紆長，來說明王朝公事永遠忙不完，因此無法回家休息。《毛傳》云：「啟，跪。處，居也。」「啟」和「處」在此分別是「跽」和「凥」的假借字。古人席地而坐，所以「啟」指跪坐歇息，而「處」則指憑几安坐，合而言之，猶言回家休息。感覺上，詩人是以馬自比。第三、四兩章，則用「翩翩者鵻」起興。鵻，是黃河流域幾種斑鳩的通稱。據《爾雅》說，牠又名鵓鴣，屬鳩鴿科。這種鳥通常成對或結群飛翔，時飛時停。所以詩人觸景生情，感傷自己離開家人，不能時常回家省親。最後一章又回應第一、二章，仍然「駕彼四駱」，在大路上奔波，可是馬跑得更急更快。王朝差事忙不完，好像他回家的路也永遠走不完一樣。所以他寫下這首詩，來抒寫對父母的想念。「將母來諗」，對照上文，應該兼指父母而言。

〈國風〉中〈唐風．鴇羽〉一詩，同樣感嘆「王事靡盬」，同樣藉飛鳥振羽來寫使臣征夫徭役在外的痛苦，可是和這首〈四牡〉比較起來，〈鴇羽〉詩中充滿「悠悠蒼天，曷其有所」呼天嗆地的怨極之情，而這首〈四牡〉則無論在修辭或音節上，都較為平和。據王質《詩總聞》說，這是「悲情中有願意」。願意因公義而忘私恩。這可能是因為〈四牡〉和此篇作者身分有勞動者和出使者的不同，因而在作品風格上，也就有〈國風〉和〈小雅〉之分了。還有，「王事靡盬」是《詩經》中常見的詞語，通常指戰役尚未終止而言。盬，《毛傳》解為「不攻致」，王引之《經義述聞》解為「息」、「止」，都是一樣的意思。

皇皇者華

一

皇皇者華，❶
于彼原隰。❷
駪駪征夫，❸
每懷靡及。❹

二

我馬維駒，❺
六轡如濡。❻
載馳載驅，
周爰咨諏。❼

三

我馬維騏，❽
六轡如絲。

【直譯】

燦爛開的是花兒，
在那高原低濕地。
匆匆趕路遠行人，
常常擔心趕不及。

我乘的馬是雄駒，
六轡在手多滑潤。
又是奔馳又驅策，
到處去探詢訪問。

我乘的馬叫做騏，
六條轡繩如絲綢。

【注釋】

❶ 皇皇，同「煌煌」。華，古「花」字。
❷ 原，高平之地。隰，音「席」，低濕之地。
❸ 駪駪（音「身」），眾多疾行的樣子。
❹ 每，常。靡及，不到、趕不上。
❺ 駒，五尺以上的馬。
❻ 轡，馭馬的韁繩。六轡，已見〈秦風．駟鐵〉篇。濡，浸過水，表示潔潤。
❼ 周，普遍。咨，通「諮」，詢問。諏，音「鄒」，訪談。
❽ 騏，青黑色花紋的馬。

載馳載驅，　又是奔馳又驅策，
周爰咨謀。　到處去訪問籌謀。

四

我馬維駱，❾　我乘的馬叫做駱，
六轡沃若。❿　六條轡繩多鮮亮。
載馳載驅，　又是奔馳又驅策，
周爰咨度。⓫　到處去訪問商量。

五

我馬維駰，⓬　我乘的馬叫做駰，
六轡既均。　六條轡繩夠均勻。
載馳載驅，　又是奔馳又驅策，
周爰咨詢。　到處去訪問諮詢。

❾ 駱，身白頸毛黑的馬。已見前。
❿ 沃若，沃然，光澤明亮的樣子。
⓫ 度，音「奪」，商量。
⓬ 駰，黑白雜毛的馬。

【新繹】

〈皇皇者華〉這首詩，據〈毛詩序〉說，是「君遣使臣也。送之以禮樂，言遠而有光華也。」

但詩中的「我」，明明是使臣的自稱，因此從寫作的角度看，應是使者受命出外探訪民情，而非「君遣使臣」。〈毛詩序〉和《儀禮》、《左傳》等舊說，說的不是詩的本義，而是它用為樂章時的意義。從西周初年到春秋時代，統治者在宴會時，常叫樂工演唱〈鹿鳴〉、〈四牡〉、〈皇皇者華〉三詩。有人說燕飲嘉賓群臣時奏〈鹿鳴〉，慰勞使臣時奏〈四牡〉，遣派使臣時奏〈皇皇者華〉，那都是取其音樂而言，用來斷章取義，表達自己的意見。據《儀禮》的〈燕禮〉和〈鄉飲酒禮〉，典禮剛舉行時，在「升歌」的階段，要有鼓瑟者二人，歌者二人。樂工升堂歌〈鹿鳴〉、〈四牡〉、〈皇皇者華〉，然後才是「笙奏」、「間歌」。可見這三首樂歌應是一起演唱的才對。「升歌」之後，主人向賓客敬酒，然後才舉行「笙奏」。這時候，吹笙的樂工入堂下，演奏〈南陔〉、〈白華〉、〈華黍〉三首笙詩，有磬伴奏。表演完畢，又由主人向奏樂者敬酒，再舉行「間歌」。所謂「間歌」，就是堂上的歌者和堂下的笙人輪流相間演奏。堂上唱〈魚麗〉，堂下奏〈由庚〉；堂上再唱〈南有嘉魚〉，堂下奏〈崇丘〉；堂上又唱〈南山有臺〉，堂下又奏〈由儀〉。「間歌」完畢以後，接著舉行「合樂」。堂上升歌和堂下笙奏一起合作，歌奏〈周南〉的〈關雎〉、〈葛覃〉、〈卷耳〉，和〈召南〉的〈鵲巢〉、〈采蘩〉、〈采蘋〉。這些表演結束之後，才正式開始宴飲，就叫「旅酬」，讓眾賓按長幼順序互為酬酢。一切都按程序進行，這才合乎禮樂之道。「旅酬」之後，可以盡情宴飲，不必節制，所以飲酒叫「無算爵」，奏樂叫「無算樂」，直到散會送賓為止。這些就是《詩經》中燕禮的通行儀節。很少有例外的，所以以下各篇有關的詩篇，就不一一贅述了。

〈皇皇者華〉和〈四牡〉雖然同樣是使臣在途中的自咏之作，但一則說「王事靡盬」，與軍事有關，一則說「周爰咨詢」，與聘問有關。二篇所說的使臣，不必是同為一人。《國語．晉語》卷八記載叔向的話說：「吾聞國家有大事，必順於典型，而訪咨於耆老，而後行之。」這首詩寫的應即「訪咨於耆老」的這些事。

詩共五章。第一章開頭二句，以「皇皇者華」起興。華，即花。花開煌煌，到處皆然。《毛傳》說得好：「忠臣奉使，能光君命，無遠無近，如華不以高下易其色。」使臣受命外出，到民間各處去調查訪問，請教賢能，以宣導王政，了解民情，正宜用此比喻。以下四章，寫使臣受命訪賢之餘，急往各地，「每懷靡及」一句，寫他對使命的忠誠、工作的熱情。從第二章到第五章，每章只換三、四個字，歌詠馬匹的高駿和馬繮的順手，歌詠自己忙於訪問諮詢，充滿熱情。重章疊句之中，顯示出乘馬毛色的差異和探訪層次的不同。

馬由「駒」而「騏」而「駱」而「駰」；六轡由「如濡」而「如絲」而「沃若」而「既均」，周咨由「諏」而「謀」而「度」而「詢」，不但為了協韻，同時也在整齊中求變化，表示層次的各各不同或逐漸加深。這些都是《詩經》中常見的表現技巧。

有人拿這首詩和〈召南．小星〉比較，說同樣寫官員在途中趕路，但二者反映的情緒不同，此詩充滿信心，而〈小星〉則怨嗟不已，真是「實命不同」啊！

又有人拿這首詩和上篇〈四牡〉比較，說寫了「駱」和「駒」、「騏」、「駰」等等不同顏色的馬，以及「騑騑」、「駸駸」、「駪駪」等等不同形態的形容詞，不知有何意義。其實，馬在古代，用途很多，不但可以用於交通運輸，而且可以用於軍事田獵以及農耕生產，等等。《詩經》中的篇章，寫到馬的，以二〈雅〉為最多，但最引人注意的，卻是〈魯頌〉的〈駉〉那一篇。馬的品類繁多，書中通常以馬的毛色（騏、駱等等）和馬的高度（駒、龍等等）來分類。至於有關馬的形容詞，騑騑駪駪之類，通常是快速和眾多的意思。有關馬的飾物，更是名目繁多，轡鑾鈎膺之類，則通常都很華麗，用來襯托主人的身分。例如詩中頻頻出現的轡，是控制馬的韁繩。古代一車四馬，一馬用一韁繩駕馭，外加兩條控制車馬進行方向的韁繩，所以說是「六轡」。一說：四匹馬原有八條韁繩，因為兩匹靠內的服馬或靠外的驂馬，各有一條韁繩繫在車軾上，御者手中操控的，實際上只有六條，所以也稱「六轡」。這些都是古人日常生活中習見之物，因此常常出現在古人的詩文之中。

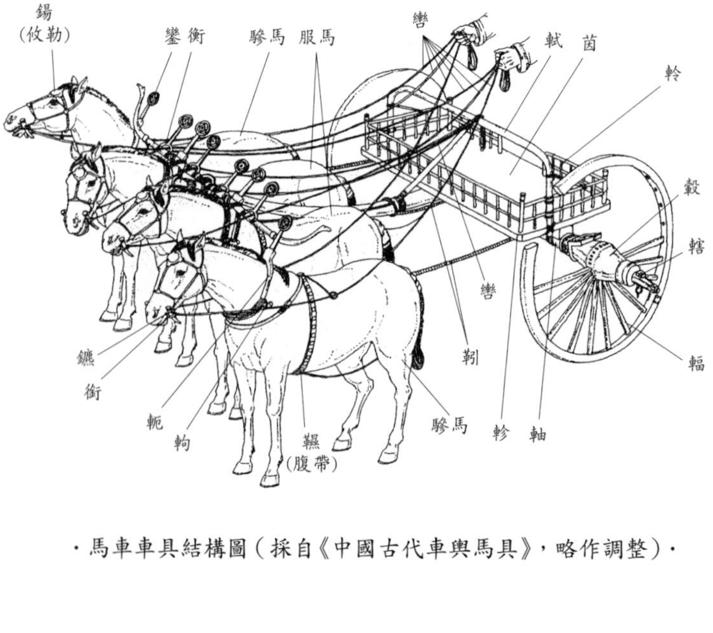

・馬車車具結構圖（採自《中國古代車輿馬具》，略作調整）・

常棣

一

常棣之華，❶

鄂不韡韡。❷

凡今之人，

莫如兄弟。

二

死喪之威，❸

兄弟孔懷。❹

原隰裒矣，❺

兄弟求矣。

三

脊令在原，❻

兄弟急難。

【直譯】

常棣樹的花開了，

花萼花蒂多接近。

所有當前的人們，

沒人能像兄弟親。

死喪的事夠嚇人，

只有兄弟最關心。

高原窪地堆土墳，

只有兄弟來找尋。

鶺鴒相伴在高原，

兄弟著急來救難。

【注釋】

❶ 常棣，棠棣樹。華，花。

❷ 鄂，同「萼」，花萼。不，音「父」，同「柎」，花蒂。韡，音義同「煒」，光明茂密的樣子。

❸ 威，畏、可怕。

❹ 孔懷，很懷念、最關心。

❺ 裒，音「剖」，堆積。

❻ 脊令，鳥名，即鶺鴒。性喜同類。

·脊令·

每有良朋，❼
況也永歎。❽

四

兄弟鬩于牆，❾
外禦其務。❿
每有良朋，
烝也無戎。⓫

五

喪亂既平，
既安且寧。
雖有兄弟，
不如友生。⓬

六

儐爾籩豆，⓭
飲酒之飫。⓮

雖然也有好朋友，
頂多呀只有長嘆。

兄弟爭鬥在家裡，
對外同心抗強敵。
雖然也有好朋友，
終究呀沒有助益。

等到喪亂已平定，
生活平安又寧靜。
那時雖有好兄弟，
反覺不如朋友情。

擺好您菓籃肉盤，
喝酒如此的滿足。

❼ 每，雖。
❽ 況，且、益。永歎，長嘆。
❾ 鬩，音「隙」，爭鬥。
❿ 務，「侮」的借字。
⓫ 烝，曾、乃、終究。一說：眾。戎，相助。
⓬ 友生，朋友。生，語助詞。
⓭ 儐，陳列。籩，音「邊」，盛物之竹籃。豆，盛肉的鍋盤。籩豆是古代祭祀或宴饗時盛物的禮器。
⓮ 飫，音「育」，滿足。

·豆·

·籩·

兄弟既具，[15]
和樂且孺。[16]

七

妻子好合，
如鼓瑟琴。
兄弟既翕，[17]
和樂且湛。

八

宜爾室家，
樂爾妻帑。[18]
是究是圖，
亶其然乎！[19]

兄弟已經都來齊，
融洽快樂又和睦。

妻子和好情意合，
好像協奏琴瑟鳴。
兄弟已經都歡聚，
融洽快樂又盡興。

安頓您家庭親屬，
親近您妻子兒女。
如此推究如此想，
確實應該這樣哩！

[15] 具，通「俱」，到齊。
[16] 孺，音「儒」，親睦。
[17] 翕，音「細」，和合。
[18] 帑，「孥」的俗字，兒女。
[19] 亶，音「膽」，確實。

【新繹】

〈常棣〉是一首歌詠兄弟友愛的詩，也是《詩經》的名篇之一。〈毛詩序〉說是：「燕兄弟也。

閔管、蔡之失道，故作〈常棣〉焉。」言下之意，和《國語》的說法一樣，認為此詩乃周成王時周公所作。周公輔佐成王，在平定管叔、蔡叔之亂後，宴會兄弟親屬，而作此詩。另外還有一種說法，據《左傳．僖公二十四年》的記載，乃「召穆公思周德之不類，故糾合宗族於成周」而作。召穆公虎是周厲王、宣王時人。這兩種說法相差一百多年，頗不一致。後來有人力主調和之說，例如《孔疏》就引述說：「凡賦詩者，或造篇，或誦古。所云誦古，指此召穆公所作誦古之篇，非造之也。」意思是周公原作，召公歌而賦之。現代學者有人根據金文〈召伯虎𣪘〉認定此詩確為周厲王時召穆公所作，但也有人認為只是一首反映燕禮的宴飲詩，不一定是出自周公或召公手筆。《周禮．春官．大宗伯》就說：「以飲食之禮，親宗族兄弟。」可見這是西周由大宗伯掌管的樂章之一。

西周的宴飲詩，常在反復吟詠的禮儀活動中，強調同宗之誼和兄弟之情。〈常棣〉反映的應是同姓之國、貴族之間的和諧；下一篇〈伐木〉則是反映異姓之國、兄弟之邦間的凝聚力和親和力。例如西周初封建諸侯時，齊國等即因婚姻關係而稱為「舅甥」之國。

此詩共八章，每章四句。首章以棠棣之花起興，直接點明主題。鄂，《說文》引作「萼」。不，《鄭箋》云當作「柎」。柎，即花蒂。棠棣樹的花，花萼、花蒂相接，非常緊密，通常兩三朵連在一起，故詩人藉此以喻兄弟。但也有人說，「鄂不」如同「胡不」、「何不」，是「哪兒不」的意思，只是形容棠棣的花明亮好看，不必強調是什麼部位。

首章點明主題「凡今之人，莫如兄弟」之後，第二、三、四章，分別從死喪、急難、禦敵三方面，來描寫兄弟之間的感情最深刻真摯。遇死喪則兄弟相尋，遇急難則兄弟相救，遇仇敵則兄弟相助，這也就是方玉潤《詩經原始》所說的：「良朋妻孥未嘗無助于己，然終不若兄弟之情親而相愛也。」

第五章筆勢一轉，說平日安寧，常覺兄弟不如友生者，蓋人之通病，亦事之常有，故詰問而斥責之。雖不明言，但以下第六、七、八章，即以宴飲兄弟、妻子為比，說明兄弟家屬應當友愛親近的道理。最後兩句：「是究是圖，亶其然乎」，在上文多方敘事、抒情、說理之後，以此作結，更見情理相兼之妙。

·常棣·

伐木

一

伐木丁丁，❶
鳥鳴嚶嚶。
出自幽谷，
遷于喬木。
嚶其鳴矣，❷
求其友聲。
相彼鳥矣，❸
猶求友聲；
矧伊人矣，❹
不求友生？
神之聽之，
終和且平。

【直譯】

砍伐樹木響錚錚，
鳥兒鳴叫聲嚶嚶。
飛出是從深谷裡，
遷往高大喬木頂。
嚶嚶那樣鳴叫著，
尋求牠同伴和聲。
看看那鳥兒叫著，
還求同伴的和鳴；
何況人是萬物靈，
豈能不尋求友情？
留神聽聽那叫聲，
始終和樂又安寧。

【注釋】

❶ 丁丁，砍樹木的聲音。丁，古音「爭」。
❷ 嚶其，即嚶然，嚶嚶。鳥群的和鳴聲。
❸ 相，讀去聲，看。
❹ 矧，音「審」，何況。

·簋·

二

伐木許許，❺
釃酒有藇。❻
既有肥羜，❼
以速諸父。❽
寧適不來，❾
微我弗顧。❿
於粲灑埽，⓫
陳饋八簋。⓬
既有肥牡，
以速諸舅。⓭
寧適不來，
微我有咎。⓮

砍伐樹木聲滸滸，
濾過的酒夠醇馥。
已經備有肥羔羊，
可以催請眾伯叔。
寧可恰巧不能來，
不是我不給照顧。
潔亮啊灑水掃地，
擺設食品共八簋。
已經備有肥公羊，
可以催請眾舅父。
寧可恰巧不能來，
不是我有所疏忽。

三

伐木于阪，⓯
釃酒有衍。⓰
籩豆有踐，⓱

砍伐樹木在山坡，
濾過的酒真夠多。
果籃肉盤有順序，

❺許許（音「滸」），眾人合力伐木的叫聲。
❻釃，音「師」，濾酒。藇，音「序」，酒美。有藇，藇藇。
❼羜，音「主」，小羊。
❽速，催促、促請。諸父，同姓的長輩。
❾寧，寧可。適，恰巧。
❿微，無、非。
⓫於，音「烏」，讚嘆詞。粲，明亮。
⓬簋，音「軌」，同「毀」。盛食物的器具。
⓭諸舅，指異姓的長輩。
⓮咎，過失。
⓯阪，山坡。
⓰有衍，衍衍，溢而美的意思。
⓱有踐，踐踐、踐然，整齊的樣子。

兄弟無遠。⑱　　同輩兄弟不遠離。
民之失德，　　人們的不念恩情，
乾餱以愆。⑲　　常因粗食而惹起。
有酒湑我，⑳　　有酒就濾來請我，
無酒酤我。㉑　　沒酒就沽來請我。
坎坎鼓我，　　坎坎地為我敲鼓，
蹲蹲舞我。㉒　　蹲蹲地伴我跳舞。
迨我暇矣，㉓　　趁著我們空閒時，
飲此湑矣。㉔　　喝這些清酒下肚。

⑱ 無遠，不要見外疏遠。無，勿。
⑲ 餱，音「侯」，乾糧。以，因而。愆，罪，此指交惡。
⑳ 湑，音「許」，濾。
㉑ 酤，同「沽」，買。
㉒ 蹲蹲（音「存」），形容跳舞的姿態。
㉓ 迨，趁。
㉔ 湑，濾過的酒。

【新繹】

〈伐木〉一詩，據〈毛詩序〉說，是「燕朋友故舊也」，燕，即宴。從詩中本文看，說是宴饗朋友故舊，應無問題。只是宴饗主人是誰，以及他所謂「朋友故舊」，究竟指哪些人，需加補充說明。

〈毛詩序〉又說：「自天子至於庶人，未有不須友以成善。」這話也說得沒錯，誰都需要朋友。即使貴為周天子，也有朋友故舊。因為詩中第二章有「陳饋八簋」之句，而《毛傳》又說：「天子八簋」，《儀禮・聘禮》也果然有天子用八簋的記載，所以從《鄭箋》、《孔疏》以下，都認定宴饗主人是周王，而且紛紛推測這曾伐木結友的周王是誰。《鄭箋》說是文王，寫的是「昔日未居位在農之時，與友生于山巖伐木，為勤苦之事。」《孔疏》更進一步說：「酒為伐木而設，即伐木之人是朋友矣。」意思是說，這首詩寫文王尚未即位時，曾經與朋友在山中伐木，詩即為此而作。詩中的朋友，尋繹語意，當非同宗同姓的兄弟，而是異姓異國的朋友。

王先謙《詩三家義集疏》則說詩是周公所作：「故依文王尊為天子之後，稱之曰父、舅。文王微時朋友，皆是後來內外大臣，故有父、舅之名。而伐木求友之事，非周公亦無由知而述之也。」意思是，只有周公才知道文王有伐木之事，也才會以父、舅稱文王的這些朋友故舊。年荒世衰，難免有賢人隱於伐木，故文王在微時曾歌此詩以見志。也因此三家詩中有所謂「伐木廢，朋友之道缺」之說。

對這兩種說法，現代學者多以為不可據，只認為它原是民歌，經貴族採用修改譜樂而成。

詩共三章，每章十二句。首章由伐木聲動、鳥鳴喬遷寫起，直接點明題旨，鳥猶知求其友聲，人更須朋友相助。第二、三兩章寫與故舊朋友宴飲之事，分別從兩個層次落筆。第二章的簋，第三章的籩豆，都是《詩經》中常提到的食器。第一章說過：「矧伊人矣，不求友生？」此二章即寫以宴飲求友生之事。友生，即朋友。第二章寫以肥羊美酒宴饗同姓諸父和異姓諸舅，連周圍環境都灑掃整潔，情意非常誠懇。諸父、諸舅，據《孔疏》說，指父母雙方的兄弟長輩，甚至妻子、朋友的同輩，都可包括在內。第三章特別強調以豐盛的酒肴，宴饗兄弟之輩的朋友故舊。「兄弟無遠」的「兄弟」與〈常棣〉一詩的「兄弟」意義不同。這裡指的不是同胞兄弟，而是指親近的朋友。「有酒湑我」以下四句，排比得法，極寫待客的殷勤。孫鑛《批評詩經》云：

「湑我等句法奇峭，連四我字句，尤有逸態。」凌濛初《言詩翼》亦云：「連用五我字，殷勤之意可掬。」在酒醉飯飽之餘，還繼之以歌舞，可謂把歡宴的氣氛渲染得淋漓盡致。

結合〈常棣〉一詩看，可知〈常棣〉寫宴請同姓兄弟之禮，這首〈伐木〉則是寫宴會朋友故舊之禮。

天保

一

天保定爾，❶
亦孔之固。❷
俾爾單厚，❸
何福不除？❹
俾爾多益，
以莫不庶。❺

二

天保定爾，
俾爾戩穀。❻
罄無不宜，❼
受天百祿。
降爾遐福，
維日不足。❽

【直譯】

上天保祐安定您，
一樣好好的庇護。
使您堅強又厚實，
哪種福氣不賞賜？
使您多多得好處，
因此不會不富庶。

上天保祐安定您，
使您多多得福祿。
完全沒有不合適，
享受上天百樣福。
降給您長遠福祉，
唯恐天天不滿足。

【注釋】

❶ 爾，您。指周王。
❷ 孔，大、甚。
❸ 俾，使。單、厚，同「亶」，厚大。
❹ 除，音「余」，予、賜予。一說：通「儲」，儲積。
❺ 以，因而。庶，眾多。
❻ 戩，音「剪」，福。穀，祿。
❼ 罄，盡。
❽ 維，唯、唯恐。

三

天保定爾，
以莫不興。
如山如阜，
如岡如陵。
如川之方至，
以莫不增。

四

吉蠲為饎，❾
是用孝享。
禴祠烝嘗，❿
于公先王。
君曰卜爾，⓫
萬壽無疆。

五

神之弔矣，⓬

上天保祐安定您，
因此不會不興盛。
好像高山像土丘，
好像山岡像丘陵。
好像河川的將到，
因而不會不遞增。

吉日潔淨備酒食，
藉此用來獻祖上。
夏春冬秋都廟祭，
獻給先公與先王。
祖宗傳話預祝您，
長壽萬年樂無疆。

神靈如此降臨了，

❾ 吉，吉日。蠲，音「捐」，潔。吉蠲，是說祭祀前潔身示敬。饎，音「赤」，酒食。
❿ 禴，音「月」，夏祭。祠，春祭。烝，冬祭。嘗，秋祭。
⓫ 君，此指先公先王的神靈。卜，預祝。
⓬ 弔，音「帝」，至、降臨。一說：弔為「淑」之訛字，淑，善。

詒爾多福。⓭　賞賜您多樣福祉。
民之質矣，　人民如此篤定了，
日用飲食。　天天享用飲和食。
群黎百姓，⓮　所有民眾與百官，
徧為爾德。⓯　普遍感激您恩賜。

六

如月之恒，⓰　好像弦月的定型，
如日之升。　好像旭日的東昇。
如南山之壽，　好像南山的長壽，
不騫不崩；⓱　不會虧損不塌崩；
如松柏之茂，　好像松柏的森茂，
無不爾或承。⓲　無不因您而傳承。

⓭詒，通「貽」，賜給。
⓮群黎，民眾。百姓，古代指有姓氏的貴族，即百官族姓。
⓯為，通「訛」，感化。
⓰恒，音「更」，本字為「緪」。月上弦，漸趨圓滿。
⓱騫，音「千」，虧損。
⓲承，傳承。

【新繹】

〈天保〉是一首臣子歌頌君主的詩。〈毛詩序〉說此詩：「下報上也。君能下下以成其政，臣能歸美以報其上焉。」《鄭箋》進一步闡釋：「下下，謂〈鹿鳴〉至〈伐木〉，皆君所以下臣也；

臣亦宜歸美於王，以崇君之尊而福祿之，以答其歌。」意思是從〈鹿鳴〉到〈伐木〉連續五篇都是歌詠君王之宴饗臣下，因此臣下作此詩以回報君王。這種說法，三家詩並無異議，應該是可以採信的。但《孔疏》卻提出質疑：「詩者，志也，各有吟詠。六篇之作，非是一人」，又說：「上五篇非一人所作，又作彼者不與此計議，何相報之有？」說既然各篇作者不同，就不應把前幾篇連在一起看，以上下前後取其相成之義。這樣說來，〈毛詩序〉的說法是有些穿鑿附會了。

事實上，《孔疏》雖然言之成理，但那是從作詩者之義去說的，如果從編詩者之義來看，詩篇的編列順序，也自可有編詩者「著義示法」的用意。用為樂章或做為禮儀，編詩者當然也可以有自己的取義。所以〈毛詩序〉的說法，不必一筆抹殺。

至於著成年代，朱熹說：「文王時，周未有先王者。此必武王以後所作也。」真的言之成理，可以破除舊說。

詩共六章，每章六句。前三章皆以「天保定爾」為祝，用「如山如阜」、「如岡如陵」、「如川之方至」五個「如」字，來祝福君王如山高水長；後三章歌頌君王不但能孝敬先公先王，而且能澤及群眾百官。又用「如月之恒」、「如日之升」、「如南山之壽」、「如松柏之茂」四個「如」字，來比喻君王可與日月同光，萬壽無疆。最值得注意的是，這首詩前後總共用了九個「如」字，可見詩人想像力的豐富，同時在他誠摯的感恩和祝福中，也反映了當時「敬天保民」的思想。

采薇

一

采薇采薇，
薇亦作止。❶
曰歸曰歸，
歲亦莫止。❷
靡室靡家，
玁狁之故。❸
不遑啟居，❹
玁狁之故。

二

采薇采薇，
薇亦柔止。❺
曰歸曰歸，
心亦憂止。

【直譯】

採薇菜呀採薇菜，
薇菜又已萌芽了。
說回家呀說回家，
一年又已向晚了。
沒有親人沒有家，
都是玁狁的緣故。
沒空歇息或休假，
都是玁狁的緣故。

採薇菜呀採薇菜，
薇菜又已鮮嫩了。
說回家呀說回家，
內心又已憂悶了。

【注釋】

❶ 作，生、長出來。止，語尾助詞。下同。
❷ 莫，古「暮」字，晚。
❸ 玁狁，音「險允」，西北外族。
❹ 不遑，無暇、沒空。啟居，古人席地而坐，跪時叫啟，坐時叫居。
❺ 柔，芽葉柔嫩。

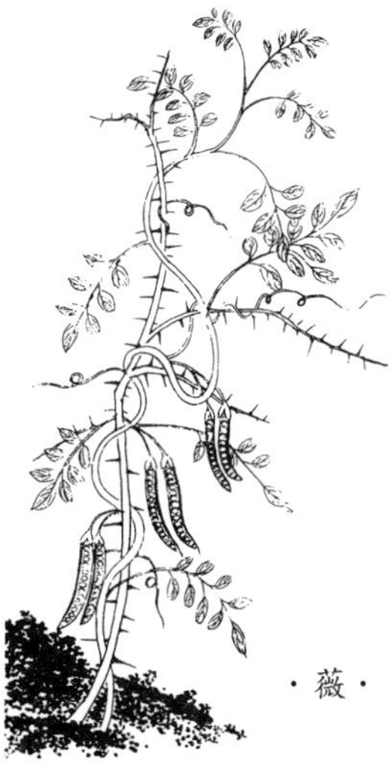

·薇·

憂心烈烈，
載飢載渴。
我戍未定，
靡使歸聘。❻

三

采薇采薇，
薇亦剛止。❼
曰歸曰歸，
歲亦陽止。❽
王事靡盬，❾
不遑啟處。
憂心孔疚，❿
我行不來。⓫

四

彼爾維何？⓬
維常之華。⓭

憂悶心情火般熱，
又是飢餓又口渴。
我們駐防不固定，
沒有信差傳音訊。

採薇菜呀採薇菜，
薇菜又已茁壯了。
說回家呀說回家，
一年又已回暖了。
王室差事忙不完，
沒空歇息或休假。
憂悶心情太痛苦，
我們遠征不回家。

那盛開的是什麼？
是棠梨樹的花朵。

❻ 靡使，沒有差使。聘，訊問。
❼ 剛，莖葉粗大。
❽ 陽，夏曆四月到十月，天氣暖和。
❾ 靡盬，沒有停止。已見〈四牡〉篇。
❿ 疚，痛苦。
⓫ 來，返、返鄉，一說：來慰勞。
⓬ 爾，「薾」的借字，花開的樣子。
⓭ 常，通「棠」，指棠梨。

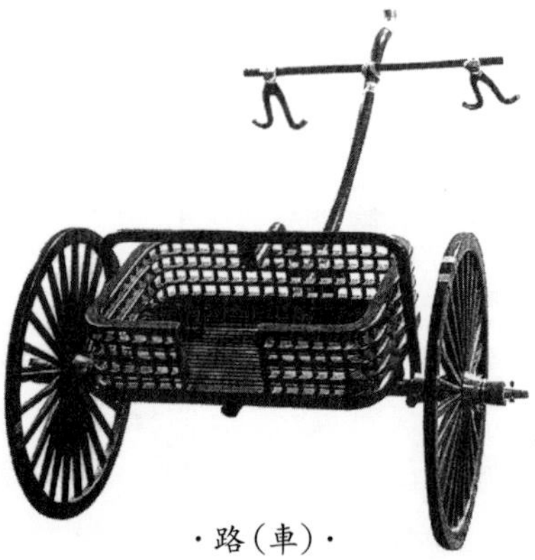
·路（車）·

彼路斯何？⑭
君子之車。
戎車既駕，
四牡業業。⑮
豈敢定居？
一月三捷！

五

駕彼四牡，
四牡騤騤。⑯
君子所依，
小人所腓。⑰
四牡翼翼，
象弭魚服。⑱
豈不日戒？
玁狁孔棘。⑲

那大車是誰坐的？
是將軍坐的兵車。
兵車已經駕御好，
四匹雄馬長得高。
哪敢停下來休息？
一月要幾次勝利。

駕著那四匹雄馬，
四匹雄馬真高大。
將軍藉此有依恃，
兵士藉此有掩護。
四匹雄馬夠氣派，
象牙雕弓魚皮袋。
敢不天天相戒備？
玁狁來犯太迫切。

⑭ 路，通「輅」，這裡指將帥所乘的戰車。
⑮ 業業，高大強壯的樣子。
⑯ 騤騤（音「魁」），同「業業」。
⑰ 腓，音「肥」，庇。
⑱ 弭，音「米」，雕弓。服，「箙」的借字，箭袋。魚服，用沙魚皮做成的箭袋。
⑲ 棘，通「急」，迫切。

・魚服・

六

昔我往矣，
楊柳依依。
今我來思，[20]
雨雪霏霏。[21]
行道遲遲，
載渴載飢。
我心傷悲，
莫知我哀。

從前我們出征時，
楊柳枝條裊裊垂。
如今我們回來了，
飄落雪花紛紛飛。
行人道上慢慢走，
又是口渴又飢餓。
我的內心真悲傷，
沒人知道我斷腸。

[20] 思，語末助詞。
[21] 雨，作動詞用，落。

【新繹】

〈采薇〉是描寫西周時代守邊戰士生活的詩篇。〈毛詩序〉說它是周文王之時，「遣戍役」之作，也有人以為是周宣王或襄王、懿王、厲王時的作品，很難確考。

詩的主題，歷來也有爭論。有人以為這是歡送將士出征的樂歌，有人以為是戍卒賦歸時在途中追憶行役之苦。尋繹詩中語氣，似以後者為是。

詩凡六章，每章八句。前三章採用複沓的形式，都用「采薇采薇」開頭，而且前面的四句，或用首章的原句，或易一字，在反復吟詠時，頗有一唱三嘆之妙。有的雖然只換一字，如「薇亦作止」、「薇亦柔止」、「薇亦剛止」，句中的「作」、「柔」、「剛」，寫薇的由萌芽而茁壯，正是寫時間的推移，暗示戰士的久戍未歸。後面四句，基本上，句型是改變了，但是首章「玁狁之故」一句的重複，一、三兩章「不遑啟居」、「不遑啟處」的前後呼應，也都有回環無盡的韻味。

前面這三章，寫長年出征在外的戰士，久出不歸，戍地未定，無法回家，也無法通信，而且飯還吃不飽，必須採薇而食，自然免不了要發出怨嘆之音。然而詩中所寫的這位戰士，在怨嘆之餘，卻想到自己所以如此，是由於「王事靡盬」、「玁狁之故」，把怨嘆之情歸結到對外族的戰爭上，而不忍斥罵周朝，寫得非常委婉，這就是所謂「〈小雅〉怨悱而不亂」。

第四、五兩章，寫從軍作戰的生活，戰則務捷，居則日戒，呼應上文第一章的「玁狁之故」。在寫作程序上，也層次分明。「彼爾維何，維常之華」和「彼路斯何，君子之車」是對比的寫法。寫了「君子之車」以後，再寫「戎車既駕，四牡業業」、「駕彼四牡，四牡騤騤」、「四牡翼翼，象弭魚服」，由兵車而戎馬，由戎馬而戎裝，句式重複之餘，很能增加表現的效果。尤其是「君子所依，小人所腓」二句，寫戰車已經備妥，戰馬已經駕好，將軍依車而立，擔任指揮，士兵以車掩護，待命作戰，表現出雄馬高大、士氣昂揚的氣概。有此描寫，下面再寫「豈敢定居，一月三捷」和「豈不日戒，玁狁孔棘」，就不致有突兀之感。

第六章寫戰罷賦歸的征夫，在途中撫今追昔，不勝感慨，呼應上文的第二、三兩章。第二章末句說：「我戍未定，靡使歸聘」；第三章末句說：「憂心孔疚，我行不來」；這一章則說：「今我來思」。這是今昔的對照。「昔我往矣，楊柳依依；今我來思，雨雪霏霏」，是用具體的景物描寫，來表現今昔的不同、時間的推移。第二章說：「憂心烈烈，載飢載渴」，是出征時的憂苦；這一章說：「行道遲遲，載渴載飢」，是賦歸時的勞累；第三章末句說：「憂心孔疚，我行不來」，寫以前出征時擔心不能歸來；這一章的末句：「我心傷悲，莫知我哀」，寫如今賦歸時，「近鄉情更怯」的心情。長年在外，音信隔絕，誰知道家鄉是否依然，親人是否無恙。「莫知我哀」者在此。寥寥數字，勝過千言萬語。

這首詩是千古傳誦的名篇，最後一章更是膾炙人口。清代王夫之在《薑齋詩話》中曾說：「昔我往矣」四句，「以樂景寫哀，以哀景寫樂，一倍增其哀樂。」方玉潤在《詩經原始》中也說：「此詩之佳，全在末章，真情實景，感時傷事，別有深情，非可言喻。」從這些話中，可以看到後人對這首詩賞愛的一斑。

出車

一

我出我車，
于彼牧矣。❶
自天子所，❷
謂我來矣。❸
召彼僕夫，❹
謂之載矣。❺
王事多難，
維其棘矣。❻

二

我出我車，
于彼郊矣。
設此旐矣，❼
建彼旄矣。❽

【直譯】

我出動我的戰車，
往那郊外的牧場。
來自天子的所在，
傳令我出來打仗。
召集那些士兵們，
命令他們備好車。
王朝政事多外患，
是那樣的緊急了。

我出動我的戰車，
往那郊野的牧場。
插上這些龜蛇旗，
樹立那些牛尾桿。

【注釋】

❶牧，郊外的牧場。
❷是說從天子那兒。
❸謂，這裡是叫、命令的意思。
❹僕夫，駕車的武士。
❺謂之，命令他（僕夫）。
❻棘，同「急」，緊急。
❼旐，音「兆」，畫有龜蛇圖案的旗幟。
❽旄，音「毛」，旗桿頂端裝飾著旄牛尾。

·旐·

彼旟旐斯，❾
胡不旆旆？❿
憂心悄悄，
僕夫況瘁。⓫

三

王命南仲，⓬
往城于方。⓭
出車彭彭，
旂旐央央。⓮
天子命我，
城彼朔方。
赫赫南仲，
玁狁于襄。⓯

四

昔我往矣，
黍稷方華。⓰

那些鷹隼龜蛇啊，
哪不隨風起飄揚？
憂悶心情暗暗生，
士兵們更加憂傷。

王朝命南仲大將，
前往築城到朔方。
出動兵車聲浩蕩，
蛟龍龜蛇旗飄揚。
天子命令我將士，
築城防禦那北方。
赫赫有名的南仲，
玁狁正待掃光光。

從前我們出征時，
路旁穀物才開花。

❾ 旟，音「與」，畫有鷹隼圖案的旗幟。斯，語尾助詞。

❿ 旆旆（音「配」），旗飄揚的樣子。

⓫ 況瘁，更加憔悴傷心。

⓬ 南仲，人名，周王的大將。

⓭ 城，作動詞用，築城備戰。方，朔方、北方。

⓮ 旂，音「其」，畫有雙龍圖案的旗幟。央央，鮮明的樣子。

⓯ 襄，「攘」的借字，攘除、掃光。

⓰ 黍稷，泛指穀物。方華，正開花。

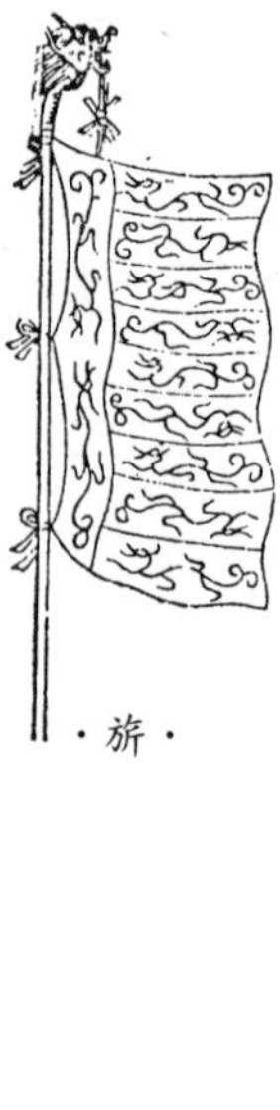
・旂・

・旟・

今我來思，
雨雪載塗。⑰
王事多難，
不遑啟居。
豈不懷歸，
畏此簡書。⑱

五
喓喓草蟲，
趯趯阜螽。⑲
未見君子，
憂心忡忡。⑳
既見君子，
我心則降。㉑
赫赫南仲，
薄伐西戎。㉒

如今我們回來了，
飄落雪花雜泥巴。
王朝政事多外患，
沒空歇息或休假。
難道不想回家鄉，
只怕這公文畫押。

喓喓叫的是草蟲，
蹦蹦跳的是蚱蜢。
尚未見到將軍您，
憂悶心頭不平靜。
已經見到將軍您，
我的內心就放鬆。
赫赫有名的南仲，
又征討西方犬戎。

⑰ 塗，「途」的借字。
⑱ 簡書，載有盟誓的公文。
⑲ 趯趯（音「替」），跳躍的樣子。阜螽，一種草蟲。
⑳ 忡忡（音「沖」），內心煩燥不安。
㉑ 降，放下心。
㉒ 薄，語首助詞。一說：迫擊。

‧阜螽‧

六

春日遲遲，
卉木萋萋。㉓
倉庚喈喈，㉔
采蘩祁祁。㉕
執訊獲醜，㉖
薄言還歸。㉗
赫赫南仲，
玁狁于夷。㉘

春天白晝長又長，
花卉草木好興旺。
黃鶯叫聲多嘹亮，
採集白蒿忙又忙。
捉到俘虜殺敵寇，
宣告凱旋回家鄉。
赫赫有名的南仲，
玁狁終於掃蕩光。

㉓ 萋萋，茂盛。
㉔ 喈喈，形容倉庚（黃鶯）的和聲。
㉕ 蘩，白蒿。塈幼蠶用。祁祁，眾多的樣子。
㉖ 執，活捉。訊，審問。醜，指敵寇。
㉗ 薄，通「迫」，趕緊、快些的語氣。還，同「旋」，凱旋。
㉘ 夷，平定、平息。

【新繹】

〈出車〉一詩，歌詠周朝大將南仲率兵出征，征討北方玁狁、西戎昆夷，最後凱旋而歸。大將南仲是何時人，歷來說法紛紜。〈毛詩序〉、《鄭箋》等，說是周文王，以為它與〈采薇〉、〈杕杜〉同是文王時作品，〈采薇〉用以遣戍，〈出車〉用以勞還，〈杕杜〉用以勤歸；王先謙《詩三家義集疏》，則據《漢書・匈奴傳》等資料，說南仲生當周宣王時。近代學者如魏源、王國維等，又據〈大雅・常武〉篇以及周朝鐘鼎文，證實此說。雖然還有其他說法，但現代學者大多採信南仲為周宣王時大將。周宣王時也確實「王事多難」。

詩共六章，每章八句，以奉命出征為起點，以平定外患作結束。寫作的觀點，詩中的第一人稱，舊說以為是南仲，方玉潤《詩經原始》則認為出自當時「征夫」之口。揣其口氣，似以南仲的佐將為宜。

第一、二兩章，以「我出我車」開端，說命令出「自天子所」，受命之餘，「召彼僕夫」備載樹旗，這些描述，顯非一般「征夫」的口氣。第三章寫「王命南仲，往城于方」時，同樣也命我「城彼朔方」。城，即築城禦敵。為了抵禦北方匈奴（玁狁）的入侵，他們一路向北，不辭辛苦。第四章承此而來，不直接寫築城禦敵的辛苦，卻側面用「昔我往矣」四句，來寫「王事多難」。出征時間久了，「豈不懷歸」，但礙於軍令，自己只好公而忘私，不還鄉省親。「畏此簡書」一句，是說自己立了誓，簽了公文書，不能隨便離開軍隊，同時也藉以寫南仲軍令的嚴整。其中好幾句與上文〈小雅．采薇〉等篇重複，頗能產生複沓回環的韻味。由此可推想這些詩篇，應該經過樂工的「比其音律」和太師的最後刪訂整理。第五章同樣有好幾句，和〈召南．草蟲〉篇重複，藉此暗示大將南仲「薄伐西戎」時，將士們的經歷也是如此。不是不懷歸，只是「畏此簡書」。多年出征在外，不具體敘述戰爭的過程，只藉此預示戰勝的原因，想見詩人的剪裁之妙。第六章是實寫，其中也有句子與〈豳風．七月〉相同。疊字的運用，和上文一樣，都很出色。春日草長鶯飛，采蘩婦女踏歌而歸，在此背景畫面中，寫南仲出征凱旋歸來，更突顯了赫赫大將軍的英雄形象。

同樣寫戰爭勝利，告捷獻俘，〈大雅〉的〈皇矣〉、〈常武〉等篇，都頗為用力鋪寫，而此篇卻只用「執訊獲醜，薄言還歸」二句輕輕帶過，〈小雅〉和〈大雅〉的不同，似可於此參驗。

杕杜

一

有杕之杜，❶
有睆其實。❷
王事靡盬，❸
繼嗣我日。❹
日月陽止，❺
女心傷止，
征夫遑止。❻

二

有杕之杜，
其葉萋萋。
王事靡盬，
我心傷悲。
卉木萋止，

【直譯】

有孤挺挺的棠梨，
夠圓亮的那果實。
王朝差事忙不完，
一再延長我役期。
歲月已到初冬了，
女人的心傷痛了，
征夫應該有空了。

有孤挺挺的棠梨，
它的樹葉真興旺。
王朝差事忙不完，
我的內心真悲傷。
草木萋萋成長了，

【注釋】

❶有杕（音「第」），即杕然、杕杕，樹木挺立的樣子。杜，棠梨樹。已見〈唐風．杕杜〉篇。

❷有睆（音「緩」），即睆睆、睆然，圓亮的樣子。

❸靡盬，沒、止息。已見前。

❹繼嗣，繼續、延長。日，歸期。

❺陽，十月小陽春。止，語尾助詞。下同。

❻遑，暇、空閒。

女心悲止，
征夫歸止。

三

陟彼北山，
言采其杞。❼
王事靡盬，
憂我父母。
檀車幝幝，❽
四牡痯痯，❾
征夫不遠。

四

匪載匪來，❿
憂心孔疚。⓫
期逝不至，⓬
而多為恤。
卜筮偕止，⓭

女人的心悲傷了，
征夫應該返鄉了。

登上那座北山脊，
我要採取那枸杞。
王朝差事無止盡，
擔心我的父母親。
檀木車輪已老舊，
四匹雄馬已疲倦，
征夫歸期已不遠。

不見車駕無人來，
憂傷心情真悲痛。
役期過了不回家，
而今常為此惶恐。
龜卜算卦都占了，

❼ 杞，枸杞。言，作者自稱。一說：語首助詞。
❽ 檀車，檀木製的戰車。幝幝（音「蟬」），老舊的樣子。
❾ 痯痯（音「管」），疲頓的樣子。
❿ 匪，通「非」。
⓫ 孔疚，很悲痛。已見前。
⓬ 期逝，歸期已過。
⓭ 卜，用龜甲占卜。筮，音「誓」，用蓍草占卦。偕，俱、合。一說：嘉、吉。

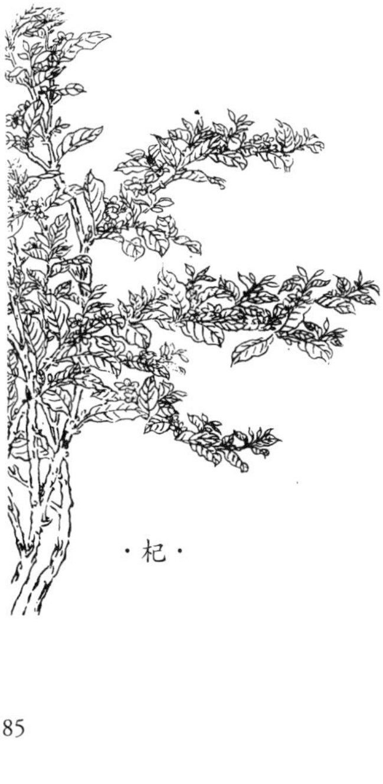

·杞·

會言近止，⓮　　卜卦都說接近了，

征夫邇止。⓯　　征夫歸期不遠了。

⓮ 會，合、都。

⓯ 邇，音「爾」，近。

【新繹】

〈杕杜〉一詩，據〈毛詩序〉說，與〈采薇〉、〈出車〉合為一組，都與勞役有關。〈杕杜〉寫的是「勞還役」，也就是所謂「勤歸」、慰勞出征戰士歸來的詩歌。那當然是編詩者就用為樂章時來說的，如果看詩的本文，求其本義，則應是描寫久戍在外的征夫，思歸而不得的心情。

詩共四章，每章七句。前四句一組，後三句一組。第一、二章皆以「有杕之杜」起興。「有杕」即杕杕，「有睆」即睆睆，這是《詩經》常見的語法，上文已屢言之，茲不贅論。《詩經》中以杕杜棠梨起興者有三首，都用它來象徵主人翁的孤獨。棠梨二月開花結實，霜後可食，此詩第一章寫它「有睆其實」，第二章寫它「其葉萋萋」，都藉棠梨的經冬歷春，暗寫時間的推移。征夫因王朝公事出差在外，竟然已過了休假還家的日期。《鹽鐵論．繇役篇》曾說：「古者無過年之繇，無踰時之役」，這是說古代繇役，時間到就該返鄉，不會延期。故詩人因役期踰時而「我心傷悲」。第一、二章的後三句，皆承上而來。「日月陽止」的「陽」，指十月小陽春的初冬，是棠梨結菓之前；「卉木萋止」指草長花開，那是棠梨換葉之後。逾期未歸的征人，由此而興嘆：「我應該放假回家了，我的女人應該失望傷心了。」這種擬想之詞，很像閨婦思夫的口氣，所以歷來不少學者，認為此三句甚至全首都是閨婦思念征夫、盼其早歸之作。

第三章起，換個角度寫。征夫遠戍，通常在北方，故稱「陟彼北山」。枸杞可以採食，通常在夏季，所以「言采其杞」也有暗示時間推移、久役不歸的寓意。上文說想念妻子，這章寫「憂我父母」，更見歸心的急切。後三句寫車已老舊，馬已疲頓，承上啟後，引起第四章的「匪載匪來」、「期逝不至」。久役未歸、思鄉情切的征夫，急得龜卜占卦都用了，殷切想回故鄉去。這和後來詩詞中描寫思婦卜夫歸期的情境非常相似，難怪後來學者越來越多相信這是閨怨詩了。

魚麗

一
魚麗于罶，❶
鱨、鯊。
君子有酒，❷
旨且多。

二
魚麗于罶，
魴、鱧。
君子有酒，
多且旨。

三
魚麗于罶，
鰋、鯉。

【直譯】

魚跳進魚籠，
有鱨還有鯊。
君子備醇酒，
味美又量多。

魚跳進簍裡，
有魴還有鱧。
君子有醇酒，
量多又味美。

魚跳進簍裡，
有鰋還有鯉。

【注釋】

❶ 麗，歷、落入。罶，音「留」，捕魚的竹籠。
❷ 旨，味美。

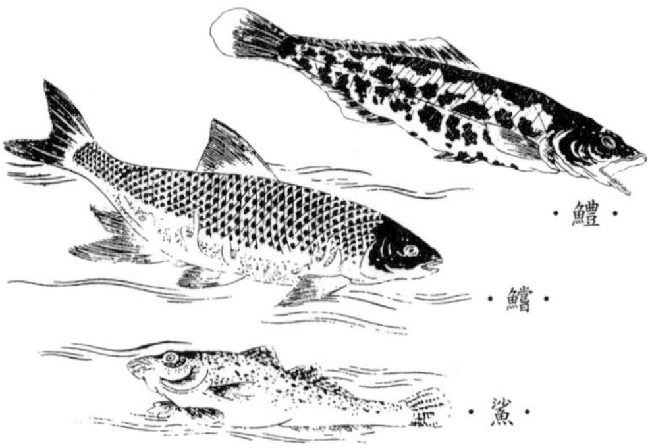

君子有酒，
旨且有。❸

君子多醇酒，
味美又物齊。

四

物其多矣，
維其嘉矣。

東西那麼多呀，
都那麼醇厚呀。

五

物其旨矣，
維其偕矣。❹

東西那麼美呀，
都那麼齊備呀。

六

物其有矣，
維其時矣。❺

東西那麼齊呀，
都那麼時宜呀。

❸有，多、齊的意思。
❹偕，齊備、合口。
❺時，合時、新鮮。

·鰋·

【新繹】

〈魚麗〉是一首描寫宴饗賓客的詩。詩中極言鮮魚種類之多與醇酒味道之美，襯托出主人是貴族的身分和待客的殷勤。魚有鱨（黃頰魚）、鯊（鰕虎魚）、魴（火燒鯿）、鱧（黑鯉魚）、鰋（白額魚）、鯉（赤鯉）等等，種類繁多，多彩多姿。酒的品類未提，但從「旨且多」等句看，則其醇厚豐盛可想而知。所以〈毛詩序〉說是：「美萬物盛多，能備禮也。」就因為能殷勤備禮，所以〈毛詩序〉又說是：「可以告于神明」，薦諸宗廟。朱熹《詩集傳》則據《儀禮》的〈鄉飲酒禮〉和〈燕禮〉在儀節進行中，皆曾歌此詩，因此說：「此燕饗通用之樂歌」。這是從作詩者和用詩者不同的角度，在求詩之本義時，所作的不同詮釋。道理都可相通的。至於說〈鹿鳴之什〉中，「〈天保〉以上治內，〈采薇〉以下治外。始于憂勤，終于逸樂」，那又是從編詩者的角度說的了。

這首詩共六章，前三章一組，後三章一組。全用賦體。前一組每章四句，開頭二句都以魚落入捕魚用的籠簍中起興，言其種類之多，重在形象的描繪；後二句則轉寫酒的醇美與豐盛。前後二句互相映照，互相呼應。後一組則每章僅有二句，緊承上文，直接讚美。「物」包含魚和酒，「嘉」、「偕」、「時」三字，言食物之美好、齊備、合時，是對上文所作的歸納和補充。清儒戴震《詩考正》說得好：「曰嘉曰旨，皆美也；曰偕曰有，皆備也。多貴其美，美貴其備，備貴其時。」旨哉斯言！

南陔・白華・華黍

以下三篇，僅存篇目。根據《儀禮》的〈鄉飲酒禮〉及〈燕禮〉的記載，這幾篇詩的樂曲，在演奏時都用笙，故又稱「笙詩」。據〈毛詩序〉說：

〈南陔〉，孝子相戒以養也。
〈白華〉，孝子之絜白也。
〈華黍〉，時和歲豐，宜黍稷也。
有其義而亡其辭也。

宏一按，因為這三篇是笙詩，早亡其辭，所以《詩經》舊本多不計其數，而將以上詩篇併稱為〈鹿鳴之什〉。

南有嘉魚

一

南有嘉魚，
烝然罩罩。❶
君子有酒，
嘉賓式燕以樂。❷

二

南有嘉魚，
烝然汕汕。❸
君子有酒，
嘉賓式燕以衎。❹

三

南有樛木，❺
甘瓠累之。❻

【直譯】

南方產有好魚類，
紛紛入籠結成隊。
君子備有香醇酒，
貴賓同飲樂相隨。

南方產有好魚類，
紛紛入網堆如山。
君子備有香醇酒，
貴賓同飲相見歡。

南方有彎垂的樹，
甜葫蘆兒牽纏它。

【注釋】

❶ 烝然，眾多的樣子。罩罩，形容魚游水入籠。
❷ 式，句中助詞，表示敬意。下同。燕，同「宴」。
❸ 汕汕，意同「罩罩」，形容其多。
❹ 衎，音「看」，樂。
❺ 樛，音「糾」，彎曲。
❻ 瓠，音「戶」，葫蘆。累，纍纍纏繞。

君子有酒，
嘉賓式燕綏之。❼

四

翩翩者鵻，❽
烝然來思。❾
君子有酒，
嘉賓式燕又思。❿

君子備有香醇酒，
貴賓同飲喝乾它。

翩翩飛的是鵓鴣，
紛紛飛來相見面。
君子備有香醇酒，
貴賓同飲頻相勸。

❼綏，安、定、喝光。
❽鵻，音「追」，鵓鴣。已見〈四牡〉篇。
❾思，語尾助詞。下同。
❿又，古「右」字，通「侑」，勸酒。

【新繹】

〈南有嘉魚〉這首詩，據〈毛詩序〉說，寫的主題是「樂與賢也。太平之君子至誠，樂與賢者共之也」，三家詩並無異議，應該也都以為是寫君子以魚酒佳餚宴樂嘉賓之詩。鄭玄《詩譜》定〈魚麗〉作於周武王時，〈南有嘉魚〉至〈菁菁者莪〉等篇則作於周成王之時。《孔疏》更推定此詩之作，「當周公成王太平之時」。這是傳統說法中有關此詩的時代背景。

詩共四章，每章四句。除每章的末句俱為六言之外，其餘都是書中最基本的四言句。前兩章開頭皆以「南有嘉魚」起興。有人說〈南有嘉魚〉此篇與上篇〈魚麗〉詩意相同，都寫南方江漢一帶的魚產和人才。上篇寫魚酒佳餚的豐盛，此篇則寫宴飲時賓主之間融洽的氣氛。嘉魚，有人說是魚類的通稱，指鮮活美味的魚，像〈魚麗〉篇所說的鱨、鯊、魴、鱧、鰋、鯉等等；但也有人說是專稱，專指一種南方長江、漢水之間所產的魚，或即後來三國時代所說的「武昌魚」。筆者以為配合下文看，前說較勝。「烝然罩罩」、「烝然汕汕」的「烝然」，形容眾多的樣子。「罩」、「汕」，據《毛傳》說，都是指捕魚器具的籠簍網罟之類。罩罩、汕汕為形容詞，固指嘉魚群游水中，但重點是這些眾多的魚類，紛紛游進籠中網內。詩人藉此起興，來比喻君主網羅了眾多不同的人才，來為國家效力。「嘉賓式燕以樂」、「嘉賓式燕以衎」，正寫他們飲酒作樂、賓主相得的情況。嘉賓呼應嘉魚，式燕，即同飲。「以樂」、「以衎」，都說賓主因此而快樂無比。詩中的「君子」、「嘉賓」，都非自稱，尋繹其口氣，作者應是賓主以外的第三人。至於他是誰，很難確定。據《儀禮．鄉飲酒禮》的記載，這篇詩和〈魚麗〉、〈南山有臺〉在宴會上「間歌」時，是接連而歌的，因此除了有人說作者是天子君王或賢臣嘉賓外，還有人認為作者可能是樂工。

第三、四兩章雖亦藉物起興，卻換不同的角度寫。第一、二兩章寫水中的魚，第三、四兩章則分別寫地上的樹和空中的鳥，表示賢才嘉賓來自不同的地方。第三章藉彎曲下垂的樹上，蔓生纏繞著很多甜葫蘆兒，來比喻君王從南方網羅了很多賢才。宴會時，賓主歡飲乾杯。第四章則藉成群的鵓鴣飛翔而來，「烝然來思」，來比喻很多賢才嘉賓聯袂自動來歸。在宴會上暢飲時，大家一杯又一杯。「嘉賓式燕又思」的「又」，據馬瑞辰《毛詩傳箋通釋》說，即「右」之古字，可通「侑」，意即勸酒。

《詩經》中敘寫的飲食種類繁多，酒也好，魚也好，它們並非徒為口腹之欲而設，其實背後都有禮制隱藏其中。按照周朝禮制的規定，酒肴的種類和食物的多寡，悉依年齡的高低和爵位的貴賤而有所不同。這就是所謂「節」，它和伴禮而生的音樂所強調的「和」，構成了西周的禮教文化。《禮記．禮運篇》云：「夫禮之初，始諸飲食。」從〈鹿鳴〉篇開始，《詩經》的雅詩，早已呈現出這樣的禮樂文明。〈鹿鳴之什〉寫的與此有關，從此篇以下的〈南有嘉魚之什〉也與此有關。

南山有臺

一

南山有臺，❶
北山有萊。❷
樂只君子，❸
邦家之基。❹
樂只君子，
萬壽無期。

二

南山有桑，
北山有楊。
樂只君子，
邦家之光。
樂只君子，
萬壽無疆。

【直譯】

南方山上有莎草，
北方山上有杖藜。
快樂啊這個君子，
真是國家的根基。
快樂啊這個君子，
萬年長壽無盡期。

南方山上有桑樹，
北方山上有青楊。
快樂啊這個君子，
真是國家的榮光。
快樂啊這個君子，
萬年壽命永無疆。

【注釋】

❶ 臺，通「薹」，可做蓑衣的莎草。
❷ 萊，嫩葉可吃的藜草。
❸ 只，語中助詞，有「此」、「茲」的意思。一說：樂只，猶樂哉。
❹ 邦家，國家。

·薹·

三

南山有杞，❺

北山有李。

樂只君子，

民之父母。

樂只君子，

德音不已。❻

四

南山有栲，❼

北山有杻。❽

樂只君子，

遐不眉壽？❾

樂只君子，

德音是茂。

五

南山有枸，❿

南方山上有杞木，

北方山上有李樹。

快樂啊這個君子，

真是人民的父母。

快樂啊這個君子，

美好聲名不停止。

南方山上有山樗，

北方山上有檍樹。

快樂啊這個君子，

怎麼會不秀眉長？

快樂啊這個君子，

美好聲名這樣廣。

南方山上有枳枸，

❺ 杞，枸杞樹。

❻ 德音，美好的名聲。

❼ 栲，音「考」，可做船槳的山樗（音「初」）樹。

❽ 杻，音「紐」，可做弓或棺材的檍樹。見〈唐風・山有樞〉篇。

❾ 遐，何、怎麼。眉壽，長壽。

❿ 枸，音「舉」，甜美可吃的木蜜，一名枳椇。

・杻・

北山有楰。⓫
樂只君子，
遐不黃耇？⓬
樂只君子，
保艾爾後。⓭

北方山上有苦楸。
快樂啊這個君子，
怎會不髮黃臉瘢？
快樂啊這個君子，
保佑你後代興旺。

⓫ 楰，音「與」，可製器材的苦楸樹。
⓬ 黃耇，人老則髮白轉黃，臉長灰瘢。表示長壽。
⓭ 艾，養育。爾後，您後代。

【新繹】

〈南山有臺〉一詩，據〈毛詩序〉說，是寫「樂得賢也」，有人據《左傳．襄公二十年》魯襄公賦此詩稱美季武子之事，證實之，以為言之有據，認為應是周王對賓客贊頌盛德長壽之作；但也有人據詩中有歌頌「萬壽無疆」之語，認為應是「臣工頌天子之詩」。上文說過，朱熹《詩集傳》認為此與〈魚麗〉、〈南有嘉魚〉三篇，同是「燕饗通用之樂」。此說據《儀禮．鄉飲酒禮》立論，可以會通今古文經學者之說，最為可取。不過，揆諸詩中「樂只君子」及「保艾爾後」等句的語氣，筆者仍然覺得此與上篇〈南有嘉魚〉一樣，作者應是賓主以外的第三人。篇中的「君子」，並非天子自稱，亦非受贊頌之賢臣嘉賓之自稱。

詩共五章，每章六句。詩人以南山、北山生有各種有用的草木起興，以山的壯觀偉大，來比喻「君子」是國家難得的人才，所以極力稱其盛德，祝其長壽。全篇重章疊句，每章只換一二字，韻味自生。所提到的草木，例如：臺，通「薹」，即莎草，可製蓑笠；萊，亦名藜，可食，一說可作手杖；其他的桑、楊、杞、李、栲、杻、枸、楰，或為美味可食之果實，或為堅實可用之良樹，甚或可作醫藥補身之用，全是有用之物。詩人藉此比喻賢才之多。第一章稱之為「邦家之基」，第二章稱之為「邦家之光」，第三章稱之為「民之父母」，意思是當人民的父母官。這些賢才即詩中所謂「君子」。君子泛指在上位的統治者或有道德學識的人，這裡指參與宴會的賢才貴賓。「樂只君子」的「只」，一般作語助詞用，可是《鄭箋》卻說：「只之言是也」，「是」即「此」，有指示這裡、這些、這樣的意思。所以筆者將「樂只君子」直譯為「快樂啊這個君子」。「樂只君子」在篇中重複出現，增加了頌美的效果。

詩人在前三章稱贊賢才盛德的同時，也祝福他們長壽安康。第一章說是「萬壽無期」，第二章說是「萬壽無疆」，到了第三章卻轉為歌頌其德業聲譽。第四章和第五章承上而來，先祝君子「眉壽」，聲譽日廣；第五章再進一步祝福君子「黃耇」，子孫興隆。眉壽，亦稱秀眉、豪眉，指老人眉毛間特別生出長毫；黃耇，指老人白髮轉為灰黃，這些都是長壽的象徵。「保艾爾後」，是說你的子孫後代會受到保護撫育。傳統祝福別人，常說福祿壽俱全，本篇以上的祝福，大致也是這樣的用意。

由庚・崇丘・由儀

以下三篇，有其義而亡其辭，僅存篇目而已。與〈南陔〉、〈白華〉、〈華黍〉一樣，這六篇都是有聲無辭的笙詩。據〈毛詩序〉說：

〈由庚〉，萬物得由其道也。

〈崇丘〉，萬物得極其高大也。

〈由儀〉，萬物之生，各得其宜也。

宏一按，清同治年間，鄧翔《詩經繹參》一書於此有批語云：「六詩之名，各有舉義矣，苟且無辭，安知有義？義以詞著，則有詞，斷斷可知。特入笙之聲而不入歌詞，傳聲韻不傳文義，故日久而亡之耳，非本無詞者也。」

蓼蕭

一

蓼彼蕭斯，❶
零露湑兮。❷
既見君子，
我心寫兮。❸
燕笑語兮，❹
是以有譽處兮。❺

二

蓼彼蕭斯，
零露瀼瀼。❻
既見君子，
為龍為光。❼
其德不爽，❽
壽考不忘。❾

【直譯】

高大的那香蒿呀，
滾落露珠沾溉啊。
已經見到了君子，
我的內心暢快啊。
宴飲談笑說話啊，
因此和樂同在啊。

高大的那香蒿呀，
滾落露珠清又亮。
已經見到了君子，
像是乘龍是陽光。
他的德行沒差錯，
壽長年高不能忘。

【注釋】

❶ 蓼，音「陸」，高大的樣子。蕭，艾蒿。斯，語助詞。下同。
❷ 零，落。湑，音「栩」，盛。一說：露珠清澈的樣子。
❸ 寫，通「瀉」，舒暢。
❹ 燕，通「宴」，樂。
❺ 譽，通「豫」，安樂。
❻ 瀼瀼（音「攘」），形容露水多。
❼ 一說：龍，通「寵」，與「光」都是表示榮寵。
❽ 爽，差。
❾ 一說：忘通「亡」，無。不忘就是無盡期。

・蕭・

三

蓼彼蕭斯，
零露泥泥。❿
既見君子，
孔燕豈弟。⓫
宜兄宜弟，
令德壽豈。⓬

高大的那香蒿呀，
滾落露珠多濃密。
已經見到了君子，
非常和樂又平易。
適合做為好兄弟，
美好德行長安逸。

四

蓼彼蕭斯，
零露濃濃。
既見君子，
鞗革沖沖。⓭
和鸞雝雝，⓮
萬福攸同。⓯

高大的那香蒿呀，
滾落露珠密又濃。
已經見到了君子，
銅飾轡頭輕擺動。
和鈴鸞鈴聲和諧，
萬萬福祥都會同。

❿泥泥，穠密的樣子。
⓫孔燕，很安樂。豈弟，同「愷悌」，和易。
⓬豈，同「愷」，樂。
⓭鞗（音「條」）革，「鋚勒」的假借。馬勒（轡頭）上的金屬裝飾。沖沖，下垂的樣子。一說：鞗鳴聲。
⓮和鸞，裝設在天子車上的和鈴和鸞鈴。雝雝（音「雍」），馬鈴聲。
⓯攸同，所聚、集合。

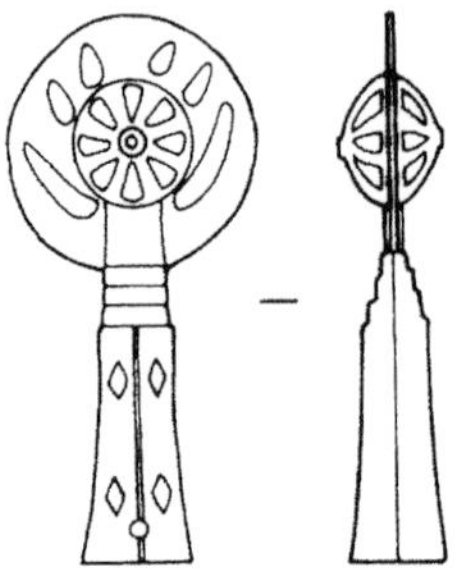

·鸞·

【新繹】

〈蓼蕭〉一詩的題旨，據〈毛詩序〉說是：「澤及四海也」，意思是周朝宴享四方諸侯的詩篇。《鄭箋》說：「九夷、八狄、七戎、六蠻，謂之四海。」這是解釋「四海」的意義，說它指的是遠方外族蠻夷之邦。《孔疏》及陳啟源的《毛詩稽古編》更進而認為是周公輔佐成王時的作品，說那時候天下太平，四海歸心，所以遠國之君都來朝受宴。不過，朱熹《詩集傳》不贊同這種說法，他認為周天子宴請的是諸侯，並非蠻夷之邦的遠國之君。清末吳闓生的《詩義會通》，更據詩中的詞氣判斷，說：「當是諸侯頌美天子之作。」事實上，就其作為樂章而言，諸侯與遠國之君的私儀並無差別；就詩旨而言，諸侯與四方遠國之君，地位也大致相等，都可以說是兄弟之邦。以下三篇，是性質相同的作品。

詩共四章，每章六句，除首章末句六言之外，其餘都是四言。四章開頭二句，全以蕭蒿沾露起興。蕭，俗名香蒿，是一種根莖盤結又可供祭祀的香草。周朝諸侯朝見天子時，有與助祭祀之禮，同時古人也常用草木沾溉雨露來比喻承受恩澤，所以詩人藉此起興。第一句「蓼彼蕭斯」，四章全同，「蓼」是形容高大的樣子，它所以能長得高大，即因得到雨露的沾溉。「零」，是滾落的意思。第二句寫露珠滾落在香蒿根葉上，由「湑兮」而「瀼瀼」而「泥泥」而「濃濃」，都是分別用來形容露珠的繁多、清亮、凝聚和濃密。其中「湑兮」形容露珠像灑酒般沖洗過香蒿，使它更清新，以引起下文的「瀼瀼」；「泥泥」形容露珠有的凝結在蒿葉上，使它們團團在一起，以引起下文的「濃濃」，都互為呼應，自然而巧妙。

每章的第三四句以下，全是描寫「既見君子」以後的內心感受及頌美之辭。第一章「我心寫兮」的「寫」，通「瀉」，形容面已見，話已說，心情舒暢。第二章的「為龍為光」，《毛傳》等舊說都說「龍」為「寵」之借字，解作諸侯自覺榮幸恩寵，但俞樾《群經平議》以後，頗有些學者卻主張「龍」指天子，「光」指太陽，詩人蓋藉此頌美天子，比之飛龍、太陽，也因此下文才說「其德不爽，壽考不忘」。「壽考不忘」舊說「忘」同「亡」，意同「萬壽無疆」。其實參考新說，把「壽考」解作年高德劭之人，指天子，說他的儀表像飛龍像太陽，令人難以忘懷，也同樣可取。第三章的「宜兄宜弟」，說如兄弟相待，揆諸常理，似應出自周天子之口，以示好於諸侯或遠國之君，但在詩中是在「既見君子」之後，可以視為引述愷悌君子之言。這跟第四章的「和鸞雝雝」是一樣的意思。掛在車前橫木的和鈴，和掛在馬轡頭的鸞鈴，它們在車馬行動時，有如兄弟一般，鸞鳴而和應，聲音聽起來是那樣的和諧，這就是所謂「和鸞雝雝」。它們是前後相應的。至於「鞗革沖沖」，那是藉銅製馬勒的裝飾，來表示乘者高貴的身分，非王即侯。他們都是「令德壽豈」「萬福攸同」的大人物，也就是所謂在上位的「君子」。

方玉潤《詩經原始》說此詩「美中寓戒」，有一段話說得很好：「諸侯之易於失德，則尤在兄弟爭奪之間與鄰國侵伐之際，故又從令德中特言宜兄宜弟。夫必內有以和其親，然後外有以睦其鄰，諸侯睦而萬國寧，乃真天子福也。故更曰萬福攸同，是豈徒為諸侯頌哉！」

湛露

一

湛湛露斯，❶
匪陽不晞。❷
厭厭夜飲，❸
不醉無歸。

二

湛湛露斯，
在彼豐草。
厭厭夜飲，
在宗載考。❹

三

湛湛露斯，
在彼杞棘。❺

【直譯】

霧沉沉的露珠呀，
不見陽光不會乾。
安閑歡暢的夜飲，
不到酒醉家不返。

霧沉沉的露珠呀，
在那豐茂的草上。
安閒歡暢的夜飲，
在宗廟把鐘敲響。

霧沉沉的露珠呀，
在那枸杞和酸棗。

【注釋】

❶湛湛（音「站」），露濃重的樣子。斯，語助詞。下同。

❷匪，非。晞，音「希」，乾。

❸厭厭，《韓詩》作「愔愔」，形容滿足而又安閒的樣子。夜飲，夜間宴飲。

❹宗，古人稱同姓為宗，此指宗廟。載，則、在。考，擊（鐘）。一說：考，成。指宗廟落成。

❺杞，枸杞。棘，酸棗樹。

·棘·

顯允君子，❻　顯達誠信的君子，
莫不令德。❼　沒人不是好情操。

四

其桐其椅，❽　那些油桐和椅樹，
其實離離。❾　它們果實一叢叢。
豈弟君子，❿　和樂平易的君子，
莫不令儀。　沒人不是好儀容。

❻ 顯允，明達誠信。君子，此指諸侯賓客。
❼ 令，美善。
❽ 桐，油桐樹。椅，山桐子樹。
❾ 離離，蕃多下垂的樣子。
❿ 豈弟，同「愷悌」，和樂平易。已見前。

【新繹】

〈湛露〉一詩，據〈毛詩序〉說，也是「天子燕諸侯」的樂歌。燕，就是宴飲。諸侯朝覲會同之時，天子通常要宴請他們，以示慈惠。《左傳．文公四年》記載寧武子之言：「昔諸侯朝正于王，王宴樂之，于是賦〈湛露〉，則天子當陽，諸侯用命也。」〈毛詩序〉可能就是據此而立論的。對此說法，三家詩並無異議。

詩共四章，每章四句。各章開頭兩句，都是藉物起興。所藉之物，有露水、太陽和一些宗廟周圍常見的草木。詩人藉此描寫夜飲的歡樂，同時歌頌君之恩和臣之德。第一章先以露珠不見朝陽不會乾，來抒寫夜飲不醉無歸的樂趣，藉此暗示君臣之間關係的融洽。第二章的「在宗載考」，是詩中關鍵句。宗，指宗廟所在。據姚際恆《詩經通論》云，古代天子舉行朝、聘、燕、享諸禮，俱在宗廟。設宴宗廟，陳設鐘鼓，祭享嘉賓，那是最高規格的國宴。宴會通常在夜間舉行，以便可以盡興，不醉無歸。宴飲時，嘉賓來到及離開，都要敲鐘擊鼓致意。〈唐風．山有樞〉：「子有鐘鼓，弗鼓弗考」，或即詠此事。「在彼豐草」，是寫宗廟周圍的環境景觀。第三章的杞棘，第四章的桐椅，就是宗廟附近所見的良樹。

第一、二章寫天子夜宴，殷勤待客，是寫君之恩寵；第三、四章則頌臣之德性。雖然天子盛情開宴，說不醉無歸，但與會的諸侯，仍然謹守君臣之禮，升降堂階，都守儀節，表現出最好的情操和酒德，不致失態或失言。第三、四章所稱美的顯允愷悌、令德令儀，指的就是這些。王質《詩總聞》說得好：「君通情，務盡醉；臣守官，務遵禮。所以雖夜飲而不失令德令儀也」。

上一篇〈蓼蕭〉所宴請的賓客，是遠國之君或四方諸侯，這一篇雖然也是天子宴諸侯之作，但詩中「在宗載考」一句的「宗」，固可指宗廟，但古人也稱同姓為宗，因此「在宗」，猶言同姓諸侯。〈湛露〉這首詩中所宴請的諸侯，是不是限於同姓，或包括異姓在內，因無上下文可以照應核對，也因此歷來學者於此多闕而不論。有人根據〈小雅．六月〉的序文：「〈湛露〉廢則萬國離矣」一句，判斷此詩應兼同姓異姓而言，另外還有人說「在宗載考」的「考」，意思不是拷鐘，而是指宗廟落成典禮中的「考祭」，都因文獻不足，現在已難以查考了。

彤弓

一

彤弓弨兮，❶

受言藏之。

我有嘉賓，

中心貺之。❷

鐘鼓既設，❸

一朝饗之。❹

二

彤弓弨兮，

受言載之。

我有嘉賓，

中心喜之。

鐘鼓既設，

一朝右之。❺

【直譯】

紅漆弓弦鬆了喲，

受賜說要珍藏它。

我有重要好賓客，

心中誠意頒獎他。

鐘鼓樂器已陳設，

整個早晨宴享他。

紅漆弓弦鬆了喲，

受賜說要裝載它。

我有重要好賓客，

心中非常喜歡他。

鐘鼓樂器已陳列，

整個早晨勸飲他。

【注釋】

❶彤，音「同」，朱紅色。弨，音「超」，放鬆弓弦。

❷中心，心中。下同。貺，音「況」，贈送。

❸是說鐘鼓樂器已經擺設，即將宴飲。古代禮制，天子宴饗諸侯用鐘鼓。

❹一朝，終朝、整個早上。一說：一旦，有即刻之意。

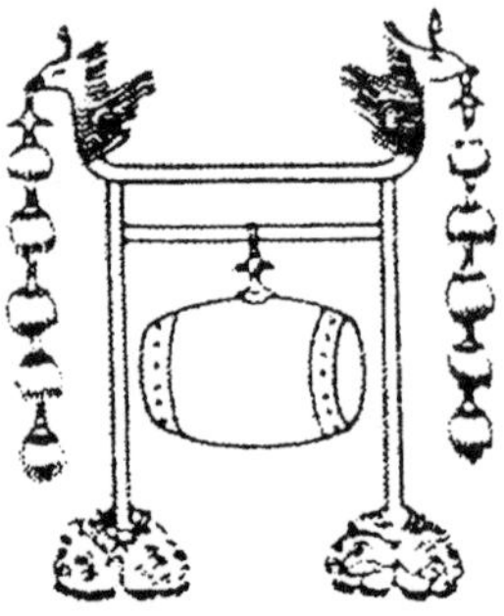

·鼓·

三

彤弓弨兮，
受言櫜之。❻
我有嘉賓，
中心好之。❼
鐘鼓既設，
一朝醻之。❽

紅漆弓弦鬆了喲，
受賜說要套好它。
我有重要好賓客，
心中非常欣賞他。
鐘鼓樂器已陳列，
整個早晨酬敬他。

❺右，通「侑」，勸、勸酒。與酬、酢同義。
❻櫜，音「高」，弓袋。此作動詞用，收藏入袋。
❼好，讀去聲，喜愛。
❽醻，通「酬」，主人又飲，酌酒勸客。

【新繹】

〈彤弓〉這首詩，〈毛詩序〉說是「天子錫有功諸侯」的作品。錫就是賞賜，周天子賞賜有功諸侯的禮物，有弓矢玉貝幣帛等等。《左傳．文公四年》記載衛國寧武子聘魯，魯文公宴請他時，為賦〈湛露〉、〈彤弓〉。寧武子說：「諸侯敵王所愾而獻其功，王于是乎賜之彤弓一，彤矢百……」，可見周天子在諸侯同仇敵愾立了戰功之後，確實有賜彤弓的事實。《左傳》的僖公二十八年和襄公八年，以及一些周朝銅器銘文（例如〈天亡簋〉、〈宜侯矢簋〉）等等，也有類似的記載，足證當時確實有此燕饗的風氣。

燕禮和饗禮有所不同。燕禮在〈鹿鳴〉等篇中已說過了，饗禮則是在燕禮之外，還增加一些繁文縟節，表示更為隆重。例如在會場設具上，燕禮只需琴瑟等，饗禮則須加設鐘鼓；舉行獻酢酬之後，饗禮除「酬幣」之外，可以另行習射及贈玉貝弓矢等等；燕禮可以酒食，饗禮則用醴（清酒）而不食。燕禮坐而饗禮立，而且在勸酒和習射時，饗禮也比較講究，因為饗禮是上級款待下級的宴會。這首詩寫的，只是其中的一些儀節。

此詩共三章，每章六句。全篇重章疊句，反復以「彤弓弨兮」和「鐘鼓既設」，來描寫主人待客的誠意和賓客對禮物的珍惜。彤弓，指用朱紅色漆成的弓，這在古代屬諸侯所專有。古人重視名份，很多事物各依不同的階級而有不同的名義。《荀子・大略篇》就說：「天子雕弓，諸侯彤弓，大夫黑弓，禮也。」所以這裡寫天子賜給有功諸侯的，是彤弓。弓弦在平時是放鬆的，射箭前才需要張弦拉緊。因此古人說「賜弓不張」。「受」字，原有授、受二義。頒授的天子，受贈的諸侯，在授、受之間，都應有珍惜之意，以示隆重。詩人用「藏之」、「載之」、「櫜之」，分別說明諸侯受贈之後，收藏起來、裝載回家、放入弓袋的三個階段。這跟下文敘寫主人如何衷心感念嘉賓的「貺之」、「喜之」、「好之」，以及陳列鐘鼓，終朝宴會的「饗（享）之」、「右（侑）之」、「疇（酬）之」；由獻酒、回敬而一再勸飲而來回酬酢，都一樣分為三個層次，用不同的字眼，逐漸加深加重來表達相同的意義。這也是《詩經》中常見的一種表現技巧。

最後要補充說明的是，這首詩中提到的「鐘鼓既設」，是寫天子宴饗諸侯的場面。據王國維考證，周時鐘鼓是天子諸侯才能用的所謂「金奏之樂」，如果是大夫、士則只能用鼓而已。另外，「饗之」、「右之」、「疇之」，也涉及燕饗之禮的獻、酢、酬等儀節，「右」即指勸酒的「侑」，關於這些，請參閱下文〈楚茨〉、〈賓之初筵〉、〈瓠葉〉等篇。

菁菁者莪

一

菁菁者莪，❶
在彼中阿。❷
既見君子，
樂且有儀。❸

二

菁菁者莪，
在彼中沚。❹
既見君子，
我心則喜。

三

菁菁者莪，
在彼中陵。❺

【直譯】

青翠翠的是蘿蒿，
就在那大土丘裡。
已經見到了君子，
快樂而且有禮儀。

青翠翠的是羅蒿，
就在那小沙洲裡。
已經見到了君子，
我的心裡就歡喜。

青翠翠的是蘿蒿，
就在那大丘陵裡。

【注釋】

❶菁菁，茂盛的樣子。莪，蘿蒿。
❷中阿，阿中。阿，大丘陵。
❸且，而且。一說「樂且」，且為助詞。
❹中沚，沚中。沚，水中的小沙洲。
❺中陵，陵中。陵，大土山。

·莪·

既見君子，錫我百朋。❻

四

泛泛楊舟，❼載沉載浮。

既見君子，我心則休。❽

已經見到了君子，他給我百朋貝幣。

飄流來往楊木舟，有時沉來有時浮。

已經見到了君子，我的心裡才甘休。

❻ 錫，賜。朋，兩串貝殼。古人以貝殼為錢幣。亦以之為禮物。

❼ 楊舟，楊木製的船。

❽ 休，安、喜。

【新繹】

〈菁菁者莪〉一詩，據〈毛詩序〉說，寫的是「樂育材也。君子能長育人材，則天下喜樂之矣。」《鄭箋》還進一步解釋：「樂育材者，歌樂人君，教學國人。秀士、選士、俊士、造士、進士，養之以漸至于官之。」它和〈鄭風・子衿〉一樣，一詠育材，簡稱「菁莪」，一詠廢學，簡稱「青衿」，都是《詩經》中歌詠學校教育的名篇。但詩中文字，讀起來卻似與學校、教育無關，反而像是一般男女相思之詞，因此到了宋代，朱熹在《詩序辨說》中說：「此〈序〉全失詩意」，又在《詩集傳》中主張：「此亦燕飲賓客之詩」。到了清代，姚際恆在《詩經通論》中，對〈毛詩序〉以來的舊說和朱熹的主張，一併反對。他說：「〈小序〉謂樂育材，不切；《集傳》

謂亦燕飲賓客之詩，篇中無燕飲字面，尤不切。大抵是人君喜得見賢之詩，其餘則不可以臆斷也。」對照上述〈小雅〉詩篇，此說似較可取，也與傳統舊說無所牴觸。至於近現代以來，有些學者一掃成說，望文生義，說這是一首男女情歌，恐怕失之臆斷，不足為據。

其實，有關此詩「樂育材」的說法，不但《鄭箋》、《孔疏》加以推衍闡釋，三家詩亦無異議，可知今古文學者對此主題沒有爭論。王先謙《詩三家義集疏》甚至還引用代表魯詩之說的徐幹《中論．藝紀篇》，來佐證古人美育人材之法。最有趣的是，有人曾質疑朱熹：既然反對舊說，為什麼在所作〈白鹿洞賦〉中卻有「廣青衿之疑問」、「樂菁莪之長育」這樣的句子。朱熹的回答是：「舊說亦不可廢」。

「舊說亦不可廢」，這也就是我們後代讀者讀《詩經》時應有的態度。古今習俗思想不同，不能了解的地方，存其疑可矣，不可盡棄舊說。

詩共四章，每章四句。前三章皆以「菁菁者莪」起興，至第四章而別出機杼。莪，一名蘿蒿，又名抱娘蒿。抱娘或即篇名取義育才之由來。前三章皆由此起興。此與上文〈湛露〉一篇，形式相同，但在承應歸結方面則稍異。〈湛露〉第四章的「其桐其椅」，是承接第三章的「在彼杞棘」，同寫宗廟附近的樹木；用第四章的「豈弟君子」二句，呼應第三章的「顯允君子」二句，互文見義，並作歸結之用。〈菁菁者莪〉這一篇，第四章的「泛泛楊舟」，是承應第二章的「在彼中沚」，同寫水邊之物，與第一章、第三章所寫的陸地陵丘不同；「既見君子」一句則貫串全篇，首尾相應。陳奐《詩毛氏傳疏》說：「上三章，言君子之長育人材；沚之長莪，陵之長莪，猶阿之長莪也。末章，又以舟之載物，興君子之用人材。」言簡而意賅，對我們讀者頗多啟發。

六月

一

六月棲棲，❶
戎車既飭。❷
四牡騤騤，❸
載是常服。❹
玁狁孔熾，❺
我是用急。❻
王于出征，❼
以匡王國。❽

二

比物四驪，❾
閑之維則。❿
維此六月，
既成我服。⓫

【直譯】

六月出兵急忙忙，
兵車整理已妥當。
四匹雄馬真強壯，
載著這常備軍裝。
玁狁真是太猖狂，
我們因此很緊張。
周王要出兵征戰，
來匡救王國家邦。

選齊了四匹黑馬，
操練牠們按規章。
就在這盛夏六月，
已製成我們軍裝。

【注釋】

❶ 棲棲，通「栖栖」，忙碌不安的樣子。
❷ 飭，音「赤」，整修完備。
❸ 高大強壯的樣子。已見〈小雅．采薇〉篇。
❹ 載，裝載。常服，指周代將士的制服：皮帽皮衣、素裳白鞋。
❺ 玁狁，西北外族。已見〈小雅．采薇〉篇。孔熾，很囂張。
❻ 是用，因此。
❼ 于，曰，命令的意思。一說：乃，表示是周王親征。
❽ 匡，救。
❾ 比，比較、選擇。物，這裡指馬而言。
❿ 閑，熟練。則，法則。

我服既成，
于三十里。⑫
王于出征，
以佐天子。

三
四牡脩廣，⑬
其大有顒。⑭
薄伐玁狁，⑮
以奏膚公。⑯
有嚴有翼，⑰
共武之服。⑱
共武之服，
以定王國。

四
玁狁匪茹，⑲
整居焦穫。⑳

我們軍裝已備齊，
還要日行三十里。
周王要我們出征，
來輔佐真命天子。

四匹雄馬高又大，
牠們高大又從容。
趕緊討伐那玁狁，
藉此建立大戰功。
又要威嚴又小心，
慎重作戰的行動。
慎重作戰的行動，
來保護國家元戎。

玁狁並非柔弱者，
整軍佔住焦穫澤。

⑪ 服，戎裝。即上文的制服。
⑫ 于，往。
⑬ 脩，同「修」，高。
⑭ 顒，音「雍」，大的意思。有顒，即顒顒。
⑮ 薄，迫、趕緊。
⑯ 奏，進獻。膚公，大功。
⑰ 有嚴有翼，即嚴嚴翼翼，威嚴謹肅的樣子。
⑱ 共，通「恭」，慎重。武，軍事作戰。服，事、職責。
⑲ 匪茹，不柔弱。一說：不自量力。
⑳ 整居，全部佔據。焦穫，地名，在今陝西涇陽西北。

侵鎬及方，㉑
至于涇陽。㉒
織文鳥章，㉓
白旆央央。㉔
元戎十乘，㉕
以先啟行。㉖

五

戎車既安，
如輊如軒。㉗
四牡既佶，㉘
既佶且閑。
薄伐玁狁，
至于大原。㉙
文武吉甫，㉚
萬邦為憲。㉛

入侵鎬地及朔方，
直到涇水的北岸。
織畫花紋鳥隼樣，
白綢旗幟真鮮亮。
將帥大車有十輛，
來做先鋒上戰場。

元戎大車已穩當，
俯仰高低真像樣。
四匹雄馬都壯健，
都夠壯健又熟練。
趕緊討伐那玁狁，
一直追逐到太原。
文武雙全尹吉甫，
萬國以他為模範。

㉑鎬、方，都是周朝西北方的地名。
㉒涇陽，涇水的北面。在今甘肅省境。陽，山南水北。
㉓織，同「幟」，旗幟。鳥章，鷹隼的圖案。
㉔白旆，白帛做的旗。央央，鮮明的樣子。
㉕元戎，大型戰車。
㉖啟行，開道、開路先鋒。
㉗輊，車向下俯。軒，車向上仰。
㉘佶，音「吉」，健壯。
㉙大原，即太原，地名。今甘肅固原附近。
㉚文武，能文能武。
㉛憲，榜樣。

六

吉甫燕喜，32
既多受祉。33
來歸自鎬，34
我行永久。35
飲御諸友，36
炰鱉膾鯉。37
侯誰在矣，38
張仲孝友。39

吉甫赴宴真歡喜，
已多受福得保祐。
凱旋歸來自鎬京，
我們出征夠長久。
飲酒進饌眾戰友，
烹煮甲魚切鯉塊。
有誰在座作陪客，
張仲孝順又友愛。

32 燕，宴。
33 祉，福。
34 來歸，凱旋歸來。
35 行，出征。永久，長久，這裡是說為期不短。
36 御，進、侍、作陪。
37 炰，音「袍」，烹煮。膾，音「快」，細切。
38 侯，維、是。
39 張仲，人名。吉甫的朋友。

【新繹】

〈六月〉一詩，和上文〈采薇〉、〈出車〉一樣，都是描寫北伐玁狁的詩篇。西周從康王以後，國勢就逐漸衰落。到了厲王時，暴虐無道，發生了玁狁入侵、逼近京邑之事。宣王即位，號稱中興，曾命尹吉甫率師北伐，〈毛詩序〉說此即是「宣王北伐」的作品。不過，不是寫周宣王御軍親征，而是寫文武兼備的大將尹吉甫，奉命率軍北伐玁狁，獲勝而歸的前後過程。這種說法，不但《鄭箋》、《孔疏》以至《朱傳》都信從，連今文學派的三家詩也都沒有異議。

尋繹此詩經文的末章，這一篇似乎不是寫周天子燕饗尹吉甫戰勝歸來，反而像是歌詠尹吉甫與其同僚戰友凱旋歸來，開宴慶功的作品，所以姚際恆《詩經通論》說：「此篇則係吉甫有功而歸，燕飲諸友，詩人美之而作也。」方玉潤《詩經原始》也說：「蓋吉甫成功凱還，歸燕私第，幕府賓客歌功頌烈，追述其事如此。」不過，從經文的末章看，詩人寫作的重點，最後仍以宴飲做為歸結，因此本篇不只是戰爭詩，而且也是宴飲詩。

詩共六章，每章八句。第一章寫出征時間及原因。以往玁狁入侵，通常在秋冬，今年卻在六月，故緊急出征，以匡王國。「棲棲」同「栖栖」，遑遑不安之意。據《竹書紀年》，此事在宣王五年（公元前八二三年）。第二章寫車馬軍力之強。「比物四驪」二句，是寫一車四馬，都是經過挑選，才選齊毛色相同、氣力相等的四匹黑馬；選好之後，還要加以操練，使之馴熟。第三章寫治兵戒備之嚴。「其大有顒」是寫四匹雄馬不但強壯，而且從容。有顒，即顒顒。與「有嚴有翼」，又威嚴雄武，又小心翼翼，命意相同。「共武之服」，共，有「恭」之意；服，有「事」之意，表示同心協力。第四章寫玁狁入侵，已逼近京邑。焦穫、鎬、方、涇陽，皆地名，在今陝西、甘肅涇水流域一帶。現代有些學者根據周朝銅器（如《臣辰盉》、《遹毀》等）銘文，考定鎬即鎬京，方即菶（豐）京。當此之時，吉甫等將帥大車做開路先鋒，衝擊敵軍。第五章寫吉甫治兵有常，驅敵出境之後，不再窮追。文從車馬安閑如常寫起，點出大將尹吉甫之文武雙全。「萬邦為憲」，猶言天下諸侯皆以尹吉甫為尊王攘夷之榜樣。第六章寫尹吉甫戰勝而歸，與僚友飲酒同樂。「吉甫燕喜，既多受祉」，歷來多解為宣王之賞賜，然就上下文觀之，應是吉甫自稱受天之祐，得與同僚克敵致勝。同僚「諸友」之中，不但有孝友的張仲，而且還應有張仲的兄弟在內。因為《易林．小過之未濟》有云：「〈六月〉〈采芑〉，征伐無道。張仲季叔，孝友飲酒。」

仲、季、叔，都指兄弟排行，據此可證座中有張仲的兄弟。

清人鄧翔《詩經繹參》云：「方以類聚，稱其友，知其人，而吉甫之孝友可知也。」又云：「張仲孝友，正以文武吉甫對舉而錯綜言之，體用互著也。末章特為以孝友立文武之本源言，故諸多設色，亦文章之最絢爛處也。」評得不錯，可供讀者參考。

采芑

一

薄言采芑，❶
于彼新田，❷
于此菑畝。❸
方叔涖止，❹
其車三千，
師干之試。❺
方叔率止，❻
乘其四騏，❼
四騏翼翼。❽
路車有奭，❾
簟茀魚服，❿
鉤膺鞗革。⓫

【直譯】

趕快來採苦苣菜，
到那兩年新田裡，
到這新墾菑畝間。
大將方叔已來到，
他的兵車三千輛，
軍隊持盾正操練。
方叔率領大軍來，
駕著他四匹騏馬，
四匹騏馬一排排。
紅漆戎車有光彩，
竹蓆車簾魚皮袋，
連胸轡頭繫皮帶。

【注釋】

❶ 薄，發語詞，有迫切、趕緊的意思。芑，音「起」，一種可採食的野菜。

❷ 新田，新開墾兩年的田地。

❸ 菑，音「資」，新開墾一年的田地。

❹ 方叔，周宣王的大臣，受命為將。涖，音「立」，臨、到。止，語尾助詞。下同。

❺ 師，兵眾、軍隊。干，盾，泛指干戈、武器。試，習、練習。

❻ 率，是說率軍來到。

❼ 騏，青黑格紋的馬。已見前。

❽ 翼翼，整齊、健壯的樣子。已見前。

二

薄言采芑，
于彼新田，
于此中鄉。⑫
方叔涖止，
其車三千，
旂旐央央。⑬
方叔率止，
約軝錯衡，⑭
八鸞瑲瑲。⑮
服其命服，⑯
朱芾斯皇，⑰
有瑲蔥珩。⑱

三

鴥彼飛隼，⑲
其飛戾天，⑳
亦集爰止。㉑

趕快來採苦苣菜，
到那兩年的新田，
到這菑畝鄉野間。
大將方叔已到來，
他的兵車三千輛，
蛟龍龜蛇旗飄揚。
方叔統率大軍來，
纏束車轂雕橫轅，
八個鸞鈴叮噹響。
穿著他朝廷服裝，
紅蔽膝如此輝煌，
青蒼玉珮響叮噹。

急急飛的那鷹隼，
牠們齊飛到雲天，
又一同棲息林間。

❾ 路車，兵車、貴族或諸侯坐的車。奭，音「式」，大紅色。

❿ 簟茀，音「店弗」，竹席做的車簾。魚服，魚或獸皮做的箭袋。

⓫ 鉤膺，套在馬胸腹前，有銅鉤飾物的馬鞍。鞗革，音「條勒」，皮製銅飾的轡頭。已見前。

⓬ 中鄉，鄉中、田野間。

⓭ 旂，畫有蛟龍的旗。旐，畫有龜蛇的旗。央央，鮮明貌。已見前。

⓮ 約，纏束。軝，音「其」，車轂。錯，文彩。衡，車轅前的橫木。

⓯ 鸞，鸞鈴。天子諸侯的車衡或軛首，掛有八個鸞鈴。已見前。

⓰ 服，穿。命服，天子頒贈的禮服。

⓱ 芾，音「弗」，通「韍」，蔽膝。皇，同「煌」，鮮明。

⓲ 有瑲，瑲瑲，玉石碰擊的聲音。蔥珩，蔥綠色的玉佩。

⓳ 鴥，音「玉」，疾飛。

⓴ 戾，至、到。

方叔涖止，
其車三千，
師干之試。
方叔率止，
鉦人伐鼓，㉒
陳師鞠旅。㉓
顯允方叔，
伐鼓淵淵，㉔
振旅闐闐。㉕

四

蠢爾蠻荊，㉖
大邦為讎。㉗
方叔元老，
克壯其猶。㉘
方叔率止，
執訊獲醜。㉙
戎車嘽嘽，㉚

方叔大將已來到，
他的兵車三千輛，
士兵持盾正操練。
方叔統率軍隊來，
鉦人傳令敲起鼓，
列隊訓話誓出師。
顯赫誠信的方叔，
擊鼓進軍聲淵淵，
發動軍隊聲填填。

愚蠢你們蠻荊人，
竟與大國做對頭。
方叔是周朝元老，
他能展開他智謀。
方叔統率軍隊來，
捉敵審問殺敵寇。
元帥兵車聲宏亮，

㉑ 爰，於。爰止，是說集於所集之所。
㉒ 鉦，音「征」，號令士兵退軍的一種樂器。鉦人，擊鉦傳令的人。古代進軍敲鼓，退軍擊鉦。
㉓ 陳師，檢閱軍隊。鞠旅，告誡士兵。
㉔ 伐鼓，敲鼓進軍。淵淵，形容鼓聲。
㉕ 闐闐，形容鼓聲。
㉖ 蠢，愚蠢妄動。爾，你、你們。蠻荊，荊州一帶的南蠻。
㉗ 大邦，大國。指周王朝。讎，仇、敵。
㉘ 克，能。壯，擴張。猶，同「猷」，謀略。
㉙ 執訊，捉來俘虜審問。醜，敵兵。已見〈出車〉篇。
㉚ 嘽嘽（音「攤」），車行聲。

嘽嘽焞焞，❸❶
如霆如雷。
顯允方叔，
征伐玁狁，
荊蠻來威！❸❷

聲容宏亮又浩蕩，
像劈雷打雷那樣。
顯赫誠信的方叔，
曾經征伐了玁狁，
今來荊蠻顯威武！

❸❶ 焞焞（音「吞」），盛大的樣子。
❸❷ 威，畏。

·芑·

【新繹】

〈采芑〉一詩，據〈毛詩序〉說，是詠「宣王南征」之作。周宣王是厲王之子，厲王暴虐無道，導致異族入侵，宣王繼位之後，發憤圖強，先後派秦仲攻西戎，吉甫伐玁狁，方叔征荊蠻，召虎平淮夷，因此史稱「宣王中興」。本篇即歌詠宣王命方叔南征荊蠻之詩。這種說法，三家詩沒有異議。

據《竹書紀年》稱：宣王五年六月北伐，八月南征。據《詩經》，北伐大將是尹吉甫，南征大將則是方叔。南征距北伐只隔兩個月，方叔是否曾參與北伐，是否真的未出兵交戰，荊蠻即望風而降，歷來說法不一。但就〈六月〉、〈采芑〉二詩而論，有一點可以確定，〈六月〉是寫尹吉甫北伐玁狁凱旋而歸，是實寫；此篇〈采芑〉寫方叔南征荊蠻，則寫於出師未正式交戰之前。姚際恆《詩經通論》就說：「此宣王命方叔南征蠻荊，詩人美之而作。大概作于出師之時，或謂班師時作，非也。」

詩共四章，每章十二句。基本上，三句隔韻，各為一組，用韻情況複雜，形式比較特別。第一、二章都以采芑起興，然後才寫方叔出征前的閱兵儀式，見軍容之盛大與大將之威儀。有人以為芑是野菜，人馬俱可食，故詩人以此起興，方玉潤《詩經原始》駁之，說赫赫王師，何至採芑而食；又有人以為軍士起於田畝，故詩人假以為興，實則前二章皆詩之發端，詩人寫在新田、菑田之間，所見方叔大軍操練之情形。新田指開墾第二年的田地，菑田則指新開闢者。宣王繼位之後，內修政治，外禦強敵，人民新墾休耕之農地，望王師南征北伐之有功。統帥方叔，兵車三千輛，此天子六軍之制，寫其車馬服色之壯麗，備見軍容之盛。第三章藉飛隼寫軍紀之嚴整。以鷹隼之高飛棲止，皆極快速，興王師操練之得宜，進退之有節。詩中的「鞠旅」，即誓師之意，寫方叔出征時，陳兵誓師，有人擊鉦伐鼓，助其聲勢。有人說「鉦人伐鼓」是「鉦人鳴鉦，鼓人伐鼓」的省文，狀其進退有節。第四章寫方叔元老，智勇雙全，統率王師征伐荊蠻，必將有成。故詩人美之，預見其成功，想像其威武。

車攻

一

我車既攻，❶
我馬既同。❷
四牡龐龐，❸
駕言徂東。❹

二

田車既好，❺
四牡孔阜。❻
東有甫草，❼
駕言行狩。❽

三

之子于苗，❾
選徒囂囂。❿

【直譯】

我們車子已修整，
我們馬兒已協同。
四匹雄馬夠龐大，
駕起車子說朝東。

田獵馬車已備妥，
四匹雄馬真壯碩。
東有甫田大草澤，
駕著車兒去獵狩。

這些諸侯去夏獵，
清點隨從聲嚷嚷。

【注釋】

❶ 攻，通「工」，修繕。
❷ 同，齊。指一車四馬，馬的毛色、速度俱已整齊。見〈六月〉篇「比物四驪」等句。
❸ 龐龐，強壯的樣子。
❹ 徂，往。東，指東都洛陽。
❺ 田，通「畋」，打獵。田車，獵車。
❻ 孔，大、甚。阜，肥胖。
❼ 甫，地名，即圃田，在今河南開封中牟附近。草，草澤。
❽ 狩，原指冬天打獵，通常放火燒田。後來用作狩獵的通稱。
❾ 之子，這個君子（指周王）。也泛指諸侯。于，往。苗，夏天打獵。
❿ 選，通「算」，挑選、清點。囂囂，形容聲音吵雜。

建旐設旄，⑪
薄狩于敖。⑫

四

駕彼四牡，
四牡奕奕。⑬
赤芾金舄，⑭
會同有繹。⑮

五

決拾既佽，⑯
弓矢既調。
射夫既同，⑰
助我舉柴。⑱

六

四黃既駕，⑲
兩驂不猗。⑳

樹立旗幟插牛尾，
快去獵獸到敖山。

駕著那四匹雄馬，
四匹雄馬快又齊。
紅色蔽膝銅底鞋，
會合諸侯有秩序。

扳指臂套已備妥，
弓兒箭兒已順手。
射手會合已成對，
幫助我們圍野獸。

四匹黃馬已駕齊，
兩旁驂馬不偏倚。

⑪ 旐、旄，已見前。

⑫ 薄狩，原作「搏獸」，據《水經注》濟水篇改。敖，山名。在今河南開封、滎澤附近。

⑬ 奕奕，形容精神飽滿。一說：從容自得。

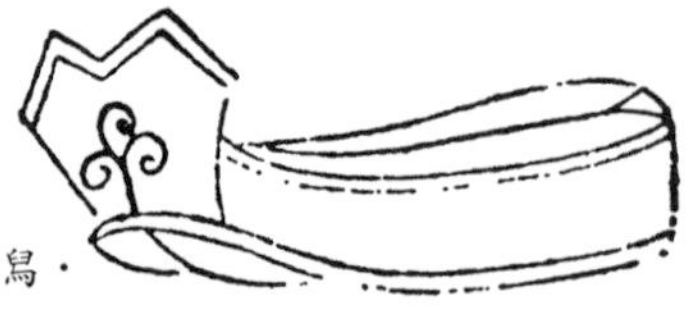

·舄·

⑭ 芾，蔽膝。舄，音「席」，鞋。大紅蔽膝銅底鞋，是諸侯的服飾。

⑮ 會同，古代諸侯朝會天子。有繹，繹繹，形容人多。

⑯ 決，扳指。用來鉤弓弦。拾，臂套。佽，音「次」，齊備。

⑰ 射夫，弓箭手。同，會合。

⑱ 舉柴，高舉火把驅趕禽獸，以便圍獵。一說：柴，音「自」，「骴」之借字，堆積。

⑲ 四黃，駕車的四匹黃馬。

⑳ 猗，同「倚」，偏斜。

不失其馳，舍矢如破。❷❶

七

蕭蕭馬鳴，❷❷悠悠旆旌。❷❸
徒御不警，❷❹大庖不盈。❷❺

八

之子于征，❷❻有聞無聲。
允矣君子，展也大成。❷❼

不會妨礙牠奔馳，一放出箭就中的。

蕭蕭長嘯是馬鳴，悠悠飄揚是旗旌。
步卒車夫都機警，太廚獵物也充盈。

這些諸侯出行時，只有消息沒吵聲。
實在呀真正君子，展現呀大功告成。

❷❶ 舍，通「捨」。舍矢，放箭。破，中的、射中目標。
❷❷ 蕭蕭，馬鳴聲。
❷❸ 悠悠，形容旗幟飄揚。
❷❹ 徒御，步卒和車夫。不，同「丕」。下同。
❷❺ 大庖，周王的大廚房。一說：不盈，不滿。言其獵獲雖多，多分與同射者，故君庖不盈滿。
❷❻ 于，往。征，出行。指田獵。
❷❼ 大成，顯著的成就。

【新繹】

〈車攻〉一詩，描寫周宣王會同諸侯前往東都田獵，諸侯美之之辭。〈毛詩序〉說：「〈車攻〉，宣王復古也。宣王能內修政事，外攘夷狄，復文、武之境土，修車馬，備器械，復會諸侯於東都，因田獵而選車徒焉。」所謂「復古」，一指「復文、武之境土」，恢復西周初年文王、武王所有之領土；一指「復會諸侯於東都」，一如成王、康王之世。古代天子會同諸侯舉行田獵，是一種軍事大演習，同時有宣示武力的意義。據《竹書紀年》，周成王二十五年曾大會諸侯於東都，四夷來賓。

〈毛詩序〉的這種說法，不但今古文學派俱無異議，連《墨子．明鬼篇》也說：「周宣王合諸侯而田於圃，車數萬乘。」可見這個說法是可信的。

詩共八章，每章四句，全用賦筆。第一章點明出獵東都，開端二句「我車既攻，我馬既同」，與《石鼓文》相同，千古傳誦。第二章點明行獵地點是在圃田，地在洛邑之東。第三章寫天子游獵苑囿之廣，遠至敖山。圃田、敖山俱在東都之東。第四章寫諸侯車馬服飾之盛。第五章寫較量射技及圍獵過程。「助我舉柴」，指禽獸或匿於澤藪之中，故有射手舉火驅之使出，供天子諸侯射殺。第六章寫騎射之能。四馬奔馳時，兩旁驂馬不會偏斜，此言駕馭之巧。「舍矢如破」即一箭中的，此言射藝之精。第七章寫獵後光景。「蕭蕭馬鳴，悠悠旆旌」二句，寫天子諸侯田獵之樂，令人神往。「徒御不警，大庖不盈」，二「不」字，據《毛傳》、《鄭箋》，皆同「丕」字，不警即警，不盈即盈。徒御，指陪獵之隨從。大庖即太廚，獵物烹煮之所。用筆簡省而意趣橫生，真大手筆。第八章總結，寫獵畢興盡而歸。以「之子于征，有聞無聲」對應上文「之子于苗，選徒囂囂」，藉此詠嘆天子宣示武力，足以威懾諸侯，真得畫龍點睛之妙。

孫鑛《批評詩經》云：「戎歌也，而撰得如此雍容典則，可謂不大聲以色。」凌濛初《言詩翼》

也特別提「蕭蕭馬鳴」二句，說是「形容靜治，最為曲盡。」可以看出後人對此詩不止肯定其內容思想，連其寫作技巧也備加推崇。

秦刻石《石鼓文》著成年代，雖不能確考，然成於周平王或秦襄公、文公之間，應無可疑。其模倣此篇之成句者不少，亦足見此篇傳世之廣，影響之深。

吉日

一

吉日維戊，❶
既伯既禱。❷
田車既好，❸
四牡孔阜。❹
升彼大阜，
從其群醜。❺

二

吉日庚午，❻
既差我馬。❼
獸之所同，
麀鹿麌麌。❽
漆沮之從，❾
天子之所。

【直譯】

吉祥日子是戊辰，
已祭馬祖已拜神。
獵車早已準備妥，
四匹雄馬很壯碩。
登上那座大土丘，
追蹤那一群野獸。

吉祥日子是庚午，
已經挑選我乘馬。
野獸的聚集所在，
母鹿公鹿密麻麻。
漆水沮水沿岸追，
直到天子的周圍。

【注釋】

❶ 戊，古人以天干地支相配計日計時，迷信戊日是所謂剛日，禱告馬神的好日子。

❷ 伯，「禡」的借字，祭拜馬神。

❸ 田車，獵車。

❹ 孔阜，很高大。已見前。

❺ 從，追逐。群醜，此指獸群。

❻ 庚午，古人推算這一天也是好日子。

❼ 差，選擇。

❽ 麀，音「優」，母鹿。麌麌（音「語」），形容鹿多成群。

❾ 漆、沮（音「居」），都是河名。在今陝西省境內。

三

瞻彼中原，❿
其祁孔有。⓫
儦儦俟俟，⓬
或群或友。⓭
悉率左右，⓮
以燕天子。⓯

四

既張我弓，
既挾我矢。⓰
發彼小豝，⓱
殪此大兕。⓲
以御賓客，⓳
且以酌醴。⓴

遠望那片原野中，
那裡大獸真很多。
有的奔跑有慢走，
有的群居有配偶。
全都追逐牠左右，
來滿足天子馳騁。

已經張大我的弓，
已經搭上我的箭。
發箭射那小母豬，
射死這隻大野牛。
用來烹殺獻賓客，
而且用來下甜酒。

❿中原，原中，原野之中。
⓫祁，大。此指大獸。孔有，很多。
⓬儦儦（音「標」），快跑。俟俟，一作「騃騃」，慢行。
⓭《毛傳》：「獸三曰群，二曰友。」
⓮率，驅、驅逐。
⓯燕，樂。這裡作動詞用，有滿足的意思。
⓰挾，持。
⓱發，用箭射。豝，音「巴」，母豬。
⓲殪，音「意」，一箭射死。兕，音「四」，野牛。
⓳御，進、招待。
⓴醴，音「禮」，甜酒。

【新繹】

〈吉日〉一詩，據〈毛詩序〉說：「〈吉日〉，美宣王田也。能慎微接下，無不自盡以奉其上焉。」可見這是頌美周宣王田獵的詩篇。詩人以為周宣王能謹慎微細，善待臣下，所以臣下也盡力奉承他。歷來學者對此說法多無異議，但對「能慎微接下，無不自盡以奉其上焉」二句，則或有疑問，以為詩中並無此意。實則詩中於此是多所暗示的，只是有些讀者不查而已。

這首詩和上篇〈車攻〉一樣，都歌詠周宣王出獵之事，但同中有異。陳奐《詩毛氏傳疏》就說：「〈車攻〉會諸侯而遂田獵，〈吉日〉則專美宣王田也。一在東都，一在西都。」〈車攻〉寫的是天子會同諸侯大張旗鼓打獵的大場面，氣勢雄渾，地點是在洛邑之東的圃田、敖山（今河南中牟、滎陽）一帶；〈吉日〉寫的則是周宣王個人的田獵活動，規模較小，從容不迫，地點是在西都鎬京附近的漆水、沮水（皆在今陝西省）流域。境界雖有大小，但歌頌周宣王的用意，則無不同。

詩共四章，每章六句。結構頗為嚴謹，前後互相呼應。第一章寫出獵前。開端二句先記日卜吉，祭告馬神，就是所謂「慎微」。首章首句「吉日維戊」和次章首句「吉日庚午」，都說明這是吉日，也是古人所說的適合乘雄馬的剛日。《鄭箋》即云：「戊，剛日也。故乘、牡為順類也。」次句「既伯既禱」的「伯」，指祭祀馬祖，也就是〈大雅．皇矣〉所說的禡祭。《毛傳》說：「伯，馬祖也。重物慎微，將用馬力，必先禱其祖。」《孔疏》亦云：「天子之務，一日萬幾。尚留意于馬祖之神，為之祈禱，能謹慎于微細也。」第二章「既差我馬」，「差」作「挑選」解，亦慎微之意。第一、二章寫出獵地點，由大阜驅趕成群的野獸至漆、沮一帶，即天子田獵之所，供天子之射，點明臣下隨從盡力以奉其上的心意。第三章寫獸群之多，或雌或雄，或群或偶，不盡其數。「悉率左右，以燕天子」則承應上文「漆沮之從，天子之所」，皆寫群下盡力奉上，驅趕群獸於左右，供天子射殺以取樂。第四章藉射殺小母豬及大兕牛，寫所獵獸類之多。「以御賓客，且以酌醴」二句，點明宣王田獵，不僅自適其樂，一旦有所獲，則用以進獻賓客，作為下酒之物，此即《孔疏》所謂「恩隆于群下也」。

以上的十篇，或寫天子得賢，或寫諸侯有功，或詠宣王中興，皆與燕饗飲宴之樂有關。詩中所寫，或為酒肴豐盛，或為主人殷勤，但重點都不僅僅在於這些酒肴和酬酢的豐盛殷勤，而是在於表現賓主之間和諧的關係。人與人之間的關係，是那樣的融洽，所以沒有矛盾和對立，充分表現出人的好禮從善的德性。《禮記．樂記》說：「先王之制禮樂也，非以極口腹耳目之欲也，將以教民平好惡，而反(同「返」)人道之正也。」這些宴飲詩的著眼點，正是表現了周朝禮樂文明的核心價值，要回到「人道之正」。

鴻鴈

一

鴻鴈于飛，
肅肅其羽。❶
之子于征，❷
劬勞于野。❸
爰及矜人，❹
哀此鰥寡。❺

二

鴻鴈于飛，
集於中澤。❻
之子于垣，❼
百堵皆作。❽
雖則劬勞，
其究安宅。❾

【直譯】

大鴻小雁正飛翔，
沙沙拍動牠翅膀。
這些人兒正遠行，
辛勤勞苦在路上。
於是牽動同情者，
可憐這些單身客。

大鴻小雁正飛翔，
全部棲在沼澤中。
這些人兒正築牆，
百堵城牆都動工。
雖然是辛勤勞苦，
他們終歸有住處。

【注釋】

❶ 肅肅，鴻鴈拍動翅膀聲。
❷ 之子，這些君子（指周王所派的使臣）。征，遠行。
❸ 劬，音「渠」，勞苦。
❹ 爰，乃、於是。矜人，可憐之人。
❺ 鰥，音「官」，老而無妻。寡，女子無夫。
❻ 集，群棲。中澤，澤中。
❼ 于，為、築。垣，墻。
❽ 堵，牆面高長一丈叫一堵。作，興建。

・鴻・

三

鴻鴈于飛，
哀鳴嗸嗸。❿
維此哲人，⓫
謂我劬勞；
維彼愚人，
謂我宣驕。⓬

大鴻小雁正飛翔，
牠們哀叫聲嗷嗷。
只有這些明理人，
說我是辛苦勤勞；
只有那些糊塗人，
說我囂張太驕傲。

❾ 究，終究。安宅，安居。
❿ 嗸嗸（音「敖」），鳥哀鳴聲。
⓫ 哲人，聰明人。
⓬ 宣驕，驕奮、逞能。

【新繹】

〈鴻鴈〉一詩，舊說頗有分歧。〈毛詩序〉說：「〈鴻鴈〉，美宣王也。萬民離散，不安其居，而能勞來、還定、安集之，至于矜寡，無不得其所焉。」說它是稱頌周宣王能夠招撫流民，使鰥寡之人都得到照顧。這樣說來，詩篇應是周朝使臣所作。以上諸篇，大都歌頌周宣王能內脩政事，外制夷狄，所以歷來承衍〈毛詩序〉之說的，多就此略作說明。像《鄭箋》、《孔疏》就補充說明，此乃厲王之時，暴虐無道，人民流離失所，宣王繼位之初，始遣侯伯卿士之使，招撫流亡。但朱熹《詩集傳》卻不贊成，認為從經文看，應是：「流民以鴻鴈哀鳴自比而作此歌也。」又說無以見其為宣王之詩。嚴粲《詩緝》則認為是「流民美使臣之詩」，另外還有人以為這是一首詛咒徭役的民歌。姚際恆《詩經通論》對以上種種說法都反對，認為不可解，仍然認為應是

「宣王命使臣安集流民而作」。真是眾說紛紜，莫衷一是，這當然與本文的難以索解有關。

詩共三章，每章六句，皆以鴻鴈為比興。鴻鴈是候鳥，秋來春去，南北遷徙，這與勞役四方的使者或居無定所的流民，都有相似之處。詩人因而以此起興，並借以自喻。《毛傳》說：「大曰鴻，小曰鴈。」鴻鴈以大小分，猶人有使臣與流民之別。第一章以鴻鴈肅肅其羽而飛，起興使臣之劬勞於野。「之子于征」，是指使臣出差遠行，由於飄然曠野，歷盡辛勞，故更容易同情弱者。招撫之流民中，自以鰥寡孤獨者最為可憐。第二章承接上文，以鴻鴈飛行途中，暫時棲息於沼澤之中，比擬出差之使臣，欲砌高牆，安置廣廈千萬間，盡庇天下寒士流民。其劬勞也可知。第三章以鴻鴈嗷嗷之哀鳴，寫使臣不平之心聲。知我者謂我心憂，謂我劬勞；不知我者，愚昧無比，竟謂我自誇，謂我狂傲。

根據《周禮．春官．大宗伯》的記載，周禮有吉禮（祭祖祀神之類）、凶禮（喪荒吊恤之類）、賓禮（朝覲聘問之類）、軍禮（師均田封之類）和嘉禮（燕饗婚冠之類）五大類。有人粗略統計過，《詩經》中所涉及所反映的周禮，非常之多，論其篇章的多寡，依序是吉、嘉、賓、軍、凶禮。其中，如果再比對〈風〉、〈雅〉、〈頌〉，細分題材內容，則祭祀活動與燕饗飲食所佔比例最多。朝聘田射之禮，多見於〈雅〉、〈頌〉，而婚喪愛情之詠，則多見於〈國風〉。《禮記》曾說：「禮有五經，莫重于祭」、「夫禮之初，始諸飲食。」又說：「婚禮者，禮之本也。」祭祀、飲食、婚宴，寫多了，禮多人不怪，哀喪亂的凶禮，則沒人願意多提。有人說《詩經》中涉及周代凶禮的篇章，不會超過十篇，多在〈國風〉，比較著名的，是涉及三年之喪的〈檜風．素冠〉，和涉及殉葬制度的〈秦風．黃鳥〉。〈雅〉、〈頌〉之中，只有〈小雅〉中的〈常棣〉、〈鴻鴈〉、〈小弁〉，略有三言兩語道及而已。像〈鴻鴈〉這一篇，也只有「爰及矜人，哀此鰥寡」、「雖則劬勞，其究安宅」等幾句，才觸及使臣體恤荒年流民之苦，而且最後一段，還似乎有難言之隱和不平之氣，讀來雖覺哀感動人，但就古人詩禮互證的觀點看，此詩所反映的凶禮，終隔一層。

以下的十篇，所謂〈鴻鴈之什〉，反映西周王朝由盛而衰的作品，多與宣王有關。宣王號稱中興，但詩篇中所呈現的，卻似乎有可商量斟酌之處。這是不是意味著：在周宣王當朝前後，《詩經》古本曾經又一次經過編訂整理呢？這是一個值得我們深入研究的課題。

庭燎

一

夜如何其?❶

夜未央,❷

庭燎之光。❸

君子至止,❹

鸞聲將將。❺

二

夜如何其?

夜未艾,❻

庭燎晣晣。❼

君子至止,

鸞聲噦噦。❽

【直譯】

夜色怎樣了?

夜色未過半,

庭炬這樣亮。

君子來到了,

鸞鈴響叮噹。

夜色怎樣了?

夜色猶未盡,

庭炬還光明。

君子來到了,

鸞鈴聲齊鳴。

【注釋】

❶ 其,表示疑問的語氣詞。下同。

❷ 央,中。一說:盡。未央,未旦。

❸ 庭燎,古代宮中庭院在夜間點燃的火炬。

❹ 止,語尾助詞。下同。

❺ 鸞,鸞鈴。將將,同「鏘鏘」。

❻ 艾,止盡。

❼ 晣晣(音「制」),明亮的樣子。

❽ 噦噦(音「諱」),鸞鈴聲。

三

夜如何其？
夜鄉晨，❾
庭燎有煇。❿
君子至止，
言觀其旂。⓫

夜色怎樣了？
夜色近清晨，
庭炬有光暈。
君子來到了，
看見他旗紋。

❾ 鄉，同「向」。向晨，近曉。
❿ 煇，同「輝」，光亮。一說：音「熏」，形容煙火繚繞的樣子。
⓫ 旂，音「其」，繪有蛟龍的旗幟，是諸侯的儀仗。已見前。

【新繹】

〈庭燎〉一詩，〈毛詩序〉云：「〈庭燎〉，美宣王也。因以箴之。」既然是頌美周宣王勤政早朝之作，怎麼又說是「箴之」呢？箴有規勸、諫刺的意味在內。看了王先謙《詩三家義集疏》所引的劉向《列女傳》等文獻資料看，我們才知道，原來周宣王在統治王朝過程中，曾經中年失政，早朝晚起。周宣王在位是公元前八二七年至公元前七八一年，前後約四十六年，所謂中年，雖不能確定何時，但總在公元前八世紀前後。那時候，周宣王一度貪戀女色，常「夜臥晏起，后夫人不出房」，所以姜后自脫簪珥，託人勸諫君王千萬不可好色而忘德，失禮而晏朝。周宣王也果然立即悔悟，自稱寡人不德，非夫人之罪。從此勤於政事，早朝晏退，卒成中興之業。這首詩寫的就是宣王納諫改過後的上朝情形。

詩共三章，每章五句，前三句為問答體，問者應為宣王，答者應為雞人。雞人是古代宮中報時之官，見《周禮．春官》。雞人管何時雞鳴，何時天亮。藉以通報君王上朝，以免遲到。每章前三句一組，用問答體，後二句一組，客觀描述諸侯大臣早朝情況。三章只是一意，但前三句寫的是視覺，是夜色，是庭燎；後二句寫的先是聽覺，是車聲，最後才由聽覺轉為視覺。表現藝術頗為高明。

三章皆以「夜如何其」開端，這是天子或其侍從問。「夜未央」、「夜未艾」、「夜鄉晨」，則是雞人答。夜由「未央」而「未艾」而「鄉晨」，表示時間的推移。未央、未艾，都是未盡之意；鄉同嚮、向，鄉晨即近曉微明的意思。寫天色由黑夜而漸轉向天明，表示宣王在乎上朝聽政的時間到了沒有。「庭燎之光」、「庭燎晰晰」、「庭燎有煇」，是上一句夜色未盡、天色未明的輔助語。有此輔助語，「夜未央」等句才落實。庭燎，指宮庭夜間所燃的火炬，作照明之用。夜越黑，火光越明亮。「庭燎之光」可以解為「庭燎的光亮」，但對照下文，似乎把「之」解作「這樣的」，作指示用，更能配合下文，切合詩中的情境。燎光由明亮而清晰而「有煇」。有煇即有光暈，如同隔著煙霧看，不夠清楚，表示天快亮了。這是觀察入微的妙筆。因此王夫之的《詩繹》曾稱許它：「鄉晨之景，莫妙於此。晨色漸明，赤光雜煙而靉靆，但以有煇二字寫之。」

後二句皆以「君子至止」開端。《毛傳》云：「君子，謂諸侯也。」《鄭箋》進一步解釋：「此宣王以諸侯將朝，夜起曰：夜如何其？問早晚之詞。」都說得很簡明貼切。「鸞聲將將」和「鸞聲噦噦」是從聽覺來寫。只聽到諸侯馬車的鸞鈴聲由遠而近，表示諸侯上朝的時辰到了。最後一句「言觀其旂」，由聽覺而轉為視覺形象，說諸侯來早朝，起先只能聽鈴聲，現在已能看見他鸞旂上的圖紋了。這當然也是表示天色已明，該是天子上朝的時候了。

沔水

一

沔彼流水，❶
朝宗于海。
鴥彼飛隼，❷
載飛載止。
嗟我兄弟，
邦人諸友；
莫肯念亂，
誰無父母？

二

沔彼流水，
其流湯湯。❸
鴥彼飛隼，
載飛載揚。

【直譯】

滿盈盈的那流水，
朝向歸宗到海洋。
急急飛的那鶻鷹，
有時飛翔有時降。
感嘆我的兄弟們，
國人以及眾友人；
沒人肯憂慮世亂，
有誰沒有父母親？

滿盈盈的那流水，
它奔流浩浩湯湯。
急急飛的那鶻鷹，
有時飛有時高揚。

【注釋】

❶ 沔，音「免」，盈滿的樣子。
❷ 鴥，音「玉」，疾飛。已見前。
❸ 湯湯（音「傷」），大水奔流的樣子。

・隼・

念彼不蹟，❹
載起載行。
心之憂矣，
不可弭忘。❺

三

鴥彼飛隼，
率彼中陵。❻
民之訛言，❼
寧莫之懲？❽
我友敬矣，❾
讒言其興！❿

想起他不循軌道，
或起或行太乖張。
內心這樣憂傷呀，
不能消除或遺忘。

急急飛的那鶻鷹，
領飛在那山陵裡。
人們的揑造謠言，
怎麼不把它平息？
我的朋友警惕吧，
讒言將趁機而起！

❹ 不蹟，不循常法。
❺ 弭忘，遺忘。
❻ 率，遵循。中陵，陵中。
❼ 訛言，謠言。
❽ 寧，胡、何。
❾ 敬，通「儆」，警惕。
❿ 其興，將要興起、流傳。

【新繹】

〈沔水〉一詩的主旨，〈毛詩序〉只說是「規宣王也」，語焉而不詳，三家詩也沒有留下什麼資料，所以歷來學者對它，或據經文而直尋本義，像朱熹《詩集傳》就說是「此憂亂之詩」而不提宣王之世；或闕其疑，置之不論，像方玉潤《詩經原始》就說：「其詩辭意，與宣王前後諸詩大不相類，故難詮釋，姑闕之以俟識者。」就因為宣王號稱中興，前後詩篇多頌美之詞，所以很多學者不肯接受此詩是「規宣王也」的說法。甚至把詩篇的著成年代，說是周平王東遷之後。

其實孰能無過，中興之主也會有缺點，也會有犯錯的時候。像上篇〈庭燎〉就是寫周宣王納諫改過的作品。除此之外，宋代王應麟的《困學紀聞》，也提過周宣王聽信讒言，誤殺其臣杜伯的例子。杜伯的朋友左儒為此多次進諫，結果連左儒也一併殺了。杜伯的兒子隰叔，因而被迫出奔晉國。王應麟評之曰：「殺其臣杜伯而非其罪，則〈沔水〉之規，『讒言其興』可見矣。」因此後來明代何楷在《詩經世本古義》中，就推衍王應麟的見解，說：「是詩也，其作于杜伯遭讒將見殺之時，左儒九諫而王不聽之日乎？」並且懷疑此畏讒之詩，乃杜伯之子隰叔所作。這種推測是否能夠成立，是另一回事，但足以證明周宣王是可以有過錯而被規諫的。

詩共三章，第一、二兩章每章八句，唯第三章六句。朱熹《詩集傳》說：「疑當作三章，章八句，卒章脫前兩句耳。」朱熹的質疑，是合理的推測，第三章前面按《詩經》的通例，是應該原有「沔彼流水」二句。

三章前四句皆以流水、飛隼起興。古人常以百川入海來比喻百姓諸侯之朝宗天子，又常說「防民之口，甚於防川」，而今流水浩浩蕩蕩矣；古人又喜以飛隼戾天，說其性凶猛，動作迅速，往往掠空突下捕食鳥蟲，來比喻陰險之輩，每乘人不備，而今飛隼載飛載止，忽高忽下，正有所覬覦矣。後四句則直陳心中之憂慮。念彼惡人之不軌，喜進讒言於天子，故處乎亂世之君子，憂父母而誡友朋。所謂「規宣王」者，溫柔敦厚之言也。蓋祈在上位者敬重自持，或可止謗而息亂。

鶴鳴

一

鶴鳴于九皋，❶
聲聞于野。
魚潛在淵，
或在于渚。❷
樂彼之園，
爰有樹檀；❸
其下維蘀。❹
它山之石，
可以為錯。❺

二

鶴鳴于九皋，
聲聞于天。
魚在于渚，

【直譯】

白鶴鳴叫在高岸，
聲音傳遍四野間。
魚兒潛在深淵裡，
有的游到沙洲邊。
喜歡那裡的林園，
因此有種香檀樹；
它的下面是櫸木。
它山林上的石頭，
可以用來磨玉石。

白鶴鳴叫在高岸，
聲音響徹到天邊。
魚兒游在沙洲裡，

【注釋】

❶ 九是虛指，頗言其高其多。皋，沼澤。
❷ 渚，水中的小沙洲。
❸ 爰，乃、於是。檀，樹名，可以造車。見〈魏風．伐檀〉篇。
❹ 蘀，音「拓」，棗樹的一種，又名櫸樹。一說：落葉。
❺ 錯，「厝」的借字，雕刻玉的寶石。

或潛在淵。
樂彼之園，
爰有樹檀；
其下維穀。❻
它山之石，
可以攻玉。❼

有的潛藏在深淵。
喜歡那裡的林園，
於是種有香檀樹；
它的下面是楮樹。
它山林裡的石頭，
可以用來琢美玉。

❻ 穀，楮樹。樹皮可製布或紙。
❼ 攻，治、琢磨。

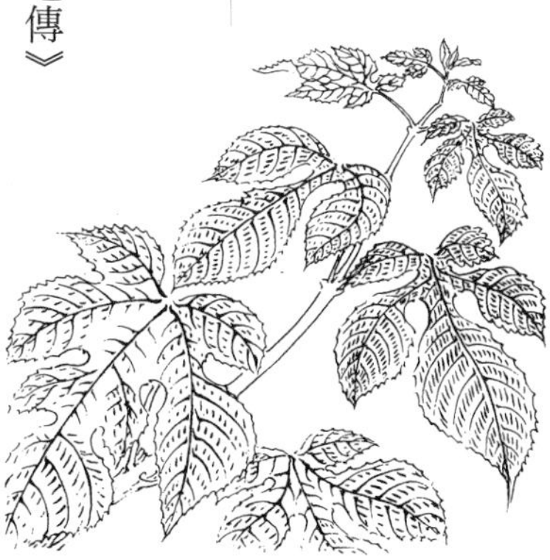
·穀·

【新繹】

〈鶴鳴〉一詩，據〈毛詩序〉說，是「誨宣王」的作品。《毛傳》解釋：「誨，教也。教宣王求賢人之未仕者。」意思就是希望周宣王訪隱求賢，請出隱居的賢才高士，為國家做事。後來的學者，很多人承襲此說而推衍之。

不過，有不少古人大談比興寄託，說詩中天上的鶴、水中的魚、質地堅硬的檀、石，皆以喻賢人，而容易落葉剝皮的蘀、穀則為惡木，喻小人。甚至有人以理學說詩，把它說玄了。像朱熹《詩集傳》就這樣解釋第一章：「此詩之作，不可知其所由，然必陳善納誨之詞也。蓋鶴鳴于九皋而聲聞于野，言誠之不可掩也；魚潛在淵而或在于渚，言理之無定在也；園有樹檀而其下維蘀，言愛當知其惡也；他山之石而可以為錯，言憎當知其善也。由是四者引而伸之，觸類而長之，天下之理，其庶幾乎！」這段話說得有點玄，雖然句句引用原文，但所引申闡釋的，卻是字面之外的誠信善惡的道理。這在他析論第二章的結語「它山之石，可以攻玉」時，說得更為明顯：「猶君子之與小人處也，橫逆侵加，然後修省畏避，動心忍性，增益預防，而義理生焉，道理成焉。」

這種廣為引申的詮釋方式，恐怕會使不少讀者望而卻步，所以到了明清二代，就有一些學者，反過來僅用簡省文字略作點評，要讀者自己去意會神領。孫鑛《批評詩經》就說：「通篇皆比喻，立格固奇」，像王夫之《夕堂永日緒論》只說此詩「全用比體」、「不道破一句」，像沈德潛《說詩晬語》只說此篇「難以顯陳，故以隱語為開導也」，都只是用寥寥數語提示讀者，留給讀者很大的解釋空間。

到了現代，又有學者（如陳子展）據詩直尋本義，說此詩直是寫實，寫山水田園風光，既無隱語庾辭，也沒有什麼比興寄託。並且強調：「詩中所有，如是而已。倘謂有賢者隱居其間，亦止是詩人言外之意，讀者推衍之意。」這種說法雖然清新可喜，亦可自圓其說，但筆者以為古人昔賢的舊說，傳承千百年，自有其不可抹殺的價值在。故並陳如上，供讀者採擇。

唯一要補充說明的是，「九皋」一般都說是彎曲多的沼澤，這裡把「九皋」解作「高岸」，是採用屈萬里老師的說法。

祈父

一

祈父！❶
予王之爪牙。❷
胡轉予于恤？❸
靡所止居。❹

二

祈父！
予王之爪士。
胡轉予于恤？
靡所厎止。❺

三

祈父！
亶不聰。❻

【直譯】

保衛王畿的司馬！
我是君王的爪牙。
為何陷我於困境？
沒有地方當住家。

保衛王畿的司馬！
我是君王的鬥士。
為何陷我於困境？
沒有地方可居住。

保衛王畿的司馬！
實在是不查下情。

【注釋】

❶ 祈，「圻」的借字，邊境，此指王畿。父，是敬稱。祈父，即司馬，掌管邊境或王畿保衛之事。
❷ 予，《鄭箋》：「予，我。」自稱是王的爪牙。爪牙，鬥士。
❸ 胡，何、為什麼。轉，移、調動。予，我。恤，憂。
❹ 靡，無。所，住處。止居，停留居住。
❺ 厎，音「紙」，同「止」，與上文「止居」同義。
❻ 亶，音「膽」，誠然。不聰，不聞、不知下情。

胡轉予于恤？
有母之尸饔。❼

為何陷我於困境？
有母親卻失孝敬。

❼ 尸饔，陳列飲食祭祀。說見下文。

【新繹】

〈祈父〉一詩，〈毛詩序〉說是「刺宣王」之作。《鄭箋》和《孔疏》不但推衍其說，主張此乃宣王之時，「勇力之士責司馬之辭」，而且還指實是宣王三十九年（公元前七八九年），王師戰於千畝，敗績於姜戎，故軍士怨而作此詩。《朱傳》則仍然據詩求其本義，雖然同意此是「軍士怨於久役」之作，「但今考之詩文，未有以見其必為宣王耳。」

朱熹說未必是「刺宣王」之作，其意有二：一是未必為宣王時作品，二是詩中文字所刺者應為祈父。祈父即司馬，掌管王畿侍衛軍務的工作。朱熹的說法，有商榷的必要。蓋刺祈父即刺宣王，二者實為一事，因為古人是「不敢斥王」的。依古制，保衛王畿都城的士兵，一般而言，是不外調去打仗的，但千畝之戰時，上司司馬卻遵宣王之命，調遣下屬去前線，而且一去就很久，以致這些衛士們心生不滿，覺得流離失所，無以奉養父母，因而才作詩以刺之。所以說刺祈父，即刺宣王。朱熹對舊說的質疑，顯然是過慮了。

這樣說來，此詩作者應是當時參與千畝之戰的戰士了。那麼何以不入〈國風〉而入〈小雅〉呢？清代魏源在《詩古微》中就曾如此提出質疑：「詩作於兵士，不作於大夫，則是民風，安得入王朝之〈雅〉？」其實，〈小雅〉中像上文〈鴻鴈〉就有人說像西周民風，下文也一樣有，這並不奇怪。《國語．周語》早就說過：「天子聽政，使公卿至于列士獻詩。」不止公卿可以獻詩，在王畿服務的列士也可以。此詩中勇力之士，是在王畿服務的列士，因此，自可獻詩被採擇而入王朝之〈雅〉。

詩共三章，每章四句，重章疊句。句法二言、三言、四言、五言雜而有之，比較特別。前兩章皆勇力之士直斥祈父之辭。首句「祈父」為呼告語。祈父，猶言掌管王畿軍務的「老大」，轉敬稱為貶義。「予王之爪牙」、「予王之爪士」，據《鄭箋》說：「予，即勇力之士的自稱。」因此自稱「王之爪牙」，亦為自貶之詞。「靡所止居」、「靡所厎止」二句，皆勇力之士自嘆久戍在外，此與第三章「有母之尸饔」關鍵句相對應，始知其所憂恤者，蓋在於愧對父母，無以供養之故。「有母之尸饔」有三解。一、朱熹說：雖有母親，唯需其自備飲食之具；二、陳奐說：有母不得終養，歸則唯恐陳饔以祭而已；三、馬瑞辰說：尸，失也。尸饔，即有失奉養。三種解釋都講得通，都同樣表達了「軍士怨於久役」之情。

白駒

一

皎皎白駒，❶
食我場苗。❷
縶之維之，❸
以永今朝。❹
所謂伊人，❺
於焉逍遙。❻

二

皎皎白駒，
食我場藿。❼
縶之維之，
以永今夕。
所謂伊人，
於焉嘉客。❽

【直譯】

皎潔光亮的白駒，
吃我場圃的豆苗。
綁住牠呀拴住牠，
藉此長歌樂今朝。
所說的這個人兒，
在這裡歡樂逍遙。

皎潔光亮的白駒，
吃我場圃的豆葉。
綁住牠呀拴住牠，
藉此長歌樂今夜。
所說的這個人兒，
在這裡貴為賓介。

【注釋】

❶皎皎，潔白的形容。
❷場苗，牧場或農圃的草苗。
❸縶，音「執」，絆、綁住。維，繫、拴住。
❹永，久、長。
❺伊人，此人。
❻於焉，於此。一說：於，同「烏」，嘆詞。
❼藿，音「霍」，豆葉。
❽嘉客，貴賓。作動詞用時，有上文「逍遙」之義。

三

皎皎白駒，
賁然來思。❾
爾公爾侯，❿
逸豫無期。⓫
慎爾優游，⓬
勉爾遁思。⓭

皎潔光亮的白駒，
猛然到來真快速。
你是公爵你侯爵，
安逸悠閒沒限度。
珍重你優哉游哉，
敬重你遁世之思。

四

皎皎白駒，
在彼空谷。
生芻一束，⓮
其人如玉。
毋金玉爾音，⓯
而有遐心。⓰

皎潔光亮的白駒，
在那幽深的空谷。
這裡有鮮草一束，
等待那如玉伊人。
不要吝惜你音訊，
因而有疏遠的心。

❾ 賁，通「奔」，奔跑。一說：奔放、光彩。思，語尾助詞。下同。

❿ 爾，你。下同。公、侯，都是爵位的名稱。

⓫ 逸豫，安逸閒適。

⓬ 優游，悠閒自得。

⓭ 勉，勸。遁，逃、逃世，脫離現實社會。

⓮ 生芻，鮮草、青草。指馬的飼料。

⓯ 金玉，作動詞用，吝惜的意思。音，音訊。

⓰ 遐心，疏遠的想法。

【新繹】

〈白駒〉一詩，〈毛詩序〉說是「大夫刺宣王」之作。《毛傳》、《鄭箋》都闡釋為「宣王之末，不能用賢」，所以有賢大夫所謂「爾公爾侯」者，乘白駒而去，寧可遁於空谷之中。王先謙的《詩三家義集疏》也據漢魏今文派學者的遺說，以為此篇寫的是「賢人遠引，朋友離思」。蔡邕〈琴操〉有云：「衰亂之世，君無道，不可匡輔，依違成風，諫不見受。國士咏而思之，援琴而長歌。」曹植〈釋思賦〉亦云：「彼朋友之離別，猶求思乎白駒。」可見古人多認可〈詩序〉之說，只是有的認為周宣王為中興之主，即使晚年失政，亦不至於道喪世亂，因此移之於周厲王或幽王之時。

詩共四章，每章六句，俱以「皎皎白駒」開端起興，以白駒之皎皎，喻賢人賓客之高潔。第一、二章寫主人故意縶繫賢人賓客之白駒，以永朝夕之樂，足見主人殷勤待客之情意。第三章點明作客賢人之公侯身分。主人喜其賁然而來，懼其悠然而去。賢人生活優游，「逸豫無期」，卻作遁世之想，可知其憂世之深。第四章寫賢人賓客既去之後，「其人如玉」，主人高其隱遁之餘，猶盼聲聞相通，有重來之一日。故備生芻一束，以待其皎皎白駒之來也。依依之情，真是溫然可想，風致有餘。明代徐奮鵬《毛詩捷渡》有云：「此詩作于賢人將去之時，縶馬及公侯等情，俱是謂言留之之意如此，無奈其不留也，則亦冀其音相通、心相照耳。」

黃鳥

一

黃鳥黃鳥，❶
無集于穀，❷
無啄我粟。❸
此邦之人，
不我肯穀。❹
言旋言歸，❺
復我邦族。❻

二

黃鳥黃鳥，
無集于桑，
無啄我粱。
此邦之人，
不可與明。❼

【直譯】

黃鳥黃鳥仔細聽，
不要群棲在楮樹，
不要啄食我米粟。
這個地方的人們，
不肯給我好糧食。
我要打轉要回去，
回到我自己邦族。

黃鳥黃鳥仔細聽，
不要群棲在柔桑，
不要啄食我黃粱。
這個地方的人們，
不可以來相結盟。

【注釋】

❶ 黃鳥，此指黃雀。喜啄穀糧，有害農稼。姚際恆：「非黃鶯。鶯不啄粟。」
❷ 穀，楮樹。已見〈鶴鳴〉篇。
❸ 粟，小米。
❹ 穀，養。一說：善、善待。
❺ 陳奐《詩毛氏傳疏》：前「言」字訓「我」，後「言」字訓「曰」。
❻ 邦族，國家。重點在家族。
❼ 明，同「盟」，結盟。

言旋言歸，
復我諸兄。

我要打轉要回去，
回去見我眾弟兄。

三

黃鳥黃鳥，
無集于栩，
無啄我黍。
此邦之人，
不可與處。
言旋言歸，
復我諸父。

黃鳥黃鳥仔細聽，
不要群棲在栩樹，
不要啄食我禾黍。
這個地方的人們，
不能與他們相處。
我要打轉要回去，
回去見我眾伯叔。

·黃鳥·

【新繹】

〈黃鳥〉一詩，〈毛詩序〉說是「刺宣王」之作，但沒有說所刺者是什麼。《毛傳》說得比較清楚：「宣王之末，天下室家離散，妃匹相去，有不以禮者。」原來是諷刺周宣王末年，室家相棄，有違夫婦之道。據王先謙《詩三家義集疏》所引齊詩之說《易林·乾之坎》：「黃鳥來集，既嫁不答。念我父母，思復邦國。」可見今古文學派持論蓋可相通，並無不同。和下一篇〈我行其野〉一樣，都可視為棄婦之詞。這是一種說法。另外還有一種說法也常被引用，是朱熹《詩集傳》所說的：「民適異國，不得其所，故作此詩。」范處義《詩補傳》也有相同的說法。這跟上篇〈白駒〉賢者不得志而去，又似乎有了關聯。

詩共三章，每章七句，皆以呼告黃鳥起興，說此邦之人視我如黃鳥，故不可居。三章一意，前三句皆呼告黃鳥之詞，後四句則詩人自述，只變換若干字眼，加強語氣。輔廣《詩童子問》說得好：「首言復我邦族而已，中言復我諸兄，末言復我諸父。人情困苦之極，則愈益思其親者焉。」因為語言質樸，情感豐富，讀來頗有〈國風〉民歌的味道，所以孫鑛《批評詩經》曾質疑此篇與〈白駒〉一樣，皆「與〈風〉無異，不知何以謂之〈雅〉。」龔橙《詩本誼》更指出〈小雅〉之中，自此篇以下，〈我行其野〉、〈谷風〉、〈蓼莪〉、〈都人士〉、〈采綠〉、〈隰桑〉、〈緜蠻〉、〈瓠葉〉、〈漸漸之石〉、〈苕之華〉、〈何草不黃〉等十二篇，都是「西周民風」。但因為它們或由大夫所陳，或由列士所獻，或採自王畿而合乎夏樂，多多少少反映了朝政，因此都不納諸〈國風〉而列入〈小雅〉之中。

我行其野

一
我行其野，
蔽芾其樗。❶
昏姻之故，❷
言就爾居。❸
爾不我畜，❹
復我邦家。

二
我行其野，
言采其蓫。❺
昏姻之故，
言就爾宿。
爾不我畜，
言歸斯復。❻

【直譯】

我走在那曠野上，
枝葉遮掩那惡木。
因為婚姻的緣故，
說我須依你同住。
如今你不把我養，
只好回我舊家鄉。

我走在那曠野上，
說是採取那野蓫。
因為婚姻的緣故，
說我須依你同宿。
如今你不肯養我，
只好遣歸再回頭。

【注釋】

❶蔽芾（音「費」），草木掩映鬱茂的樣子。樗，音「書」，臭椿。
❷昏姻，婚姻。
❸就，依、從。
❹畜，養。收留之意。一說：愛。
❺蓫，音「逐」，植物名。一名羊蹄菜。
❻歸，大歸。古代婦女被休歸母家。

·蓫·

三

我行其野，
言采其葍。❼
不思舊姻，
求爾新特。❽
成不以富，❾
亦祇以異。❿

我走在那曠野上，
說是採取那葍秧。
不想舊時好姻緣，
你只找你新對象。
成婚不是為愛錢，
都只因見異思遷。

❼ 葍，音「福」，一種多年生的野菜。
❽ 特，原指雄牛，此指匹偶。
❾ 成，「誠」的借字。《論語》引文「成」作「誠」。
❿ 異，喜新厭舊。

【新繹】

〈我行其野〉一詩，據〈毛詩序〉說，和〈黃鳥〉一樣是「刺宣王」室家離散之作，而且因為《毛傳》和《鄭箋》說它是寫「宣王之末，男女失道，以求外婚，棄其舊姻而相怨」，詩中又有「不思舊姻，求爾新特」的句子，所以後來學者多認為這詩中女子是一位遠嫁異國的棄婦。甚至有人根據《爾雅》「壻之父為姻，婦之父為婚」的古義，說遠適異國而失婚的，不是「棄婦」，而是「棄夫」。比較之下，或許朱熹《詩集傳》說的：「民適異國，依其婚姻而不見收卹，故作此詩。」反而說得通融了。

詩共三章，每章六句，都以「我行其野」開端，重章疊句，頗具民歌風格。首句「我行其野」的「我」，應係棄婦自稱。第二句寫她遇人不淑，在曠野逡巡之時，看到了幾種惡臭的草木。《孔疏》於「蔽芾其樗」句下，就引王肅之說，注云：「行遇惡木，言己適人，遇惡人也。」第一章寫的「樗」，即臭椿，羽狀複葉，葉長而大，葉碎則其臭無比，而其果實菱形，似人之目，許多經絡猶如布滿血絲，故又稱「鬼目」。這真是惡木。第二章寫的「蓫」，即羊蹄，是有名的惡菜，又名蓄、敗毒菜、野蘿蔔等。第三章寫的「葍」，也是味辛不好吃的野菜，又名葍秧、旋花、野牽牛花。這位棄婦在回家途中，經過曠野時，所見俱非嘉木，所採俱非嘉禾，因而觸景傷感，令她悔恨交集。雖然只寫出惡木惡菜名稱，言外亦自有不盡之意。

·葍·

·樗·

各章的第三、四句，都先交代「昏姻之故」。昏姻即是婚姻。《白虎通．嫁娶篇》云：「婚者，昏時行禮，故曰婚。姻者，婦人因夫而成，故曰姻。」古人重男而輕女，多把女人視為男人附屬品，所以視婚姻為妻因夫而成，猶如菟絲女蘿之緣喬木以生，也因此接著第一章說「言就爾居」，第二章說「言就爾宿」，都表示為人妻者，對舊日婚姻有所依戀，亦守其禮，到了第三章才對失婚被棄之事發出怨懟之音：「不思舊姻，求爾新特」。新特，《毛傳》訓為新匹，馬瑞辰解作新婦。棄婦的心意，恰如朱熹《詩集傳》所說：「爾不思舊姻而求新匹也，雖實不以彼之富而厭我之貧，亦祇以其新而異於故耳。」易言之，就是責怪丈夫喜新厭舊。

「成不以富，亦祇以異」，歷來多解「成」為「誠」的假借字，《論語・顏淵篇》引此詩亦正作「誠」，所以頗多學者把「成不以富」解作「誠不以富」或「實不以富」。但筆者以為：此「成」字應即如《白虎通》所謂「姻者，婦人因夫而成」的「成」，指婚姻之成，不因財富，也就是今人所說的：婚姻不是金錢買賣。棄婦以此婚姻之道來說明她不怕吃苦，也不在乎丈夫有錢沒錢，只在乎丈夫關不關心她。一旦表示不養她，也就是被丈夫遣歸的時候了。所以她最後責斥其夫「爾不我畜」，喜新厭舊，也為上文為什麼說要「復我邦家」、「言歸斯復」，作了明確的交代。

斯干

一

秩秩斯干，❶
幽幽南山。❷
如竹苞矣，❸
如松茂矣。
兄及弟矣，
式相好矣，❹
無相猶矣。❺

二

似續妣祖，❻
築室百堵，❼
西南其戶。
爰居爰處，❽
爰笑爰語。

【直譯】

清澈澈的這岸澗，
深幽幽的終南山。
有如綠竹叢生呀，
有如翠松繁茂呀。
哥哥照顧弟弟呀，
應當互相友好呀，
不要互相取巧呀。

繼承著先妣先祖，
建築宮室百面牆，
西南都要開門窗。
在此安居和相處，
在此歡笑和商量。

【注釋】

❶秩秩，清澈的樣子。干，通「澗」，水岸。

❷南山，終南山。在今陝西西安南邊。

❸苞，草木叢生。

❹式，語首助詞，有「應當」的意味。

❺猶，通「猷」，此作權謀解。一說：通「尤」，怨怒。

❻似，通「嗣」。似續，繼承。妣，音「比」，原指亡母。妣祖，泛稱女性男性的祖先。

❼堵，指牆面，一面叫一堵。百堵，言其多。

❽爰，於是。下同。

三

約之閣閣，❾
椓之橐橐。❿
風雨攸除，
鳥鼠攸去，
君子攸芋。⓫

四

如跂斯翼，⓬
如矢斯棘，⓭
如鳥斯革，⓮
如翬斯飛，⓯
君子攸躋。⓰

五

殖殖其庭，⓱
有覺其楹。⓲
噲噲其正，⓳

捆築版時聲閣閣，
杵地板時聲橐橐。
風雨於是遮蔽了，
鳥鼠於是遠去了，
君子於是安居了。

像踮腳那樣矗立，
像箭矢那樣筆直，
像鳥兒那樣展翅，
像錦雞那樣飛行，
君子於是上去住。

平平正正它前庭，
又高又直它柱楹。
寬寬亮亮它正房，

❾ 約，捆綁。閣閣，捆綁建材築版時的聲音。
❿ 椓，音「啄」，槌打。橐橐（音「駝」），打地板土牆的聲音。
⓫ 芋，「宇」的借字，庇護、居住。
⓬ 跂，通「企」，踮起腳跟。翼，矗立。
⓭ 棘，通「急」，尖銳、筆直。
⓮ 革，通「翮」，翅膀、展翅。
⓯ 翬，音「輝」，錦雞。
⓰ 躋，升、登。
⓱ 殖殖，平正的樣子。
⓲ 有覺，覺覺、覺然，高而直的樣子。楹，柱。
⓳ 噲噲（音「快」），寬敞明亮的樣子。正，正房。

·翬·

噦噦其冥，⑳
君子攸寧。

六

下莞上簟，㉑
乃安斯寢。
乃寢乃興，㉒
乃占我夢。
吉夢維何？㉓
維熊維羆，㉔
維虺維蛇。㉕

七

大人占之：㉖
維熊維羆，
男子之祥；㉗
維虺維蛇，
女子之祥。

幽幽靜靜它內室，
君子於是住安寧。

下面草蓆上竹席，
於是安心可就寢。
於是安睡於是醒，
於是占卜我夢境。
吉祥夢兆是什麼？
夢見的是熊是羆，
夢見的是虺是蛇。

占夢大人推斷它：
夢見的是熊是羆，
是生男兒的祥兆；
夢見的是虺是蛇，
是生女兒的祥兆。

⑳ 噦噦（音「繪」），深邃幽暗的樣子。冥，內室。

㉑ 莞，音「官」，草蓆。簟，音「店」，竹席。見〈齊風．載驅〉篇。

㉒ 興，醒、起來。

㉓ 維，是。下同

㉔ 羆，音「皮」，熊類，能直立。

㉕ 虺，音「悔」，蛇類，有毒。

㉖ 大人，古代對占卜官吏的尊稱。為周王占卜的叫太卜。

㉗ 祥，吉兆。下同。

·羆·

八

乃生男子，
載寢之牀，㉘
載衣之裳，
載弄之璋。㉙
其泣喤喤，㉚
朱芾斯煌，㉛
室家君王。㉜

若是生下男孩子，
就抱他睡在牀上，
就讓他裹上衣裳，
就給他把玩玉璋。
他的哭聲很響亮，
紅皮蔽膝真輝煌，
成家立室為君王。

九

乃生女子，
載寢之地，
載衣之裼，㉝
載弄之瓦。㉞
無非無儀，㉟
唯酒食是議，㊱
無父母詒罹！㊲

若是生下女孩子，
就抱她睡在地板，
就讓她裹上褓衣，
就給她瓦錘把玩。
沒有是非沒威儀，
只有酒飯要料理，
不留給父母憂慮！

㉘ 載，則、就。下同。古人生男，則寢之於牀。

㉙ 璋，半圭形狀的玉器。

㉚ 喤喤，嬰兒宏亮的哭聲。

㉛ 朱芾，紅色的蔽膝。斯煌，這樣輝煌。

㉜ 四字皆作動詞，祝福成家立室，為君為王。

㉝ 裼，音「替」，此指褓衣。

㉞ 瓦，指紡線用的陶質紡錘。一說：豆、登等陶器，飲食用。

㉟ 是說女子應該順從，不要有是是非非。

㊱ 議，討論、講究。

㊲ 詒，通「貽」，給予。罹，音「離」，憂。

【新繹】

〈斯干〉一詩的主題，〈毛詩序〉說是「宣王考室」。這是什麼意思呢？《鄭箋》解釋說：「考，成也。德行國富，人民殷眾而皆佼好，骨肉和親。宣王於是築宮廟群寢，既成而釁之，歌〈斯干〉之詩以落之，此之謂成室。宗廟成，則又祭先祖。」可見說的是周宣王在新的宮廟群寢建成之後，釁血祭祖，舉行落成典禮。據王先謙《詩三家義集疏》所引《漢書．劉向傳》等資料，亦可佐證為周宣王時代的作品。不過有的資料說是「宣王賢而中興，更為儉宮室，小寢廟」，有的則說是「詩咏宣王，由儉改奢」，說法頗有不同。

詩凡九章，每章句數參差不齊。第一章前四句，自成一組，先寫所建宮室寢廟的周圍景觀，在終南山附近，有山水松竹之勝。後三句願兄弟和好，寫考室之動機。筆者以為此三句或可併入第二章。第二章五句，寫繼承先志，創新業，建新宮，築室百堵，期望室家和睦，並為營建宮廟提綱。第三章五句，藉築版杵土聲寫動工過程。後三句寫宮廟之成，嚴密堅固。第四章五句，寫所建宮廟形制外觀之壯麗；四個「如」字句，想像豐富。可謂文中有畫。第五章五句，寫宮室之內，庭院寬平，楹柱高直，房室明暗，各得其宜。「君子攸寧」，呼應第二章的「爰居爰處」。第六章七句，寫考室之後，寢宿之事。前二句或可併入上一章。以下皆夢占禱頌之辭，呼應第二章之「爰笑爰語」。凌濛初《言詩翼》云：「前五章宮室之事已完，此卻因言及寢而生出奇夢，作生男女張本來。」又云：「因寢生夢，復因夢生占，因占得祥，段段相生，如新筍成竹，逐節剝換。」第七章五句，寫「大人」占夢吉祥之辭，以生男生女為祝。蓋古人以傳宗接代為孝道。所謂「大人」者，即《周禮．春官》所謂「太卜」之官，掌管卜筮占夢之事。第八章、第九章分詠生男生女之不同，所謂弄璋弄瓦、寢牀寢地，藉見古代重男輕女之習俗。生男則「載衣之裳」，古人衣裳上下相連，多絲絹所製；生女則「載衣之裼」，裼即褓，即小布被。男尊女卑，初生時已如此，至成長時，男子可穿朱芾，即有紅色蔽膝的禮服。古制：芾者，天子色純朱，諸侯色黃朱。由此亦足證此詩為君王之作。而女子雖亦君王所生，卻只能在家學做家事，「無非無儀」，是說不能對任何事務提出批評或直接表態，一切以順從為主。這些古代的習俗當然男女不公平，不為現代人所接受，但它們在古人生活中，卻是客觀存在的事實。

這首詩在修辭技巧上，有許多長處，例如善用重言疊字來描寫情景，處處可見生動的譬喻和巧妙的構思，尤其是第四章的「如跂斯翼」等句，排比而下，洵為難得之佳作。

無羊

一

誰謂爾無羊，
三百維群。❶
誰謂爾無牛，
九十其犉。❷
爾羊來思，❸
其角濈濈。❹
爾牛來思，
其耳濕濕。❺

二

或降于阿，❻
或飲于池，
或寢或訛。❼
爾牧來思，

【直譯】

是誰說你沒有羊，
三百頭是一大群。
是誰說你沒有牛，
九十頭黃牛黑唇。
你的羊群來了喲，
牠們的角緊相靠。
你的牛群來了喲，
牠們耳朵搖呀搖。

有的下來在山岡，
有的喝水在池塘，
有的睡覺有的逛。
你的牧人來了喲，

【注釋】

❶ 三百，是虛指，言其多，非實數。下數目字同。維，是。
❷ 犉，音「潤」第二聲，身黃唇黑。
❸ 思，語氣詞。下同。
❹ 濈濈（音「輯」），聚集的樣子。
❺ 濕濕，牛反芻時耳動的樣子。
❻ 阿，土山、山坡。
❼ 訛，通「吪」，動、晃、逛。

何蓑何笠，❽
或負其餱。❾
三十維物，❿
爾牲則具。⓫

三

爾牧來思，
以薪以蒸，⓬
以雌以雄。
爾羊來思，
矜矜兢兢，⓭
不騫不崩。⓮
麾之以肱，⓯
畢來既升。

四

牧人乃夢：
眾維魚矣，

披著蓑衣戴竹笠，
有的帶著他乾糧。
三十頭是雜毛色，
你的祭牲最多樣。

你的牧人來了喲，
分別柴枝和草叢，
分別牛羊辨雌雄。
你的羊群來了喲，
謹慎小心跪向前，
不會走失不潰散。
指揮牠們用手臂，
都跑來跳進牢圈。

牧人於是做了夢：
成群的都是魚呀，

❽ 何，通「荷」，披戴。
❾ 餱，乾糧。已見〈伐木〉篇。
❿ 物，各種牲畜的毛色。一說：甲骨文有「𢍏」字，即「𢍏（物）」之初文。
⓫ 具，具備。是說祭祀時和生活中所食用的六畜，都已具備。
⓬ 薪，柴枝。蒸，草叢。二者都有粗細之分。
⓭ 形容羊群擁擠前進的樣子。
⓮ 騫，走失。崩，潰散。
⓯ 麾，同「揮」，揮手。肱，音「工」，手臂。

旐維旟矣。⓰
大人占之：⓱
眾維魚矣，
實維豐年；
旐維旟矣，
室家溱溱。⓲

都是龜蛇鳥隼呀。
占夢大人斷定它：
成群的都是魚呀，
實是豐年的預兆；
都是龜蛇鳥隼呀，
表示家道更富饒。

⓰ 旐、旟，已見〈出車〉篇。
⓱ 大人，已見上篇〈斯干〉。
⓲ 溱溱，興盛的樣子，比喻子孫蕃盛。

【新繹】

〈無羊〉一詩的主題，〈毛詩序〉說是「宣王考牧」。何謂考牧？《鄭箋》云：「厲王之時，牧人之職廢；宣王始興而復之，至此而成，謂復先王牛羊之數。」這裡的牧人，不是一般放牧者，而是指周朝所設的職官。《孔疏》引《周禮．夏官》有云：「此宣王所考，則應六畜皆備」、「牧人，養牲於野田者，其職曰掌牧六牲，而阜蕃其物，則六畜皆牧人主養。」六畜指牛、馬、羊、豕、犬、雞。《孔疏》又云：「牧人六畜皆牧，此詩唯言牛羊者，經稱『爾牲則具』，主以祭祀為重。馬則祭之所用者少，豕、犬、雞則比牛、羊為卑，故舉牛、羊以為美。」對於此詩中的牧人，以及他所牧者原指六畜、為何詩中只側重描寫牛羊的背景和原因，作了很簡要的說明。

詩共四章，每章八句。第一章以設問自答開端，點出牛羊成群蕃盛之數。三百、九十，不過是言數之多而已，讀者不必死看文字。例如「九十其犉」，言牛群之中，僅黃毛黑唇之大犉，已有九十頭，其他尚未計數。第二章描寫牛羊生態及牧人形象，多動態之描寫，錯落有致，儼然一幅生動的放牧圖。第三章寫牧人牧養之技術。似單寫羊，而實兼括牛群在內。范家相《詩瀋》、俞正燮《癸巳類稿》論薪、蒸之義，更引古人「取其薪蒸，合其牝牡」之說，以為古代草木通稱為薪，「以薪以蒸」者，用於別牧，用於養牲；「以雌以雄」者，用於別群也，用於育種也。第四章以牧人之夢占作結，子孫之繁衍，人物之富庶，俱於夢中得之，都同樣含有祝頌之意。

方玉潤《詩經原始》評此詩篇，有一段話極精彩，茲錄供讀者參考：

詩首章「誰謂」二字飄忽而來，是前此凋耗、今始蕃育口氣。以下人、物雜寫，或牛、羊并題，或牛、羊渾言，或單咏羊而不咏牛，而牛自隱寓言外。總以牧人經緯其間，以見人、物并處；兩相習，自不覺兩相忘耳。其體物入微處，有畫手所不能到；晉唐田家諸詩，何能夢見此境！末章忽出奇幻，尤為「匪夷所思」，不知是真是夢，真畫工之筆也！其尤要者，「爾牲則具」一語為全詩主腦，蓋祭祀燕饗及日用常饌所需，維其所取，無不具備，所以為盛，固不專為犧牲設也。然淡淡一筆點過，不更纏繞，是其高處。若低手為之，不知如何鄭重以言，不累即腐。文章死活之分，豈不微哉！

節南山

一

節彼南山，❶
維石巖巖。❷
赫赫師尹，❸
民具爾瞻。❹
憂心如惔，❺
不敢戲談。
國既卒斬，❻
何用不監！❼

二

節彼南山，
有實其猗。❽
赫赫師尹，
不平謂何！

【直譯】

高峻的那終南山，
是石頭堆得危顫。
顯赫的太師尹氏，
人民全都朝你看。
憂愁的心像火焚，
不敢隨便作戲談。
國運已經要斷絕，
怎麼可以不察看！

高峻的那終南山，
確實高斜那山坡。
顯赫的太師尹氏，
不平又能說什麼！

【注釋】

❶ 節，形容山高峻的樣子。南山，終南山。節彼，節然。
❷ 巖巖，山石累積的樣子。
❸ 師尹，太師尹氏的簡稱。太師，周王朝的執政大臣。尹氏，姓尹的貴族。
❹ 具，通「俱」。爾瞻，即瞻爾，看著你。
❺ 惔，音「談」，「炎」的借字，焚燒。
❻ 國，國運。卒斬，完全斷絕。
❼ 何用，何以。監，察看。
❽ 有實，實然，確確實實。猗，通「阿」，山坡。

天方薦瘥，❾
喪亂弘多。
民言無嘉，❿
憯莫懲嗟！⓫

上天正要重懲治，
禍亂實在大又多。
民間批評無好話，
還不知警惕思過！

三

尹氏大師，⓬
維周之氐；⓭
秉國之均，⓮
四方是維；⓯
天子是毗，⓰
俾民不迷。
不弔昊天！⓱
不宜空我師。⓲

尹氏太師是高官，
是周王朝的根基；
掌握國家的權柄，
四方靠他來維繫；
天子靠他來輔佐，
使得人民不迷惑。
真不幸啊老天爺！
不該空我太師位。

四

弗躬弗親，
庶民弗信。

做事不親自參與，
群眾就不會信任。

❾ 薦，進、加重。瘥，音「愁」，疾病。
❿ 嘉，善。
⓫ 憯，音「慘」，乃、還。懲，警戒。嗟，警戒、感嘆。
⓬ 大，通「太」。
⓭ 氐，通「柢」，根本、基礎。
⓮ 均，通「鈞」，鈞衡，量物的器具。
⓯ 「維是四方」的倒裝句。維，維繫。
⓰ 毗，音「皮」，輔佐。
⓱ 不弔，不淑。昊天，上天。
⓲ 是說不該空我太師職位，一人而兼二職。

弗問弗仕，⑲
勿罔君子；⑳
式夷式已，㉑
無小人殆；㉒
瑣瑣姻亞，㉓
則無膴仕。㉔

五

昊天不傭，㉕
降此鞠訩；㉖
昊天不惠，㉗
降此大戾。㉘
君子如屆，㉙
俾民心闋；㉚
君子如夷，㉛
惡怒是違。㉜

用人不諮詢考察，
不該欺瞞君子人；
應當公平有限度，
不要被小人欺侮；
瑣屑的裙帶親屬，
就不該給好俸祿。

老天真是不公平，
降下這個大禍患；
老天真是不慈愛，
降下這個大災難。
君子如果盡職了，
就會使民心平靜；
君子如果公正了，
怨惡憤怒就會停。

⑲仕，事、察。
⑳罔，欺。
㉑式，應當的意思。夷，平。已，止。是說該平則平，該止則止。
㉒無，同「毋」，勿。殆，危、害。
㉓姻亞，姻親。姻，女婿之父，俗稱親家。亞，兩婿互稱，俗稱連襟。
㉔膴仕，重任、高官厚祿。
㉕不傭，不公平。
㉖鞠訩，極凶、大禍。
㉗不惠，不慈愛。
㉘大戾，大罪、暴行。
㉙屆，至、到位。
㉚闋，止息、平靜。
㉛夷，平、公正。
㉜違，去除。

六

不弔昊天，
亂靡有定；㉝
式月斯生，㉞
俾民不寧。
憂心如酲，㉟
誰秉國成？㊱
不自為政，
卒勞百姓。

真不幸啊老天爺，
禍亂還沒有平定；
月月禍亂都發生，
使得人民不安寧。
憂慮的心像酒醉，
誰掌管國家大政？
不肯親自管政事，
終於累死老百姓。

七

駕彼四牡，
四牡項領。㊲
我瞻四方，
蹙蹙靡所騁。㊳

駕著那四匹雄馬，
四匹雄馬頸肥大。
我瞻望天下四方，
局促竟不知所向。

八

方茂爾惡，㊴

正顯現出你惡行，

㉝ 靡有，沒有。定，平定。
㉞ 式月，照樣每個月。生，發生。
㉟ 酲，音「呈」，病酒。
㊱ 成，平。國成，國之鈞衡，即國政。
㊲ 項，肥大。領，頸。馬頸肥大，是因為久未駕行。
㊳ 蹙蹙，局促不伸的樣子。騁，奔馳。
㊴ 茂，盛、顯現。

相爾矛矣；40
既夷既懌，41
如相醻矣。42

看你伸出長矛了；
轉眼又和平喜悅，
像賓主相應酬了。

九

昊天不平，
我王不寧。
不懲其心，43
覆怨其正。44

老天真是不公平，
使得我王不安寧。
不懲戒自己的心，
卻反怨恨那忠臣。

十

家父作誦，45
以究王訩。46
式訛爾心，47
以畜萬邦。48

家父作了這詩篇，
來追究王朝亂源。
應當改造你心房，
來安撫天下萬邦。

40 相，看。

41 夷，平。懌，悅。是說既而又心平氣和。

42 醻，同「酬」。酬酢。

43 是說不懲戒他自己的心。

44 覆，反、反而。怨其正，怨恨那糾正他的正人君子。

45 家父，周之大夫。作誦，寫詩。

46 究，追究。訩，通「凶」，惡人、罪人。

47 式訛，應當改變。

48 畜，養、安撫。

【新繹】

〈節南山〉一詩的主題，歷來說法頗有不同。〈毛詩序〉說是「家父刺幽王」，《詩三家義集疏》則引齊詩之說，認為是「周室之衰，其卿大夫緩以誼而急於利，亡（無）推讓之風而有爭田之訟，故詩人疾而刺之。」

從詩篇中看，作詩者是家父（一作嘉父），所譴責的對象是太師尹氏。根據《左傳．桓公十五年》及《漢書．古今人表》，在宣王、幽王以至桓王朝，都有名為「家父」的周朝大夫，因為北宋以後治詩者疑古風氣漸盛，所以從宋代歐陽修《詩本義》到明代何楷《詩經世本古義》等，皆有人主張此詩為東周桓王時所作。清代龔橙《詩本誼》甚至引《國語》韋昭注云：「平王時作。」但是恰如經學家阮元所說：「自〈節南山〉至〈小旻〉，〈序〉皆曰刺幽王。今以皇父、褒姒人事及〈十月之交〉術法推驗，皆合」、「師尹，太師尹氏也，吉甫之族。幽王時不用皇父，任尹氏為太師，尸位不親民，故詩人刺之」（見《揅經室集》卷三）。姚際恆《詩經通論》也認為詩中的南山應指終南山，而周室東遷以後，桓王時代的詩人不可能再詠終南山。由此可見阮元和姚際恆都認為此詩應作於幽王之時。綜合種種資料推論，筆者認為仍以〈毛詩序〉的「家父刺幽王」之說較為可取。宋、明學者主張作於東周桓王時的說法，恐怕是疑古太過了。

詩篇中大夫家父所譴責的對象是「師尹」，從《毛傳》以來，大多學者一直以為是指尹吉甫之族，因位居太師，故稱「大師尹氏」。至王國維〈書作冊詩尹氏說〉一文出，始證尹氏為史尹，與太師同為輔弼天子之官。太師掌軍職，史尹掌文職。王氏考證精審，其說自可採信，唯舊說本亦無誤，蓋詩篇中之師尹，一人而兼二職，故地位顯赫，權勢極大，亦因此詩人家父稱之為

「師尹」或「尹氏大師」。詩中「不宜空我師」一句，《鄭箋》解作「不宜使此人居尊官，困窮我之眾民也」，歷來學者多誤會其意而曲解之，不知「空我師」應指「空此太師」之職位而言。因空此一職位，一人而兼文武二職，以致師尹一人可上下其手，操弄其間，足以「困窮我之眾民也」。此意既明，乃可知詩人家父所以斥責尹氏不平之故。

詩中對師尹斥責重點有二，一為為政不公，二為委任小人。胡承珙《毛詩後箋》云：「不平者尹氏，而任尹氏者則王也。詩辭專責尹氏，而刺王之旨自在言外。」這是說詩中所寫，十之八九表面上是斥責師尹，但事實上所要斥責的還是背後用人不明、任用師尹的幽王。

詩共十章，前六章每章八句，後四章每章四句，全文二百五十八字，是《詩經·小雅》長篇之一。以下簡述各章大意：第一章寫師尹顯赫，卻失民望。以「維石巖巖」堆積之高，比喻師尹權勢雖重，卻易於崩解。第二章寫師尹為政不平，天怒而人怨。第三章寫太師尹氏，國之重臣，而上天不淑，竟一人而兼二職，缺專職之太師，以致衍生下章所列若干弊端。此詩屢言昊天，如「昊天不傭」、「昊天不平」等等，皆呼天而愬之之詞。第四章承上章而言，論為政之道，宜躬親任賢，不宜親小人而營黨私。師尹之過，正在於此。第五章寫上天不淑，降此師尹以亂政。第六章承上文，言師尹亂政害民，已釀禍亂，「誰秉國成」、「不自為政」，已有暗斥幽王之意。第七章寫賢人君子，欲報國而無從，猶良馬久不得駕，已有肥頸乏力之患。第八章與上章對照，寫奸臣小人，爾詐我虞，忽而戈矛相向，忽而杯酒言歡。第九章言師尹拒諫不納，將遺患於君王。第十章以「式訛爾心」呼應首章「民具爾瞻」作結。詩人作者自標名字，以示負責，並明其不懼之意。

以下的十篇，所謂〈節南山之什〉，多與幽王之失道亂政有關。《禮記・樂記》曾說：「治世之音安以樂，其政和；亂世之音怨以怒，其政乖；亡國之音哀以思，其民困。聲音之道，與政通矣。」這些反映周幽王時代的詩篇，真的不少是「怨以怒」的作品。因為這些作品的字句都比較多，篇幅比較長，為了平衡起見，下面詩篇【新繹】的分析部分，有的會寫得比較簡短。希望讀者善體會之。

正月

一

正月繁霜，❶
我心憂傷。
民之訛言，❷
亦孔之將。❸
念我獨兮，
憂心京京。❹
哀我小心，❺
癙憂以痒。❻

二

父母生我，
胡俾我瘉？❼
不自我先，
不自我後。

【直譯】

正陽之月常下霜，
我的內心很憂傷。
人們的謠言很多，
也是非常的猖狂。
想想我的孤獨呀，
憂愁情緒長又長。
可憐我危懼多感，
憂鬱而得病那樣。

父母親生下了我，
為何讓我遇災禍？
不在我出生之前，
不在我出生之後。

【注釋】

❶ 正月，《毛傳》說此指周曆正月，即夏曆四月。有人疑非是，當作夏曆十一月。見下文「新繹」。
❷ 訛言，謠言。
❸ 孔，大、甚。將，盛、張揚。
❹ 京京，形容憂心之大。
❺ 小心，過於謹慎。
❻ 癙，音「鼠」，憂悶。以，因而。痒，病。
❼ 胡，何。俾，使。瘉，音「玉」，病、患。

好言自口，
莠言自口。❽
憂心愈愈，❾
是以有侮。

三

憂心惸惸，❿
念我無祿。
民之無辜，⓫
并其臣僕。⓬
哀我人斯，⓭
于彼從祿？⓮
瞻烏爰止，⓯
于誰之屋？

四

瞻彼中林，⓰
侯薪侯蒸。⓱

好話出自人之口，
壞話出自人之口。
憂愁情緒多又多，
因此再三受折磨。

憂愁情緒真幽獨，
想想我真沒福祿。
人們這樣的無辜，
連累他們做奴僕。
可憐我這個人喲，
到哪裡追求幸福？
看看烏鴉棲息處，
是在誰家的房屋？

向前看那樹林中，
都是柴枝是草叢。

❽ 莠言，惡言。
❾ 愈愈，是說憂心更多。
❿ 惸，音「窮」，同「煢」，幽獨。
⓫ 辜，罪過。
⓬ 并，俱。臣僕，奴隸一般的人。
⓭ 我人，我們。斯，語尾助詞。
⓮ 于，往。從，追求。
⓯ 烏，烏鴉。爰，所。止，棲息。
⓰ 中林，林中、林間。
⓱ 侯，維、是。薪，柴枝。蒸，草叢。已見〈無羊〉篇。

民今方殆，⓲
視天夢夢。⓳
既克有定，⓴
靡人弗勝。
有皇上帝，㉑
伊誰云憎？㉒

五

謂山蓋卑，㉓
為岡為陵。
民之訛言，
寧莫之懲？㉔
召彼故老，
訊之占夢。㉕
具曰予聖，㉖
誰知烏之雌雄？

人們如今正受難，
看上天卻似懵懂。
既然能夠有定規，
沒人能夠違天命。
有夠偉大的上帝，
是誰惹他說憎恨？

說山大概有多低，
畢竟是高岡丘陵。
人們所說的謠言，
難道不對它誡警？
召集那故舊元老，
請他占夢卜吉凶。
都說自己最聖明，
誰知烏鴉的雌雄？

⓲ 殆，危難。
⓳ 夢夢，昏迷不清的樣子。
⓴ 克，能。有定，是說天有定數定規。
㉑ 有皇，即皇皇，光明偉大的樣子。
㉒ 伊，維、是。憎，厭惡。
㉓ 蓋，大概。
㉔ 寧，難道。懲，警誡。
㉕ 占夢，官名，掌管占夢吉凶及災異之事。
㉖ 具，俱。指故舊老臣及占夢之官。

六

謂天蓋高，
不敢不局。㉗
謂地蓋厚，
不敢不蹐。㉘
維號斯言，㉙
有倫有脊。㉚
哀今之人，
胡為虺蜴？㉛

說天大概有多高，
畢竟不敢不折腰。
說地大概有多厚，
畢竟不敢不躡腳。
多張揚的這些話，
有道理呀有依據。
可悲當前的人呀，
為何做虺蛇蜥蜴？

七

瞻彼阪田，㉜
有菀其特。㉝
天之扤我，㉞
如不我克。
彼求我則，㉟
如不我得。
執我仇仇，㊱

往前看那山田裡，
顯眼的那樹特出。
上天這樣折磨我，
像怕不把我克制。
他要求我照規則，
像怕不把我俘獲。
得到我像對仇人，

㉗局，曲、折腰。
㉘蹐，音「疾」，小步走。
㉙號，宣揚。斯言，這些話。指上文四句。
㉚倫，理。脊，「迹」的借字。
㉛胡，何。虺，毒蛇。蜴，蜥蜴。都是不知天高地厚的蟲類。
㉜阪田，梯田，山坡上的田地。
㉝有菀，即菀然、菀菀，鬱茂的樣子。特，突出之物。
㉞扤，音「月」，同「抈」，折磨。
㉟以下二句，各家句讀不同。
㊱仇仇，像仇視敵人一樣。

亦不我力。㊲

八

心之憂矣，
如或結之。
今茲之正，㊳
胡然厲矣。㊴
燎之方揚，㊵
寧或滅之？㊶
赫赫宗周，
褒姒烕之！㊷

九

終其永懷，㊸
又窘陰雨。
其車既載，
乃棄爾輔。㊹
載輸爾載，㊺

也不幫助我幹活。

內心這樣憂傷啊，
好像有人緊綁它。
現在的政治場合，
為何這樣凶惡啊。
野火這樣燒正旺，
難道有人撲滅它？
顯赫興盛的鎬京，
褒姒竟然毀滅它！

已經那樣常憂慮，
又受困連綿陰雨。
那車既已載貨物，
竟然拋棄你車輔。
載車掉落你貨物，

㊲ 不我力，不給我助力。
㊳ 正，通「政」，政治、執法者。
㊴ 胡，何。厲，凶惡、殘暴。
㊵ 燎，野火。
㊶ 寧或，難道有誰。
㊷ 褒姒，周幽王的寵妃。烕，同「滅」。
㊸ 終，既。永懷，長憂。
㊹ 輔，車輔，車子兩旁的夾木。
㊺ 輸，掉落。爾載，你所載的貨物。

將伯助予。[46]

十
無棄爾輔，
員于爾輻。[47]
屢顧爾僕，
不輸爾載。
終踰絕險，
曾是不意！[48]

十一
魚在于沼，
亦匪克樂。[49]
潛雖伏矣，[50]
亦孔之炤。[51]
憂心慘慘，
念國之為虐。

請大爺來給幫助。

不要拋棄你車輔，
固定你車的輪輻。
要常照顧你車夫，
不要掉落你貨物。
終將越過絕險地，
竟然如此不在意！

魚兒游在池沼裡，
也不一定能逍遙。
潛水雖然低伏了，
還是明顯被看到。
憂愁心緒真悽慘，
想國政這樣殘暴。

[46] 將，音「槍」，請。伯，古人對男子的尊稱，如同「大哥」、「大爺」。
[47] 員，音「云」，加大、固定。輻，車輪中連接車軸和車輪的直木。
[48] 曾，乃。不意，不在意。
[49] 匪，非。克，能。
[50] 潛，潛水。伏，潛伏在深水中。
[51] 炤，同「昭」，明顯。

十二

彼有旨酒，[52]
又有嘉殽。[53]
洽比其鄰，[54]
昏姻孔云。[55]
念我獨兮，
憂心慇慇。[56]

十三

佌佌彼有屋，[57]
蔌蔌方有穀。[58]
民今之無祿，
天夭是椓。[59]
哿矣富人，[60]
哀此惸獨。[61]

他有可口的美酒，
又有美好的菜餚。
融洽親近他鄰居，
婚姻親戚都關照。
想想我的孤獨呀，
憂愁情緒恨難消。

卑賤的他有房屋，
鄙陋的他有食物。
人們如今的不幸，
天災臨頭是擊仆。
快樂呀富貴人家，
可憐這人最孤獨。

[52] 旨酒，美酒。
[53] 嘉殽，好菜。
[54] 比，親近。
[55] 昏姻，婚姻、親戚。云，同「員」，周旋、關心。
[56] 慇慇，形容非常痛心。
[57] 佌佌（音「此」），微小卑賤的樣子。
[58] 蔌蔌（音「速」），鄙陋的樣子。
[59] 天夭，天災。椓，音「卓」，害、打擊。
[60] 哿，音「可」，樂。
[61] 惸，同「煢」，孤獨無依。

【新繹】

〈正月〉這首詩，〈毛詩序〉說是「大夫刺幽王」的作品。周朝大夫刺幽王何事？詩中有答案：「赫赫宗周，褒姒威之」。這兩句詩，據《毛傳》的解釋，是：「有褒國之女，幽王惑焉，而以為后。詩人知其必滅周也。」由此可知此詩乃周幽王時，大夫刺其惑於褒姒，或將亡國之作。關於著成年代，朱熹《詩集傳》曾疑是周室東遷之後，姚際恆《詩經通論》則斥朱熹之說，認為「此詩刺時也，非感舊也。若褒姒已往，鎬京已亡，言之亦復何益，與前後文意皆不類矣。」陳奐《詩毛氏傳疏》更據《國語．鄭語》、《史記．周本紀》等資料，推斷此詩之成，在周幽王六年至八年（公元前七七六～七七四年）之間。

詩共十三章，前八章每章八句，後五章每章六句，亦《詩經．小雅》長篇之一。因篇幅有限，以下簡述各章大意。第一章寫天時失常，人多訛言，詩人藉此發端，寫其幽憂孤憤。「正月繁霜」一句，《毛傳》：「正月，夏之四月。」據陳奐考證，「正月」指正陽純乾月，即周曆六月、夏曆四月。夏曆四月還下霜，表示天氣反常。然周曆之正月，實即夏曆十一月，尚有降霜之可能，故有學者疑《毛傳》「正月」之「正」，與古文「四」字形似而誤。第二章寫詩人自言生不逢辰，以及小人讒言之可怕。第三章憂國之將亡，後患難測，無辜人民或將受罪。第四章寫禍福由天，而天意不可測。第五章寫訛言不止，求之占卜，亦難定其是非。「誰知烏之雌雄」，即今言「天下烏鴉一般黑」，慨其是非難明也。第六章承接上章，言是非莫辨，而人多曲阿世俗，所謂軟骨頭也。「維號斯言」蓋指上文「謂天蓋高」四句。第七章自傷孤特，用捨由人。姚際恆嘗謂六句中用六「我」字，乃弄姿之筆。此六句言當政者之暴虐無道。「瞻彼阪田」二句，遙應第四章「瞻彼中林」等句，怨天尤人之辭。第八章揭出主題，為全文關鍵所在。王寵褒姒，以致荒淫無道，赫赫宗周，或將淪亡矣。第九第十兩章，以車載安危比喻治國成敗。載者，指裝載滿車，喻治國之重任。輔者，指夾轂直木，用以支輪輻，今所謂車廂，用以載物，喻輔弼之賢臣。「將伯助予」，車載之物掉落時，請路人相助之詞。「伯」猶言大哥、大爺。「曾是不意」則說明車載之物所以掉落之故。第十一章以池魚潛水為喻，恐懼國亡世亂，將無藏身之所。第十二第十三兩章，以當道之小人與失意之賢人相比，以敦親睦鄰之富人與垂頭喪氣之惸獨相比，兩相對照，言其憂國傷時之情。

吳闓生《詩義會通》評此詩云：「正喻錯雜，已開〈離騷〉門徑。」是否得當，有請讀者自參。

十月之交

一

十月之交，❶
朔月辛卯。❷
日有食之，❸
亦孔之醜。❹
彼月而微，❺
此日而微。
今此下民，❻
亦孔之哀。

二

日月告凶，❼
不用其行。❽
四國無政，❾
不用其良。

【直譯】

十月的日月交會，
本月初一辛卯日。
日光又被侵蝕了，
也算很大的醜事。
那次月光變黯淡，
這次日光變黯淡。
如今這天下百姓，
都有很大的傷感。

日月顯示了凶兆，
不遵循它們軌道。
四方諸侯無善政，
都因不用那良臣。

【注釋】

❶ 十月，周曆十月，即夏曆八月。交，日月交會之時。
❷ 朔，每月初一。朔月，即「月朔」之倒文。
❸ 有，通「又」。食，通「蝕」。古人用干支記時，記載這一天是辛卯日。
❹ 孔，大、甚。醜，惡事。古人以為日蝕是表示君臣失道。
❺ 彼，那一次。微，變成昏暗不明。下同。
❻ 下民，對天而言，指天下百姓。
❼ 告凶，顯示凶兆。
❽ 行，音「杭」，道、常道。
❾ 四國，四方諸侯。無政，沒有政績。

彼月而食，
則維其常；⑩
此日而食，
于何不臧！⑪

三
爗爗震電，⑫
不寧不令。⑬
百川沸騰，
山冢崒崩。⑭
高岸為谷，
深谷為陵。
哀今之人，
胡憯莫懲！⑮

四
皇父卿士，⑯
番維司徒，⑰

那次月光被侵蝕，
還算維持它常道；
這次日光被侵蝕，
卻是何等不美好！

亮閃閃的大雷電，
不安寧並非吉兆。
百川河流在激蕩，
群山峰頂在崩倒。
高崖變成了深谷，
深谷變成了丘陵。
可憐當今的人們，
為何竟然不自警！

皇父官職是卿士，
番氏官職是司徒，

⑩ 常，常有之事。
⑪ 于何，如何。臧，善、吉祥。
⑫ 爗爗（音「夜」），電光閃閃的樣子。震電，雷電。
⑬ 令、善。不令，不祥之兆。
⑭ 山冢，山頂。崒崩，崩壞、倒塌。
⑮ 憯，音「慘」，乃、竟。懲，警戒。已見〈節南山〉篇。
⑯ 皇父，周幽王的大臣，以下官名皆然。卿士，王朝執政大臣，百官之長。
⑰ 番，樊氏。維，是。下同。司徒，官名，掌管人口土地。
⑱ 家伯，人名。宰，官名，即宰夫，輔政大臣。

家伯維宰，⓲

仲允膳夫；⓳

棸子內史，⓴

蹶維趣馬，㉑

楀維師氏，㉒

豔妻煽方處。㉓

五

抑此皇父，㉔

豈曰不時？㉕

胡為我作，

不即我謀。

徹我牆屋，㉖

田卒汙萊。㉗

曰予不戕，㉘

禮則然矣。㉙

家伯官職是冢宰，

仲允官職是膳夫；

棸子官職是內史，

蹶氏官職是趣馬，

楀氏官職是師氏，

豔妻勢盛正相處。

唉呀呀這個皇父，

豈會說自己不是？

為什麼要我做事，

卻不來找我商量。

拆掉了我的屋牆，

田地盡水淹草荒。

還說我不傷害你，

按禮制就是這樣。

⓳ 仲允，人名。膳夫，官名，掌管王室飲食。

⓴ 棸（音「鄒」）子，姓。內史，官名，掌管人事、司法。

㉑ 蹶，姓。趣（同「趨」）馬，官名，掌管王朝馬匹。

㉒ 楀，音「譽」。姓。師氏，官名，掌管王室子弟教育。一說：掌司朝得失之事。

㉓ 豔妻，指褒姒。煽，熾盛、得勢。方處，並處，是說上述諸人朋比為奸。

㉔ 抑，同「噫」。

㉕ 時，是、對。一說：時，使民以時，不違農時。

㉖ 徹，通「撤」，拆毀。

㉗ 卒，盡、完全。汙，積水汙濁。萊，荒蕪長草。

㉘ 戕，殘害。

㉙ 禮則然，按禮制本就如此。

六

皇父孔聖，30
作都于向。31
擇三有事，32
亶侯多藏。33
不憖遺一老，34
俾守我王。
擇有車馬，
以居徂向。35

皇父真是太英明，
修築都城在向城。
選擇有司三王公，
確實多財是富翁。
不肯留個老成人，
使他守護我君王。
選擇有車馬的人，
都把住處遷往向。

七

黽勉從事，36
不敢告勞。
無罪無辜，
讒口囂囂。37
下民之孽，38
匪降自天。39
噂沓背憎，40

勤勉努力辦事情，
不敢公開說辛勞。
沒有罪來沒過錯，
讒言壞話卻不少。
天下人民的災禍，
不是憑空從天落。
當面笑語背後憎，

30 孔聖，很聰明。反諷之辭。
31 作都，修築都城。向，地名，在今河南開封附近。
32 擇，挑選。有事，有司。三有司，猶如國有三卿。
33 亶，確實。侯，維、是。多藏，蓄積多，即富有。
34 憖，音「印」，願、肯。老，老成人，即能幹的老臣。
35 是說都遷居向城。
36 黽，音「敏」，勉力。
37 囂囂，同「嗷嗷」，眾口詆毀的樣子。
38 孽，災殃、禍患。
39 匪，非。降自天，來自天上。
40 噂沓，音「尊踏」，聚則相合。背憎，背則相憎。

職競由人。㊶　都因紛爭在於人。

八

悠悠我里，㊷　悠長的是我憂愁，
亦孔之痗。㊸　也是非常的難受。
四方有羨，㊹　四方富足都有餘，
我獨居憂。　我偏偏獨自懷憂。
民莫不逸，　人們沒有不安逸，
我獨不敢休。　我偏偏不敢休息。
天命不徹，　天命不遵循常道，
我不敢傚，　我自己不敢仿傚，
我友自逸。　我朋友兀自逍遙。

㊶職，因。競，紛爭。由人，都是由人造成，非降自天。
㊷里，通「悝」，憂思。
㊸痗，音「妹」，病苦。
㊹羨，盈餘，指富足。

【新繹】

〈十月之交〉一詩，〈毛詩序〉說是「大夫刺幽王」。根據詩中的記述，周幽王用小人，寵豔妻，因而發生天災人禍。天災有日蝕、月蝕和地震，經過古今天文學家的推算，證實周幽王六年（公元前七七六年）十月初一辰時（早晨七至九時）發生日蝕，同年一月十五日發生月蝕；地震則發生在周幽王二年（公元前七八〇年），《國語．周語》和《史記．周本紀》都有記載，說是三川竭、岐山崩。人禍有豔妻和佞臣等。豔妻，《毛傳》說是「褒姒」，王先謙則據今文三家之說，以為「幽王之好內嬖，必不止一褒姒」，應另有其人。佞臣，以皇父為首，《漢書．古今人表》列皇父卿士、司徒皮、大宰家伯、膳夫仲允、內史聚子、趣馬蹶、師氏楀七人，在幽王、褒姒之後。凡此種種資料，皆足證此詩作於周幽王之時。《鄭箋》說：「當為刺厲王」，應誤。又因詩中抨擊皇父者多，歷來頗有些學者以為詩乃刺皇父而作。皇父為幽王所任用，刺皇父即刺幽王，道理不辯自明。

詩共八章，每章八句。末章結語二句，或作八字句收，以合每章八句之數。第一章即以日蝕月蝕現象，說明此乃上位者之醜，下民之哀。第二章進而言日蝕天變，蓋由於上位者失政之故。第三章更追述三川、岐山發生之地震，責執政者不引以自儆。以上三章寫天災地變，為自然界之變異現象。第四章寫小人用事，皇父為之魁首，加上豔妻煽惑，其政事之不堪，可想而知。所列佞臣六人，尊卑雜陳，似以寵任先後為序。第五章第六章力陳皇父執政之失，先言皇父因築采邑而毀廢人民之田舍，後述皇父貪鄙自私，私營都邑於向（今河南開封附近），以聚斂財富。以上三章寫人禍，屬人為之罪惡。第七章自述勤於王事，忠而被謗，第八章以我獨居憂不敢休作結，見其孤忠之忱。

先秦古籍中，如《左傳》僖公十五年、昭公七年、昭公三十二年，如《荀子．正論篇》、《漢書》、《後漢書》，等等，皆曾引證此篇詩句，可見此詩對後世之影響。

雨無正

一

浩浩昊天，❶
不駿其德。❷
降喪饑饉，
斬伐四國。❸
旻天疾威，❹
弗慮弗圖。
舍彼有罪，❺
既伏其辜；❻
若此無罪，
淪胥以鋪。❼

二

周宗既滅，❽
靡所止戾。❾

【直譯】

浩大無邊的上天，
不知長保祂恩德。
降下了喪亂饑荒，
殘害了四方諸國。
上天實在太暴虐，
不會考慮不圖謀。
放過那有罪的人，
始終隱瞞他過錯；
像這些無罪的人，
卻相率遭遇災禍。

鎬京王朝已滅亡，
沒有地方可安居。

【注釋】

❶ 昊天，皇天、上天。
❷ 駿，通「峻」，長久。
❸ 斬伐，殘害。
❹ 旻天，秋天。或疑「旻」當作「昊」。疾威，暴虐。
❺ 舍，通「捨」，捨棄，放過。
❻ 伏，藏、隱瞞。
❼ 淪，陷。胥，相率。鋪，通「痡」，痛苦。
❽ 周宗，宗周。指西周鎬京。
❾ 靡所，沒有地方。止戾，安居。

正大夫離居，⑩
莫知我勩。⑪
三事大夫，⑫
莫肯夙夜。⑬
邦君諸侯，
莫肯朝夕。
庶曰式臧，⑭
覆出為惡。⑮

三

如何昊天！
辟言不信。⑯
如彼行邁，⑰
則靡所臻。⑱
凡百君子，
各敬爾身。⑲
胡不相畏，⑳
不畏于天？

上大夫都棄家去，
沒人知道我憂慮。
執政的三公大夫，
沒人肯夙夜匪懈。
邦國君王諸侯們，
沒人肯晨夕朝謁。
希望他們做榜樣，
卻反而出來作孽。

怎麼辦啊老天爺！
正確言論不採信。
就像那些遠行人，
沒有終點是止境。
所有的百官君子，
各自保重你自身。
為何不互相警惕，
不相警惕畏天命？

⑩ 正大夫，上大夫。
⑪ 勩，音「異」，憂勞。
⑫ 三事，即三有司（司徒、司馬、司空）。一說：太保、太傅、太師。
⑬ 夙夜，早晚。是說勤奮不懈。
⑭ 庶，庶幾、希望。式臧，好榜樣。
⑮ 覆，反、反而。
⑯ 辟言，合乎法度的正論。
⑰ 行邁，走遠路的人。
⑱ 靡所臻，沒有到達的目的地。
⑲ 敬，保重、慎重。
⑳ 胡不，何不。畏，警惕、告誡。

四

戎成不退，㉑
饑成不遂。㉒
曾我暬御，㉓
憯憯日瘁。㉔
凡百君子，
莫肯用訊。㉕
聽言則答，
譖言則退。

五

哀哉不能言！
匪舌是出，㉖
維躬是瘁。㉗
哿矣能言！㉘
巧言如流，
俾躬處休。㉙

兵禍已成不平息，
饑荒已成不安遂。
只我這近侍小臣，
悽慘慘日漸憔悴。
所有的百官君子，
沒人肯進諫知會。
順從的話才回答，
逆耳的話就斥退。

可悲啊話不能說！
不是舌頭這樣拙，
怕自己因此受挫。
可喜啊能言善道！
巧妙言語像流水，
使自身長保安好。

㉑戎成，兵禍已成。不退，敵軍不退。

㉒饑成，饑荒已成。不遂，政事不順。

㉓曾，乃、只有。暬（音「謝」）御，近侍之臣。

㉔憯憯（音「慘」），憂愁的樣子。瘁，憔悴。

㉕訊，一作「誶」，諫諍。

㉖出，「拙」的借字，病。

㉗維，只。躬，自身。瘁，病苦。

㉘哿，音「可」，嘉、樂。

㉙俾，使。休，美、善。

六

維曰于仕，❸⓪
孔棘且殆。❸①
云不可使，
得罪于天子；
亦云可使，
怨及朋友。

都說是出去做官，
卻很棘手又危險。
如果說不可以辦，
就會得罪了君王；
如果也說可以辦，
就會被朋友埋怨。

七

謂爾遷于王都，
曰予未有室家。
鼠思泣血，❸②
無言不疾。❸③
昔爾出居，
誰從作爾室？

告訴你遷往王都，
卻說我還沒家室。
私下竊思泣出血，
無話不惹來攻擊。
從前你遷出居住，
誰跟從蓋你房子？

❸⓪ 于仕，出仕、出去當官。
❸① 孔棘，太緊張。殆，危險。
❸② 鼠思，竊思、憂思。已見〈正月〉篇。
❸③ 疾，通「嫉」，妒恨。

【新繹】

〈雨無正〉一詩的題解，歷來說法頗為紛紜。〈毛詩序〉說：「〈雨無正〉，大夫刺幽王也。雨，自上下也。眾多如雨，而非所以為政也。」詩篇中既未提到雨，更無雨多之意。《鄭箋》說是「刺厲王，王之所下教令甚多而無正也」，從詩中也看不到周王下什麼教令，因此有人懷疑字體形近而誤，詩題應作〈雨無止〉或〈周無正（政）〉。更有人（如北宋劉安世）說，當從「韓詩」作〈雨無極〉，其篇首比毛詩多出「雨無其極，傷我稼穡」八字。此疑毛詩或有脫簡。朱熹《詩集傳》對此雖說「似有理」，但「第一、二章本皆十句，今遽增之，則長短不齊，非詩之例。」說的一樣合情合理。所以很多學者贊同姚際恆《詩經通論》的主張：「此篇名〈雨無正〉，不可考。或誤，不必強論。」

不過，〈毛詩序〉說此詩為「大夫刺幽王」而作，仍有其道理。只是刺幽王的作者未必是西周大夫而已。詩中有「正大夫離居」等語，顯非上大夫口氣，又「曾我暬御」自稱是近侍小臣，所以朱熹定為「正大夫離居之後，暬御之臣所作」。這位近侍小臣，親身經歷了西周鎬京的陷落和東周王朝的建立，親眼看到了周幽王的荒淫暴虐、寵愛褒姒、廢立太子申生，終於引來申侯的叛變和犬戎的入侵，最後死於驪山之下；也親眼看到了西周末年的政局黑暗，和那些所謂正大夫、三事大夫、邦國諸侯的自私自利、不忠職守，所以他在周室東遷之際，「鼠思泣血」，作詩來抒其憂憤。《詩經》中這個時期的作品，收錄不少。

詩共七章，前兩章每章十句，第三、四章每章八句，後三章每章六句。錯落中見整齊。第一章寫天降災荒，傷及無辜，怨天以刺王。第二章寫西周淪亡，朝廷重臣不守其位，紛紛出逃。第三章痛陳在上位者不納善言，不知畏天。第四章承上啟下，自傷近侍小臣，人微言輕，又恨百官不肯進諫天子，有暗刺幽王之意。第五章以對比法寫出忠言逆耳，往往招禍，而巧言佞色，往往得勢，暗示百官所以不肯進諫之故。第六章感傷亂世，自身處於天子與百官之間，處事不易，進退得咎。第七章自傷亂離，曾為王侯離居安處而盡力，如今周室東遷，此輩卻不肯隨行，以致詩人「無言不疾」，備受抨擊。篇中間出質問句及呼告語，沉痛之極。

〈毛詩序〉所謂「眾多如雨」，其言佞臣之眾、巧言之多乎？

小旻

一

旻天疾威，❶
敷于下土。❷
謀猶回遹，❸
何日斯沮！❹
謀臧不從，❺
不臧覆用。❻
我視謀猶，
亦孔之邛。❼

二

潝潝訿訿，❽
亦孔之哀。
謀之其臧，
則具是違；❾

【直譯】

秋天暴虐逞威風，
擴散到人間大地。
政策邪僻不堪用，
不知哪天能拋棄！
政策好的不聽從，
不好的反而採用。
我看現在的政策，
也有很大的漏洞。

當面贊同背後罵，
總是大大的悲哀。
政策訂的那麼好，
卻全都這樣責怪；

【注釋】

❶旻天，秋天、皇天。疾威，暴虐。
❷敷，遍布。下土，天下、人間。
❸謀，計謀。猶，通「猷」，策略。下同。回遹（音「育」），邪僻。
❹沮，拋棄。
❺臧，善、好。
❻覆，反、反而。
❼邛，音「窮」，弊病。
❽潝潝（音「細」），低聲附和。訿訿（音「紫」），相詆毀的樣子。
❾具，俱。下同。是，此，指上句「謀之其臧」。違，違背不用。

謀之不臧，
則具是依。[10]
我視謀猶，
伊于胡底！[11]

三

我龜既厭，[12]
不我告猶。[13]
謀夫孔多，[14]
是用不集。[15]
發言盈庭，
誰敢執其咎？[16]
如匪行邁謀，[17]
是用不得于道。[18]

四

哀哉為猶！[19]
匪先民是程，[20]

政策訂的不夠好，
卻完全這樣依賴。
我看這樣的政策，
想問它怎麼了得！

我的靈龜已厭煩，
不再告訴我吉凶。
獻策的人真不少，
因此論點不集中。
發言臣子滿朝廷，
誰敢承擔那責任？
像不走遠就商量，
因此找不到方向。

悲哀啊所訂政策！
不把先賢來效法，

[10] 是，指「謀之不臧」。依，採納。
[11] 是說將何所至。胡，何。底，通「厎」，至。
[12] 龜，指用來占卜的龜甲。厭，厭煩。
[13] 猶，此指謀略的吉凶。
[14] 謀夫，謀士、獻策的人。
[15] 是用，因此。集，集中、成就。
[16] 咎，罪責、責任。
[17] 匪，非、不。一說：通「彼」。邁謀，深謀遠慮。一說：與路人商量。
[18] 是用，因此。不得于道，找不到方向。
[19] 為，制訂。猶，通「猷」。
[20] 匪，通「非」，不。先民，古人。程，效法。

匪大猶是經；(21)
維邇言是聽，(22)
維邇言是爭。(23)
如彼築室于道謀，(24)
是用不潰于成。(25)

五

國雖靡止，(26)
或聖或否；
民雖靡膴，(27)
或哲或謀，
或肅或艾。(28)
如彼泉流，
無淪胥以敗。(29)

六

不敢暴虎，(30)
不敢馮河。(31)

不把大道來遵循；
只將淺言來聽取，
只將淺言來辯論。
如同造房問路人，
因此難順利完成。

國家雖然不夠好，
有的神聖有笨拙；
人民雖然不夠多，
有的明哲有智謀，
有的莊敬有才幹。
就像那泉水激盪，
切勿相率而淪亡。

不敢空手打老虎，
不敢徒步渡黃河。

(21) 匪，非。大猶，大猷、正道。經，行、遵循。
(22) 邇言，淺言、膚淺的言論。
(23) 爭，辯、爭取。
(24) 道謀，與路人商量。
(25) 潰，「遂」的借字，達成。
(26) 止，「祉」的借字，福、好。
(27) 膴，厚、多。
(28) 肅，莊敬。艾，治理、能幹。
(29) 無，勿。淪胥，相率、連結。
(30) 暴，通「搏」，空手打。
(31) 馮，「淜」的借字，音「憑」，不搭船徒步過河。

人知其一，　　人們只知那一個，
莫知其他。　　不知其他危險多。
戰戰兢兢，　　治國要小心翼翼，
如臨深淵，　　好像走到深淵旁，
如履薄冰。　　好像踩在薄冰上。

【新繹】

〈小旻〉一詩，和上述〈十月之交〉、〈雨無正〉一樣，舊說紛歧，不同的時代有不同的說法。西漢儒生認為都是「大夫刺幽王」之作，而東漢《鄭箋》則認為所刺者都是厲王；唐代《孔疏》更進一步確認為周幽王時期作品，同為一人所作；到了宋代，《朱傳》不確定所刺者為何王，只強調是「大夫以王惑於邪謀，不能斷以從善，而作此詩」。

詩以「旻天疾威」開端，援例可以「旻」或「旻天」名篇，至於為何在篇名上冠一「小」字，歷來大致有三種說法：一、因為此詩所諷刺之事，較〈十月之交〉、〈雨無正〉為小；二、因為此詩屬〈小雅〉，故冠以「小」字，以示與〈大雅〉中的〈召旻〉有別；三、「旻天」涉及範圍太廣，故去「天」字。冠以「小」字，自有其意義，但原因不詳。姚際恆《詩經通論》乾脆就說：「篇名以旻加小字，不可詳。」

詩共六章，前三章每章八句，後三章每章七句。全篇多用比興。第一章第二章分別以「旻天疾威」與「潝潝訿訿」開端，用擬人手法，藉天災人禍說明國事日非，政策錯誤。第三章以靈龜厭惡反覆問卜，寫朝廷上下論而不決，昏庸無能，治國無方。第四章以築室請教路人為喻，寫朝廷所訂政策，不夠遠大。第五章以泉水匯流為喻，說明寡國鮮民，亦有可用之材，端在用與不用而已。第六章再以暴虎馮河、臨淵履冰為喻，說明政策訂定及執行的疑慮。這是一首主題鮮明、詞完意足的政治諷喻詩。

小宛

一

宛彼鳴鳩，❶
翰飛戾天。❷
我心憂傷，
念昔先人。❸
明發不寐，❹
有懷二人。❺

二

人之齊聖，❻
飲酒溫克。❼
彼昏不知，
壹醉日富。❽
各敬爾儀，❾
天命不又。❿

【直譯】

小小那鳴叫鳩鳥，
展翅高飛到雲天。
我的內心很憂傷，
懷念古代的祖先。
通宵達旦睡不著，
又想起父母從前。

人這樣正直聰明，
喝酒溫和又克制。
那些昏昧無知者，
一旦醉酒便自負。
應自保重你風采，
天命一去不再來。

【注釋】

❶ 宛彼，宛其、宛然，形容鳥的短小。鳴鳩，斑鳩。
❷ 翰飛，展翅高飛。戾，至。
❸ 先人，祖先。
❹ 明發，破曉、剛天亮。
❺ 有，通「又」。二人，指父母。
❻ 齊聖，正直聰敏。
❼ 溫克，溫文而有節制。
❽ 壹醉，一旦喝醉。日，應為「曰」字之誤。富，自滿自得。一說：日富，日甚一日。
❾ 敬，慎重。爾儀，你的容儀舉止。
❿ 又，再。一說：又通「佑」，保。

三

中原有菽，⓫
庶民采之。
螟蛉有子，⓬
蜾蠃負之。⓭
教誨爾子，
式穀似之。⓮

原野中有大豆苗，
眾人都去採摘它。
桑上螟蛉有幼兒，
蜾蠃背走去養牠。
好好教導你兒子，
做好榜樣示範他。

四

題彼脊令，⓯
載飛載鳴。
我日斯邁，
而月斯征。⓰
夙興夜寐，
毋忝爾所生。⓱

看看那成雙鶺鴒，
一邊飛行一邊鳴。
我天天這樣遠行，
你月月這樣長征。
早早起牀晚晚睡，
莫辱沒你父母親。

五

交交桑扈，⓲

飛來飛去桑扈鳥，

⓫ 中原，原中、原野中。菽，大豆，這裡指豆苗。

⓬ 螟蛉，桑葉上的小青蟲。

⓭ 蜾蠃，音「果裸」。蜂的一種。

⓮ 穀，善。似，「嗣」的借字，繼承。

⓯ 題，通「諦」，注視。題彼，題題，注視貌。脊令，鶺鴒。

⓰ 而，通「爾」，你。詩人藉鶺鴒稱其兄弟。

⓱ 忝，辱、辱沒。爾所生，生你的父母。

⓲ 交交，飛來飛去的樣子。一說：鳥鳴聲。

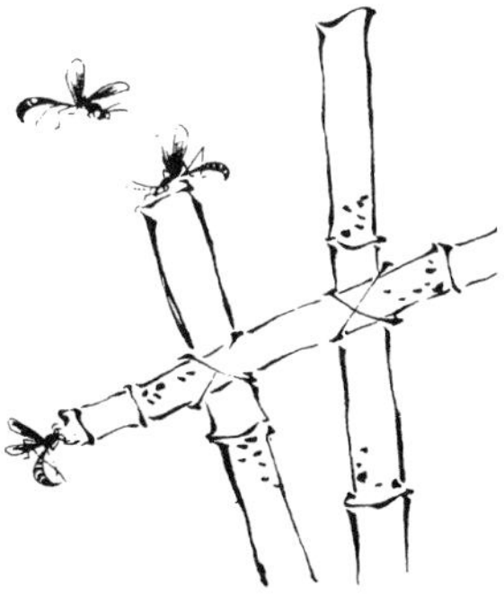

・蜾蠃・

率場食粟。⑲
哀我填寡，⑳
宜岸宜獄？㉑
握粟出卜，㉒
自何能穀？㉓

六

溫溫恭人，㉔
如集于木。㉕
惴惴小心，㉖
如臨于谷。
戰戰兢兢，
如履薄冰。

沿著穀場啄稻米。
可憐我這窮小子，
可能坐牢或下獄？
抓把稻米去問卜，
從何能夠討吉利？

溫和的恭謹的人，
好像群鳥棲樹上。
大家害怕又謹慎，
好像靠近深谷旁。
大家戰戰又兢兢，
好像踩在薄冰上。

⑲ 率，沿、循。場，曬穀場。

⑳ 填，「殄」或「瘨」的借字。窮病。

㉑ 宜，或疑為「且」之誤字。岸，通「犴」，地方的監牢。獄，朝廷的監獄。

㉒ 是說握一把小米出門去求卜。民間求神問卜的一種習俗。

㉓ 穀，善、吉利。

㉔ 恭人，溫和恭謹的人。

㉕ 集，古作「雧」，鳥並棲。

㉖ 惴惴（音「綴」），憂懼的樣子。

【新繹】

〈小宛〉和〈小旻〉一樣，〈毛詩序〉以為是「大夫刺幽王」，《鄭箋》則說是「刺厲王」，《朱傳》也一樣不確指何王，只說是「大夫遭時之亂，而兄弟相戒以免禍之詩。」晚清吳闓生《詩義會通》反對朱熹之說，認為此詩「蓋遭亂追念所生，以自儆勉之詞。未見有兄弟相語之意。」宋代以後，學者說《詩》，每喜據字面直尋本義，此詩多用比興，故理解體會隨人而異。不過，此詩在戒慎恐懼中，隱含著對父母的養育之恩和兄弟的懷念之情，則不容否認。古人說，四海之內皆兄弟也，故兄弟可兼朋友在內，然此篇之兄弟，應指同胞兄弟或同宗同姓者而言。

詩共六章，每章六句。全篇採用比興手法，因物起興，借景以言情。第一章借鳴鳩的高飛，寫對先人的懷念。鳩鳥之善於飛鳴，應自其父母學習而來。第二章以飲酒作比，警惕自己的兄弟必須重視儀態。第三章以「螟蛉有子，蜾蠃負之」為喻，說明父母的養育之恩。此古代農業社會之普遍觀念。相傳桑上青蟲產子，其名螟蛉，細腰土蜂負之而去，視如己出，後人遂以螟蛉稱義子。實則負螟蛉而去，是為了哺育牠自己的幼蟲。上二句採菽而食，雖與此有所不同，但寫撫育之情，則二者無異。姚際恆《詩經通論》特別欣賞此四句，說：「中原二句，螟蛉二句，此雙興法。亦奇。」第四章以鶺鴒之載飛載鳴為喻，勉勵兄弟朋友。上章言「教誨爾子」，此章言「毋忝爾所生」，一則說教誨你的兒女，一則說不要辱及生你的父母，可見此詩實與孝養有關。第五章以桑扈食粟起興。持粟出卜，自傷孤困。交交，既言其形，亦言其聲。姚際恆曾說：「持粟出卜，古人常事。近代以來，然後用銀錢也。」筆者猶記幼時見母親求神問卜，必持碗盛米以祭，故讀此篇，每興思古之幽情。然此章寫此，突如其來，與上文語似不合，或其兄弟有牢獄之災，故上文在懷念父母恩情之餘，有「各敬爾儀」、「教誨爾子」、「毋忝爾所生」之語。第六章以集木、臨淵、履薄三者為喻，連用三個「如」字，足見其對兄弟戒勉之情。

小弁

一

弁彼鸒斯，❶
歸飛提提。❷
民莫不穀，❸
我獨于罹。❹
何辜于天，❺
我罪伊何？❻
心之憂矣，
云如之何！❼

二

踧踧周道，❽
鞫為茂草。❾
我心憂傷，
惄焉如擣。❿

【直譯】

快活的那烏鴉喲，
飛回窠巢結群啼。
人們無不生活好，
我卻獨自在愁裡。
何時得罪了上天，
我的罪過是什麼？
內心這樣憂愁呀，
說對它又能如何！

平坦的周朝大道，
盡是茂盛的野草。
我的內心很憂傷，
煩躁有如杵舂擣。

【注釋】

❶ 弁，音「盤」，快活。弁彼，弁弁。鸒，音「玉」，烏鴉。斯，語助詞。下同。
❷ 提提，群飛的樣子。
❸ 穀，善。
❹ 罹，憂患。
❺ 辜，罪。
❻ 伊何，是什麼。
❼ 如之何，奈他何。
❽ 踧踧（音「迪」），平坦的。周道，大道、公路。
❾ 鞫，音「菊」，盡。

·鸒·

假寐永歎，⓫
維憂用老。⓬
心之憂矣，
疢如疾首。⓭

三

維桑與梓，⓮
必恭敬止。
靡瞻匪父，⓯
靡依匪母。
不屬于毛，⓰
不罹于裡。⓱
天之生我，
我辰安在？⓲

四

菀彼柳斯，⓳
鳴蜩嘒嘒。⓴

和衣躺下長嘆息，
常因憂傷而衰老。
內心這樣憂愁呀，
惱火有如頭發燒。

是故居的桑和梓，
必須恭敬來表示。
沒瞻仰就不是父，
沒依戀就不是母。
不連屬在皮毛上，
不附麗在血肉裡。
上天這樣生下我，
我的時運在哪裡？

鬱茂的那柳樹喲，
鳴叫的蟬聲唧唧。

❿ 惄，音「逆」，憂愁。惄焉，煩躁的樣子。如擣，像用杵舂米一樣。

⓫ 假寐，和衣而睡、打瞌睡。

⓬ 用，以、而。

⓭ 疢，音「趁」，熱病。疾首，熱昏了頭。

⓮ 桑、梓，皆樹名。桑葉可以養蠶，梓木可以做棺材，所謂養生送死之具，所以古人常種於宅旁，也成為故鄉故里的代稱。

⓯ 靡，無、沒有。匪，非、不是。下同。

⓰ 屬，音「主」，連。毛，指皮毛。所謂皮之不存，毛將焉附。代指父親。

⓱ 罹，附麗。裡，指內臟。所謂血肉相連，代指母親。

⓲ 辰，時辰、命運。

⓳ 菀彼，菀然、茂盛的樣子。

⓴ 蜩，音「條」，蟬。嘒嘒，蟬鳴聲。

有漼者淵，㉑
萑葦淠淠。㉒
譬彼舟流，
不知所屆。㉓
心之憂矣，
不遑假寐。㉔

五

鹿斯之奔，㉕
維足伎伎。㉖
雉之朝雊，㉗
尚求其雌。
譬彼壞木，
疾用無枝。㉘
心之憂矣，
寧莫之知？

漼漼的那深潭水，
蘆葦長得多茂密。
像那小船順水流，
不知何處是盡頭。
內心這樣憂悶呀，
沒空安心打個盹。

鹿兒喲這樣奔跑，
為了合群齊步走。
野雞早晨這樣叫，
為的是找牠配偶。
像那長瘤的枯樹，
生病因而沒枝條。
內心這樣憂愁呀，
難道沒人能知曉？

㉑ 漼，音「崔」，水深的樣子。有漼，漼漼。
㉒ 萑，音「環」，蘆葦的一種。淠淠（音「佩」），眾多的樣子。
㉓ 屆，至、歸宿。
㉔ 不遑，無暇、沒法。假寐，打瞌睡。
㉕ 斯，語助詞。奔，快跑求偶。
㉖ 伎伎（音「技」），齊步奔跑。
㉗ 雉，音「至」，野雞。雊，音「够」，野雞叫。
㉘ 用，因而。

六

相彼投兔，㉙
尚或先之。㉚
行有死人，㉛
尚或墐之。㉜
君子秉心，㉝
維其忍之。㉞
心之憂矣，
涕既隕之。㉟

七

君子信讒，
如或醻之。㊱
君子不惠，㊲
不舒究之。㊳
伐木掎矣，㊴
析薪扡矣。㊵
舍彼有罪，㊶

看看那設網捕兔，
尚且有人驅趕牠。
道路上有死的人，
尚且有人埋葬他。
君子的居心如何，
竟然那麼狠毒呢。
內心這樣憂愁呀，
涕淚早已掉落了。

君子聽信了讒言，
好像有人附和他。
君子不肯關愛我，
不肯慢慢察明它。
砍樹要拉緊樹梢，
劈柴要順其紋路。
放過那有罪的人，

㉙ 相，看。相彼，相相。投兔，設網捕兔。一說：投網的兔子。

㉚ 尚或，尚且。先，先驅趕。一說：釋放。

㉛ 行，道路上。

㉜ 墐，同「殣」，埋葬。

㉝ 君子，在上位者。指周王。秉心，居心。

㉞ 忍，殘忍。

㉟ 涕，淚。隕，落。

㊱ 醻，同「酬」，敬酒、回應。

㊲ 惠，慈愛。

㊳ 舒究，細察。

㊴ 掎，音「己」，砍樹時要拉緊讓它慢慢倒下。

㊵ 析薪，砍柴。扡，音「齒」，順著紋路砍。

㊶ 舍，同「捨」，放過。

予之佗矣。㊷

八

莫高匪山，㊸
莫浚匪泉。㊹
君子無易由言，㊺
耳屬于垣。㊻
無逝我梁，㊼
無發我笱。
我躬不閱，
遑恤我後。

我卻被罪名套住。

不高的就不是山，
不深的就不是泉。
君子不輕易發言，
貼耳偷聽在牆邊。
不要偷去我魚壩，
不要撥開我魚簍。
我自身不能見容，
遑論顧慮我身後。

㊷ 佗，音「駝」，加、負荷。
㊸ 莫，若非、若不是。匪，非、就不是。下同。
㊹ 浚，音「俊」，深。
㊺ 無易由言，不要輕易發言。
㊻ 隔牆有耳的意思。屬，音「主」，連、貼。垣，牆。
㊼ 以下四句，已見〈邶風・谷風〉篇。

【新繹】

〈小弁〉一詩的主題，歷來說法紛歧。〈毛詩序〉說：「〈小弁〉，刺幽王也。大（太）子之傅作焉。」《毛傳》說得更清楚：周幽王娶申侯女，生太子宜臼（臼或作咎，一名申生）；又寵褒姒，生子伯服。幽王欲立伯服而放宜臼，將殺之。此詩即為此而作。不過〈毛詩序〉以為作者是太子宜臼的師傅，《毛傳》則以為作者是宜臼自己。這是漢古文學派的說法，今文學派的說法則有不同。據王先謙《詩三家義集疏》引述的魯詩、齊詩之說，都認為是周宣王時，尹吉甫之子伯奇為後母所譖，遭父放逐而作。從現存漢人著作如蔡邕〈琴操〉、《漢書．馮奉世傳》、《易林．訟之大有》等文獻中，可見主張此說者亦不少。尤其是《孟子．告子下》曾提及此篇，說「〈小弁〉之怨，親親也」、「〈小弁〉，親之過大者也。親之過大而不怨，是愈疏也。愈疏，不孝也。」趙岐注：「伯奇仁人而父虐之，故作〈小弁〉之詩。」似乎更確定此詩為尹吉甫之子伯奇所作。這兩大學派的不同說法，一直並傳後世。宋儒朱熹在《詩序辨說》中只認為詩為放子（被逐兒子）所作，但不確定作者是誰；在《詩集傳》中又採用〈詩序〉舊說，說是「幽王太子宜臼被廢而作此詩」，但他在注解《孟子》時，則又以為詩乃「太子之傅」所作。可見此詩解說之難下定論，更是迄今猶然。現代還有學者據篇中有「雉之朝雊，尚求其雌」等句，推斷此詩為棄婦之詞，更是「治絲益棼」了。

詩共八章，每章八句。第一章以烏鴉歸飛起興，呼天自訴。第二章寫去國景象，放逐心情，沉痛已極。第三章點明主題，失去父母，無所歸依。第四章以迄第七章皆用比興手法，反復抒寫失親無依之苦。第四章以舟流無屆為喻，第五章以鹿奔合群、雉雊求雌、壞木無枝為喻，以興自己不見容於君父。第六章以投兔之先、路墐之仁作比，第七章以伐木宜掎、析薪宜扡作比，寫君父之忍心與不惠。用意雖同，而用筆則多變化。第八章以慎言自儆，以恤後自寬，具見孝子被放之情。「無逝我梁」四句，已見〈邶風．谷風〉篇，究竟是古孝子之詩已成民間流行之歌謠，或民間歌謠為卿士所用，抑或太師樂工之配樂定詞，已不可考。至若全詩鍊字之工，布局之巧，宜乎被推為《詩經》中之名篇佳作。

巧言

一

悠悠昊天！
曰父母且。❶
無罪無辜，
亂如此憮。❷
昊天已威，❸
予慎無罪；❹
昊天大憮，❺
予慎無辜。

二

亂之初生，
僭始既涵；❻
亂之又生，
君子信讒。

【直譯】

悠悠蒼天大老爺！
還叫爸呀和媽呀。
沒有罪惡沒過錯，
災禍卻如此繁多。
上天實在太威赫，
我也確實沒罪惡；
上天實在太廣漠，
我也確實沒過錯。

災禍的所以發生，
先因讒言被包容；
災禍的一再發生，
君主信讒言才成。

【注釋】

❶曰，稱、叫。且，音「居」，語尾助詞。
❷憮，音「乎」，大、廣。
❸已威，太可畏。威，畏。
❹慎，誠、確實。下同。
❺大，同「太」，非常。
❻僭，通「譖」，音「見」，讒言。涵，包容。

君子如怒，
亂庶遄沮；❼
君子如祉，❽
亂庶遄已。❾

三

君子屢盟，❿
亂是用長；⓫
君子信盜，⓬
亂是用暴。
盜言孔甘，⓭
亂是用餤。⓮
匪其止共，⓯
維王之邛。⓰

四

奕奕寢廟，⓱
君子作之。

君主如怒斥讒人，
災禍可望早克制；
君子如善迎賢人，
災禍可望早停止。

君主常結盟諸侯，
災禍因此而增多；
君子信任賣國賊，
災禍因而更暴虐。
盜賊讒人話很甜，
災禍因此更熾烈。
不是他行為恭敬，
都是君王的毛病。

高大的宮室宗廟，
都是君子營造它。

❼ 庶，庶幾、有希望。遄，音「船」，迅速。沮，止。
❽ 祉，福。是說賜福善待（賢人）。
❾ 已，止。
❿ 屢盟，常常與人盟誓（表示不被信賴）。盟，作動詞用。
⓫ 是用，因此。下同。
⓬ 盜，盜賊。指進讒言的小人。
⓭ 孔甘，很甜。
⓮ 餤，音「談」，進、增加。
⓯ 匪，非。止，容儀。共，通「恭」。止共，容止恭謹。
⓰ 邛，病。已見〈小旻〉篇。
⓱ 奕奕，高大的樣子。寢廟，宗廟。古代宗廟，前廟後寢。

秩秩大猷，[18]
聖人莫之。[19]
他人有心，
予忖度之。[20]
躍躍毚兔，[21]
遇犬獲之。

五

荏染柔木，[22]
君子樹之。
往來行言，[23]
心焉數之。[24]
蛇蛇碩言，[25]
出自口矣。
巧言如簧，[26]
顏之厚矣。

井井有條大謀略，
都是聖人策劃它。
他人如別有居心，
我細心來揣度它。
蹦蹦跳跳小狡兔，
遇到獵犬捉住牠。

柔韌能染的嘉木，
都是君子栽培它。
往來路人的流言，
要在心裡辨別它。
邪曲誇大的言論，
出自他的空口呀。
花言巧語像鼓簧，
臉皮這樣堅厚呀。

18 秩秩，條理井然。大猷，重大政策。

19 莫，通「謨」，動詞，謀、規劃。

20 忖度，揣測。

21 躍躍（音「替」），跳躍的樣子。毚（音「讒」）兔，狡兔。

22 荏染，柔韌的樣子。柔木，椅、桐、梓、漆之類的善木。

23 行言，流言。

24 數，分析、辨別。

25 蛇蛇（音「移」），邪曲不正的樣子。碩言，大話、空話。

26 簧，笙中的簧片。表示動聽。

·漆樹·

六

彼何人斯，
居河之麋。㉗
無拳無勇，
職為亂階。㉘
既微且尰，㉙
爾勇伊何？
為猶將多，㉚
爾居徒幾何？㉛

他是怎樣的人喲，
住在黃河的水湄。
沒有拳力沒勇氣，
專為災禍作階梯。
腿既生瘡腳又腫，
你的勇氣是什麼？
陰謀詭計大又多，
你的黨徒有幾個？

㉗ 河，黃河。麋，通「湄」，水邊。
㉘ 職，主、專。亂階，造成禍亂的階梯，即致亂之由。
㉙ 微，「癥」的古字，小腿生瘡。尰，音「腫」，腳腫。
㉚ 為，通「偽」。猶，通「猷」。將，孔、大。
㉛ 爾居徒，你住處的黨徒。幾何，幾多、有多少人。

【新繹】

〈巧言〉一詩，篇題取自詩中第五章「巧言如簧」一句。此巧言，指小人之讒言。〈毛詩序〉說：「〈巧言〉，刺幽王也。大夫傷於讒，故作此詩也。」這個說法，不但三家詩沒有異議，古今學者也多信從。

周幽王之世，寵豔妻，用佞臣，荒淫失政，當時的佞臣，像皇父，像師尹，像虢石父，都是著名的小人。《史記．周本紀》說：「石父為人佞巧善諛，好利。王用之，又廢申后，去太子也。申侯怒，與繒、西夷、犬戎攻幽王。幽王舉烽火徵兵，兵莫至。遂殺幽王驪山下。」幽王之滅亡，即與他任用這些佞臣小人有關。所以當時公正廉明的大夫看不慣，在被讒之餘，作此詩來諷刺他們。表面上諷刺的是佞臣小人，事實上主要對象還是周幽王。

詩共六章，每章八句。一樣善用比喻等藝術技巧，來責斥進讒的小人。第一章呼天喚娘而訴之，自傷無辜，卻遭讒受害。第二章言禍亂之興，由於幽王聽信讒言，已有暗斥幽王之意。第三章承上而言，「匪其止共，維王之邛」，更明言任用小人之非。「君子信盜」，稱讒人為盜賊，尤見其痛惡之情。第四章以狡兔與獵人為喻，比較君子與小人之不同。第五章又以梓漆等柔木喻君子，言流言之起，須自審辨；以碩言、巧言喻讒人，斥其空言、無恥。第六章以「既微且尰」喻讒人，斥其無能，徒造謠以害人而已。「為猶將多」，「為猶」為「偽猷」之借字，指佞臣小人所造之陰謀詭計。

《詩經傳說彙纂》引吳師道之言：「前三章刺聽讒者，後三章刺讒人。」析論此篇結構，並刺幽王佞臣，言簡而旨切，可供讀者參考。

・梓・

何人斯

一

彼何人斯，❶
其心孔艱。❷
胡逝我梁，❸
不入我門？
伊誰云從，❹
維暴之云。❺

二

二人從行，❻
誰為此禍？
胡逝我梁，
不入唁我？❼
始者不如今，
云不我可。

【直譯】

他是個什麼人喲，
他的心非常深沉。
為何經過我魚梁，
卻不進入我家門？
他是誰的跟從呢，
只聽暴公的言論。

他們二人相跟隨，
是誰造成這災禍？
為何經過我魚梁，
卻不進門慰問我？
起初情況不如今，
如今卻說我不行。

【注釋】

❶ 斯，語尾助詞。下同。
❷ 孔艱，非常陰險。
❸ 胡，何、為何。逝，往、經。梁，魚梁，捕魚的石堰。一說：橋。
❹ 伊誰，他是誰。云，言。從，跟從。
❺ 暴，周朝的諸侯，屬地在今河南原武一帶。此指暴公。云，說話。
❻ 從行，相隨而行。
❼ 唁，慰問。

三

彼何人斯，
胡逝我陳？[8]
我聞其聲，
不見其身。
不愧于人？
不畏于天？

他是個什麼人喲，
為何經過我庭前？
我只聽見他聲音，
卻不見他的形影。
難道人前不慚愧？
難道天命不敬畏？

四

彼何人斯，
其為飄風。[9]
胡不自北？[10]
胡不自南？
胡逝我梁，
祇攪我心！[11]

他是個什麼人喲，
他是暴起的旋風。
為何不從北方來？
為何不從南方來？
為何經過我魚梁，
恰好攪亂我心房！

五

爾之安行，[12]

當你慢慢前行時，

[8] 陳，古代居室建築中，從堂下到院門的通道。
[9] 飄風，暴風。
[10] 胡不，何不。下同。
[11] 祇，恰好。攪，擾亂。
[12] 安行，慢行。

亦不遑舍。⑬
爾之亟行，⑭
遑脂爾車？⑮
壹者之來，⑯
云何其盱！⑰

六

爾還而入，⑱
我心易也。⑲
還而不入，
否難知也。⑳
壹者之來，
俾我祇也。㉑

七

伯氏吹壎，㉒
仲氏吹篪。㉓
及爾如貫，㉔

也沒空停車留宿。
當你急急前進時，
遑論加油你車子？
上次你的來魚梁，
為什麼那樣感傷！

當你回家經過時，
我心裡多快樂呀。
當你過門不入時，
問題難以推測呀。
上次你的來魚梁，
真是使我忐忑呀。

排行老大吹陶壎，
排行老二吹竹篪。
跟你親近如繩貫，

⑬ 不遑，無暇、沒空。舍，止、宿。
⑭ 亟行，急行。
⑮ 遑，遑論。脂，作動詞用，（為你的車）上油、加油。
⑯ 壹者，昔者、從前。
⑰ 盱，音「須」，通「吁」，感嘆。一說：盼望。
⑱ 爾還而入，是說你回家途中經過我家門。
⑲ 易，和樂。
⑳ 否，不對勁。
㉑ 俾，使。祇，通「疷」，病、心病。
㉒ 伯氏，老大。壎，音「熏」，陶製的六孔樂器。
㉓ 仲氏，老二。篪，音「池」，竹製的七孔樂器。
㉔ 是說和你像貫錢貫珠一樣。古代錢貝珠玉常用一條絲繩貫穿在一起。表示親近。

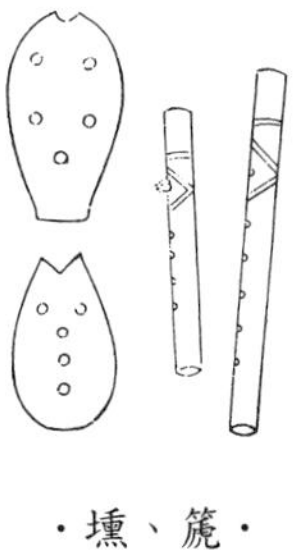
·壎、篪·

諒不我知？[25]
出此三物，[26]
以詛爾斯。[27]

八

為鬼為蜮，[28]
則不可得。
有靦面目，[29]
視人罔極。[30]
作此好歌，
以極反側。[31]

諒你對我未深知？
擺出豬狗雞三牲，
用來詛咒你發誓。

化為鬼怪化為蜮，
你的變化不可測。
儼然還有人面目，
卻比人沒有準則。
因而作此好詩歌，
來諷反覆無常者。

[25] 諒，誠。不我知，即不知我。

[26] 三物，指豬、狗、雞。古人詛咒時所用之物。

[27] 以，用來。詛爾，詛咒你。

[28] 蜮，音「玉」，古代傳說中一種能含沙射影害人的水中怪物。

[29] 有靦（音「忝」），即靦然、儼然，面目可見的樣子。

[30] 視，示。罔極，沒準則。

[31] 極，窮盡、追究。反側，反覆無常的小人。

【新繹】

〈毛詩序〉說：「〈何人斯〉，蘇公刺暴公也。暴公為卿士，而譖蘇公焉，故蘇公作是詩以絕之。」《鄭箋》說「暴」與「蘇」皆王畿內國名，則所謂暴公、蘇公者，應是周王畿內二大地主之名。後來《孔疏》等古文經學者更進一步指出，蘇國在溫（河南溫縣），暴國在隧（河南原武縣），二地接壤。蘇公、暴公同為公卿，同善塤笛，始也相得如兄弟，終焉相斥如仇敵。此詩即蘇公刺暴公進讒相害之作。這是古文學派的說法。

今文學派的說法，據王先謙《詩三家義集疏》引用《淮南子・精神訓》高誘的注：「訟閒田者，虞、芮及暴桓公、蘇信公是也。」則認為蘇公與暴公之相斥，係由於爭田興訟所致。說法雖略有不同，但認為詩寫蘇、暴二公之訟，則頗一致。

到了宋代，鄭樵《詩辨妄》、朱熹《詩序辨說》等，或疑「暴」者乃暴虐之人而已，或謂蘇、暴二公之相讒，並無其事，而且詩中並無暴公、蘇公字眼，「不知〈序〉何所據而得此事也？」到了現代，更有人（如聞一多）說它應是棄婦斥夫之詞。

筆者一向以為可以疑古，但不宜憑空臆解；古代相傳的說法，只要講得通，就沒有棄舊說於不顧的道理。所以對於此詩，筆者仍主舊說。蘇公與暴公原為同僚好友，住處相近，常相往來，後因故爭訟，蘇公以為暴公進讒構陷他。一日，蘇公見暴公及其友人路過門前魚梁，不進門相訪，有意疏遠，故作此詩以絕之。

詩共八章，每章六句。全篇從蘇公觀點切入。首章直斥暴公友人過其魚梁而不入，有意疏遠。前四章之「彼」，皆指暴公同行之友人，或其隨從。第二章自訴遭人陷害，暴公友人竟然過其門前而不慰問，態度大異於昔。第三章訴說暴公友人過其庭前甬道，只聞其聲，不見其人，似有愧疚之心。第四章寫暴公友人來去飄忽，徒亂人心。第五章起，始寫與暴公之交情，「爾」，即指暴公。第五章寫暴公昔日過其門，都會停車休息，今則不然；第六章寫暴公往日上朝歸途，都會進門登堂，談讌盡歡，今則不然。二章皆以「壹者之來」作一轉折。「壹者」呼應上文第一章，寫暴公友人車過門前魚梁而不入之事。「云何其盱」寫望之切，「俾我祇也」寫思之深，對照之下，同樣表達今昔之不同。第七章借吹壎吹篪之合奏，比喻昔日與暴公親如兄弟，今既反目，乃出三牲以詛咒。足見昔日愛之深，今日恨之切。第八章說明寫作動機，以斥暴公反覆作結。前後「如貫」，首尾相應，可見舊說並無扞格之失。

鍾惺《評點詩經》云：「彼何人斯，數數呼之，若不識姓名者，其妙在此。」又云：「模寫暴公百千閃爍逃避之狀，著骨著髓，只是一個內慚耳」、「暴公是蘇公故交，故此詩云云。不然，入門、還入等語，為不情矣。」明人評詩，喜據文而論其藝，與宋人喜據文直尋其意，蓋有不同。此即一例。

巷伯

一

萋兮斐兮，❶
成是貝錦。❷
彼譖人者，❸
亦已大甚！❹

二

哆兮侈兮，❺
成是南箕。❻
彼譖人者，
誰適與謀？❼

三

緝緝翩翩，❽
謀欲譖人。

【直譯】

紛繁繁呀花紋呀，
織成這個貝紋錦。
那個誣陷人的人，
也實在欺人太甚！

張大口呀誇口呀，
張得像南箕星斗。
那個誣陷人的人，
是誰專與他計謀？

竊竊私語說不停，
密謀想要誣陷人。

【注釋】

❶萋，「緀」的借字，文彩交錯。
❷貝錦，有貝紋的絲織品。
❸譖，暗中毀謗。譖人，讒人。
❹大，古「太」字。
❺哆，音「齒」，張口的樣子。侈，誇大、鋪張。
❻南箕，出現在夜空南方的星座，形如簸箕。
❼適，專、往。
❽緝緝，通「咠咠」，形容交頭接耳。翩翩，通「諞諞」，形容花言巧語。

慎爾言也，
謂爾不信。❾

四
捷捷幡幡，❿
謀欲譖言。
豈不爾受，⓫
既其女遷。⓬

五
驕人好好，⓭
勞人草草。⓮
蒼天蒼天！
視彼驕人，
矜此勞人。

六
彼譖人者，

謹慎你的言論呀，
人會說你不可信。

便捷多嘴反覆說，
密謀想要誣陷人。
豈能不受你陷害，
終究害到你自身。

驕橫害人好得意，
憂愁苦主自傷心。
蒼天蒼天開開眼！
看看那驕橫的人，
同情這些勞苦人。

那個誣陷人的人，

❾ 信，信任。一說：真誠。
❿ 捷捷，形容能言善辯。幡幡，形容反覆無常。
⓫「豈不受爾」的倒裝句。是說起初豈能不受你傷害。
⓬「既其遷女」的倒裝句。女，汝、你。遷，轉移。是說後來傷害會轉移到你身上。
⓭ 驕人，指得志的譖人者。
⓮ 勞人，指被讒言所苦的人。

誰適與謀？
取彼譖人，
投畀豺虎！⑮
豺虎不食，
投畀有北！⑯
有北不受，
投畀有昊！⑰

七

楊園之道，⑱
猗于畝丘。⑲
寺人孟子，⑳
作為此詩。
凡百君子，㉑
敬而聽之。

是誰專替他計謀？
捉住那個譖人者，
丟棄給豺虎野獸！
如果豺虎不肯吃，
就丟到極北沙漠！
如果極北不接受，
就丟給天神發落！

王畿楊園的大路，
經過畝丘的上面。
刑餘小臣叫孟子，
特地創作這詩篇。
所有的百官君子，
都請注意聽完全。

⑮ 畀，音「敝」，給予。
⑯ 有北，又北、北北，北方的北方。指漠北不毛之地。
⑰ 有昊，天上的天。至高無上的神。
⑱ 楊園，園名。
⑲ 猗，靠近。畝丘，丘名。
⑳ 寺人，周朝宮中聽王使喚的小臣，類似後來的宦官。
㉑ 凡百，所有的意思。

·豺·

【新繹】

〈巷伯〉一詩，和〈巧言〉、〈何人斯〉一樣，都是寫讒言之災禍與讒人的情狀，其中以此詩寫得最直接痛快。〈毛詩序〉說：「〈巷伯〉，刺幽王也。寺人傷於讒，故作是詩也。巷伯，奄官也。」寺人、奄官，即後世所謂閹人、宦官。他們居宮中長巷而掌內宮之禁令，故稱巷伯，並以名篇。《毛傳》說：「寺人而曰孟子者，罪已定矣，而將踐刑，作此詩也。」意思是說寺人孟子因遭讒而被宮刑，故作此詩以儆後來。所讒何事，詩中並未交代，然而從《毛傳》所記顏叔子、魯男子二人故事，似與不避男女之嫌有關。

詩共七章，前四章每章四句，第五章五句，第六章八句，第七章六句。全詩善於運用想像，比興少而情味切，足以感人。第一、二兩章以貝錦、南箕為喻，寫盡小人伎倆。前者言其羅致罪狀，後者言其信口開河。第三、四兩章以「謀欲譖人」直斥其非，寫讒人暗中密謀，言語傷人，終將自食惡果。或失去人信任，或為人所拋棄。寫讒言連用疊字，曲盡形容之妙。第五章承上啟下，為全篇關鍵。上是急調，下是快語，此將進讒之驕人與受譖之勞人作一對照，慨嘆以作緩衝。第六章則暢所欲言，言辭激切，深惡痛疾之。「取彼譖人」以下六句，說盡古今受譖勞人的心聲。第七章交代作者名字身分，自述作詩之用意。「楊園之道」二句，《毛傳》都只注云：「楊園，園名」、「畝丘，丘名」，《鄭箋》才進而注明：「欲之楊園之道，當先歷畝丘。」《孔疏》說得更清楚：「楊園，亦園名。於時王都之側，蓋有此園丘，詩人見之而為此詞也。」或許楊園、畝丘為當時古人所熟知，有其寓意，但年代久遠，已難推測，清末吳闓生《詩義會通》所言：「蓋孟子所居」，恐亦推測之詞，聊備一說而已。

谷風

一

習習谷風，❶
維風及雨。
將恐將懼，❷
維予與女。
將安將樂，
女轉棄予。❸

二

習習谷風，
維風及頹。❹
將恐將懼，
寘予于懷。❺
將安將樂，
棄予如遺。❻

【直譯】

習習的山谷大風，
先是和風和細雨。
且恐且懼的時候，
只剩下我陪伴你。
且安且樂的時候，
你反而拋棄了我。

習習的山谷大風，
是狂風和龍捲風。
且恐且懼的時候，
擁抱我在你懷裡。
且安且樂的時候，
拋棄我如同忘記。

【注釋】

❶習習，風聲。谷風，山谷中的大風。一說：東風。
❷將，方、當。下同。
❸轉，反而。
❹頹，旋風、龍捲風。
❺寘，同「置」，放、抱。
❻遺，忘、遺棄物。

三

習習谷風，
維山崔嵬。❼
無草不死，
無木不萎。
忘我大德，
思我小怨。

習習的山谷大風，
刮到高山的峰頂。
沒有草兒不枯死，
沒有樹木不凋零。
忘記我的大恩德，
只想我的小毛病。

❼崔嵬，山高山峻的地方。

【新繹】

〈毛詩序〉說：「〈谷風〉，刺幽王也。天下俗薄，朋友道絕焉。」意思是周幽王之時，風俗澆薄，朋友之間不講誠信，忘恩負義，以怨報德，互相攻訐的比比而是，因而詩人作此刺之。歷代學者也大都信從此說，沒有異議。但因為這首詩的風格很像〈國風〉，恰巧〈國風．邶風〉中也有一首篇名相同的〈谷風〉，寫的是棄婦哀怨之詞，又恰巧《後漢書．陰皇后紀》的漢光武帝詔書中，也曾引用篇中詩句作為夫婦離別之詞，所以民初以來，頗有一些研究者捨舊而趨新，認定它寫夫婦怨離。筆者以為朋友之間的感情，和兄弟之間、夫婦之間的感情，往往可以相通，端在讀者自己如何體會而已，所以並不排斥。

詩共三章，每章六句。三章皆以「習習谷風」起興。「習習」狀聲之詞，可依上下文解釋為和舒暢快，亦可解釋為連續不斷。《鄭箋》曾解「習習」為「和調之貌」，《朱傳》也曾解「谷風」為「東風」，此首章之義。全篇參照下面二章，正見谷風由和暢轉為迅暴，以喻友情之變。第一第二兩章平列，內容只是一意，旨在說明所刺之人可以共患難，不可以共安樂。第三章是結語，以草木之枯萎，喻朋友之道絕。「忘我大德，思我小怨」二句，為詩骨所在。朋友、兄弟、夫婦之間，所以互相怨刺者，往往肇因於此。詩人在三章之中，狀物寫情，層層遞進，逐漸加強，至此方點破主題，由狀物寫情而轉為敘事說理，真所謂結得妙。

明清以來，頗有學者以此篇語言淺近，複沓言情，認為它是西周民風之一，龔橙《詩本誼》如此，姚際恆《詩經通論》、方玉潤《詩經原始》等等，亦是如此。方氏說：「詩體絕類乎風，而乃列之于雅，姚氏以為不可解，愚以為不可解，豈其間固不能無所誤歟？」或許他們沒有考慮到西周王畿之內，一樣有「都人士」，一樣有平民，一樣有代代相傳的民間歌謠吧。

以下十篇，所謂〈谷風之什〉，一樣是反映周幽王時代王畿臣民「怨以怒」的心聲，有的正面寫，有的側面寫，有的像自訴，有的像民歌，但它們都有個共同點，所謂「其哀心感者，其聲噍以殺」。噍殺之聲作，也就是「亡國之音作」的時候了。

蓼莪

一

蓼蓼者莪，❶
匪莪伊蒿。❷
哀哀父母，
生我劬勞。❸

二

蓼蓼者莪，
匪莪伊蔚。❹
哀哀父母，
生我勞瘁。❺

三

缾之罄矣，❻
維罍之恥。❼

【直譯】

長大的是抱娘蒿，
不是抱娘是青蒿。
可憐我的父母親，
生下我真夠辛勞。

長大的是抱娘蒿，
不是莪蒿是青蔚。
可憐我的父母親，
生養我真夠勞累。

當小酒瓶空了呀，
那是酒罈的恥辱。

【注釋】

❶ 蓼蓼（音「陸」），高大的樣子。莪，蒿的一種，俗名抱娘蒿。
❷ 匪，非。伊，是。
❸ 劬勞，辛苦。
❹ 蔚，蒿的一種。俗名牡蒿。
❺ 瘁，憔悴。
❻ 缾，同「瓶」。罄，音「慶」，盡、空。
❼ 罍，音「雷」，一種外形似壺，表面刻有雲雷圖紋的酒器。

・罍・

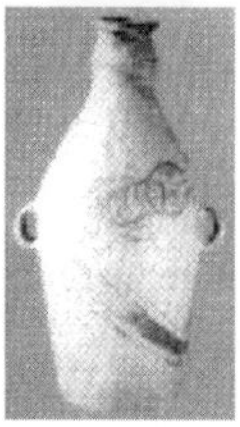

・缾・

鮮民之生，❽
不如死之久矣。
無父何怙？❾
無母何恃？
出則銜恤，❿
入則靡至！⓫

四
父兮生我，
母兮鞠我。⓬
拊我畜我，⓭
長我育我；
顧我復我，⓮
出入腹我。⓯
欲報之德，⓰
昊天罔極！⓱

小百姓這樣活著，
不如早死已久了。
沒有父親憑仗誰？
沒有母親依靠誰？
出門就滿懷愁苦，
進門就若無歸宿！

父親啊生下了我，
母親啊養育了我。
撫摸我，餵食我，
養大我，教育我；
照顧我，庇護我，
出門進門懷抱我。
想要報答這恩德，
就像蒼天沒準則！

❽ 鮮，音「險」，小、寡之意。
❾ 怙，音「戶」，依靠。
❿ 出，出門、出外。銜，含、帶著。恤，憂愁。
⓫ 入，進門、回家。靡至，像無所歸一般。
⓬ 鞠，養育。
⓭ 拊，通「撫」。畜，同「蓄」。
⓮ 復，反復。表示不怕麻煩。
⓯ 腹，懷抱。
⓰ 之，此。指父母。
⓱ 罔極，無限、沒有定準。

五

南山烈烈，⑱
飄風發發。⑲
民莫不穀，⑳
我獨何害？㉑

南山是多麼高峻，
飆風是多麼強勁。
人們莫不供養好，
我為何獨自苦惱？

六

南山律律，㉒
飄風弗弗。㉓
民莫不穀，
我獨不卒！㉔

南山是多麼突出，
飆風是多麼疾速。
人們無不供養好，
我偏偏不能養老！

⑱ 南山，終南山。一說：泛指山名。烈烈，形容山高峻的樣子。
⑲ 飄風，暴風。發發，呼呼的風聲。
⑳ 穀，善、養。
㉑ 獨，獨自、偏偏。何，一說同「荷」，承受。
㉒ 律律，同「烈烈」。
㉓ 弗弗，同「發發」。
㉔ 卒，終。是說終養，以盡孝道。

【新繹】

〈蓼莪〉一詩，是千古傳誦的孝思名篇。〈毛詩序〉說：「〈蓼莪〉，刺幽王也。民人勞苦，孝子不得終養爾。」《鄭箋》補充說：「不得終養者，二親病亡之時，時在役所，不得見也。」說是行役在外的孝子，追思親恩之作。對於這種說法，從漢代到唐代，學者俱無異議。但宋代以後，有人開始提出種種不同的質疑。例如：作品的時代背景，何以見得必是周幽王之時？何以明明一己所遭之不幸，而必稱「民莫不穀，我獨何害」？不過，從古至今，沒有讀者批評這首詩寫得不好。

詩共六章，除第三第四兩章各為八句之外，其餘每章皆為四句。第一第二兩章，皆以莪蒿起興。莪、蔚俱屬蒿類植物，莪美而蔚惡。「匪莪伊蒿」之蒿，則指一般青蒿而言。莪一名抱娘蒿，切合詩旨，故詩人第一章以此起興，第二章所謂「匪莪伊蔚」，則自喻非美材，故不能終養父母。第三章又以缾罍酒器起興，言小民之困窮，乃在上位者之恥。此即〈詩序〉所謂「刺幽王也」。自傷孤苦之辭，實已揭露主題。第四章歷數父母養育之恩，連用九個「我」字，最為奇特，其中有淚有血。最後二句，呼天自訴，言欲報父母之恩，「昊天罔極」。罔極者，沒有盡頭、沒有準則之謂也。沒有盡頭，言恩重難報。沒有準則，言恩大，難以衣食之供或功名之榮等固定之形式回報也。第五第六兩章復以南山、飄風起興，寓子欲養而親不在之意。全篇借物興感，意象生動，不僅孝思感人而已。

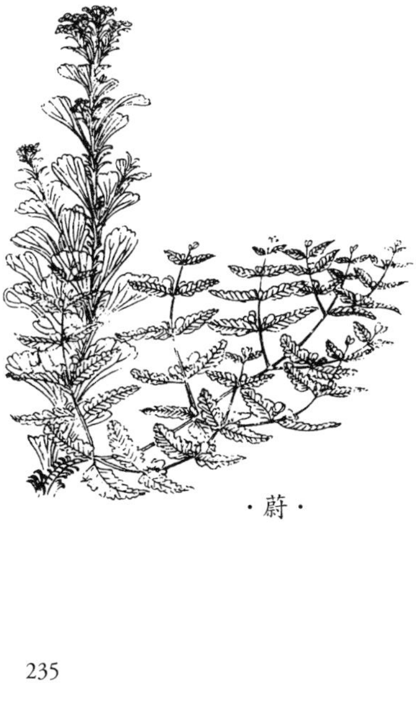

·蔚·

大東

一

有饛簋飧，❶
有捄棘匕。❷
周道如砥，❸
其直如矢。❹
君子所履，❺
小人所視。❻
睠言顧之，❼
潸焉出涕。❽

二

小東大東，❾
杼柚其空。❿
糾糾葛屨，⓫
可以履霜。⓬

【直譯】

裝滿的簋中食物，
彎長的棗木飯匙。
周王大道像磨石，
它的平直像箭矢。
君子所走的道路，
小人所見的事實。
回頭我來看看它，
不禁潸潸流出淚。

小大東方諸侯國，
織布機上空蕩蕩。
繩結的葛布草鞋，
豈可穿來踩冰霜。

【注釋】

❶ 有饛（音「蒙」），即饛饛，盛滿食物的樣子。簋，音「軌」，同「毀」，已見前。飧，音「孫」，熟食。

❷ 有捄（音「求」），捄捄、捄然，彎曲而長的樣子。匕，飯匙或湯匙。

❸ 周道，公路。砥，磨刀石。

❹ 如矢，像箭矢一樣筆直堅硬。

❺ 君子，在上位者。

❻ 小人，古稱平民。

❼ 睠，同「眷」，顧念。言，我。一說：助詞。

❽ 潸，音「山」，流淚的樣子。潸焉，潸潸、潸然。

❾ 東，東方諸侯各國。國有大小遠近之分。

佻佻公子，⑬
行彼周行。⑭
既往既來，
使我心疚。⑮

三

有冽氿泉，⑯
無浸穫薪。⑰
契契寤歎，⑱
哀我憚人。⑲
薪是穫薪，
尚可載也。
哀我憚人，
亦可息也。

四

東人之子，⑳
職勞不來；㉑

輕狂的貴族子弟，
就走在那大道上。
不斷過去又回來，
使我內心真哀傷。

清冷的路旁泉水，
不要浸濕了柴薪。
憂慮失眠長嘆息，
可憐我們勞苦人。
劈砍好這些柴薪，
還能用車裝運呀。
可憐我們勞苦人，
也該可以打盹呀。

東方諸侯的子弟，
專事勞動不慰問；

⑩ 杼柚，一作「杼軸」，音「柱逐」。織布機上的梭與筘。

⑪ 糾糾，形容繩索葛草纏結。屨，音「具」，鞋。

⑫ 履霜，踏雪、滑冰。

⑬ 佻佻，輕佻往來的樣子。公子，貴族子弟。

⑭ 周行（音「杭」），即周道。

⑮ 疚，病、痛。

⑯ 有冽，冽冽，清冷的樣子。氿，音「鬼」，泉水從側旁流出。

⑰ 穫薪，砍下的乾柴。

⑱ 契契，悲嘆的聲音。寤歎，睡不著而長嘆。

⑲ 憚，通「癉」，勞苦。

⑳ 子，子弟，指青年。

㉑ 職，專、主。勞，勞役。來，同「勑」，慰問、慰勞。

西人之子，㉒
粲粲衣服；㉓
舟人之子，㉔
熊羆是裘；㉕
私人之子，㉖
百僚是試。㉗

西方京師的子弟，
光鮮亮麗衣服新；
周朝王室的子弟，
熊羆皮衣做服裝；
一般私家的子弟，
百官僚屬可試當。

五

或以其酒，
不以其漿。
鞙鞙佩璲，㉘
不以其長。
維天有漢，㉙
監亦有光。㉚
跂彼織女，㉛
終日七襄。㉜

有人以為那酒好，
不因為那酒漿香。
有人以為玉佩美，
不因為它佩綬長。
只要上空有雲漢，
投影亦自有容光。
鼎立那織女三星，
一天七次移動忙。

㉒西人，指周族及王畿之人，相對於東方諸侯，故稱西人。
㉓粲粲，形容服裝光鮮亮麗。
㉔舟，「周」的借字。舟人，周人，指王室貴族。
㉕裘，裘服。一說：裘同「求」，指打獵。
㉖私人，小人、平民。
㉗是試用為百官僚屬。僚，官吏的奴僕通稱。
㉘鞙鞙（音「涓」），形容繫玉佩的綬帶美而長。璲，玉佩。
㉙漢，雲漢、銀河。
㉚監，通「鑑」，鏡子。
㉛跂，通「歧」，分歧。形容織女星座三星鼎立。
㉜七襄，是說織女星從早到晚七次移動位置。

六

雖則七襄，
不成報章。㉝
睆彼牽牛，㉞
不可以服箱。㉟
東有啟明，㊱
西有長庚。㊲
有捄天畢，㊳
載施之行。㊴

七

維南有箕，㊵
不可以簸揚。
維北有斗，㊶
不可以挹酒漿。
維南有箕，
載翕其舌。㊷
維北有斗，

雖然七次移動忙，
不能往復織成章。
明亮的那牽牛星，
不能用它駕車箱。
東有晨星叫啟明，
西有夜星叫長庚。
彎長的那天畢星，
還張網在星空上。

南方有星像簸箕，
不能用來簸米糠。
北方有星像北斗，
不能用來舀酒漿。
南方有星像簸箕，
就像收斂它舌頭。
北方有星像北斗，

㉝ 報，反復，指緯線的往來。章，布帛上的紋路。

㉞ 睆，音「緩」，明亮。牽牛，星座名。

㉟ 服，事、駕。箱，車箱。

㊱ 啟明，星座名，即金星。早晨出現在東方。

㊲ 長庚，星座名。晚上出現在西方。與啟明星實為一星。

㊳ 有捄，捄捄。見前。天畢，畢星，八星排列，形狀像田獵。

㊴ 載，則。施，斜掛。行，音「杭」，行列、星空。

㊵ 箕，星座名。已見〈巷伯〉篇。狀似簸箕。

㊶ 斗，星座名，即斗宿。狀似舀酒用斗杓。在箕星之北，故稱南箕北斗。

㊷ 翕，音「細」，合、收斂。

西柄之揭。㊸

向西斗柄張著口。

㊸西柄，朝西的斗柄。揭，高舉。

【新繹】

〈大東〉一詩的主題，據〈毛詩序〉說，是：「刺亂也。東國困於役而傷於財，譚大夫作是詩以告病焉。」《鄭箋》補注：「譚國在東，故其大夫尤苦征役之事也。魯莊公十年齊師滅譚。」譚國遺址，據《城子崖發掘報告》，在今山東濟南附近，對西周京師而言，當然是東國。東國有遠有近，有大有小，譚國屬於遠的大的東方諸侯國之一，所以稱之為大東。魯莊公十年，即周莊公十三年（公元前六八四年），譚國為齊國所滅，因此這篇作品當著成於是年之前，換句話說，當著成於西周晚期，極可能是幽王之時。

西周初年，周公輔佐成王，殺管叔，放蔡叔，平定了三監及殷商後裔武庚之亂。遷殷遺民，經營東都洛邑。後來周公、召公分陝而治，周公所管轄者即陝以東地區。除了分封魯、齊、衛、燕等姬姓大國之外，為了加強控制，周朝還從鎬京開闢了一條通往東方諸侯各國的大道，即所謂「周道」或「周行」。東西往來的使者，出征行役的士卒，就常奔波在這條周王公路上。西周晚期，民生疾苦，東國困於役而傷於財的情況，一定更為嚴重。譚國大夫詩中所說的行役之苦，也就從此起筆。

詩共七章，每章八句。第一章先寫食，藉昔日飲食的豐盛，來暗示今日生活的困苦。今日行役在周道之上，對今昔之異，深有感觸。此即「困於役」。第二章寫衣，前四句以杼軸其空、葛

大東總星之圖

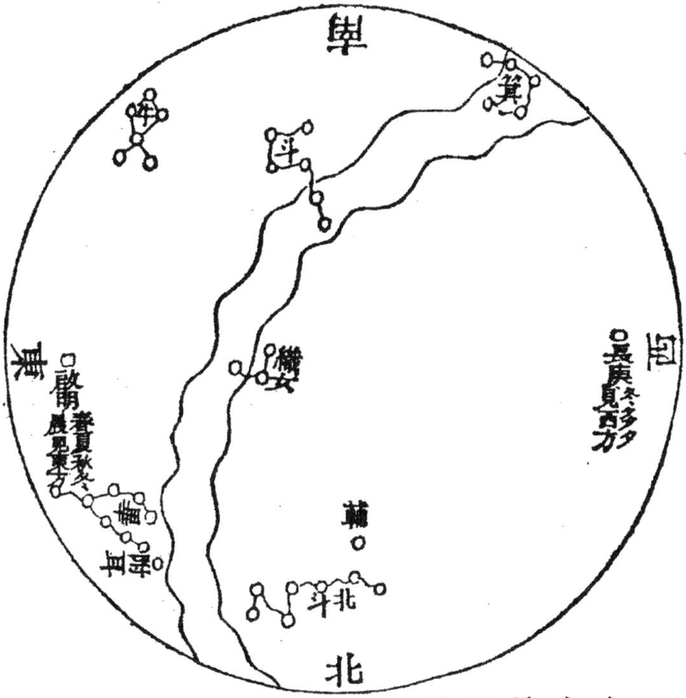

朱子曰漢天河也織女星名在漢旁牽牛星名啟明長庚皆金星也以其先日而出故謂之啟明以其後日而入故謂之長庚天畢畢星也箕斗二星以夏秋之閒見於南方云北斗者以其在箕之北也或曰北斗常見不隱者也南斗柄固指西若北斗而西柄則亦秋時也

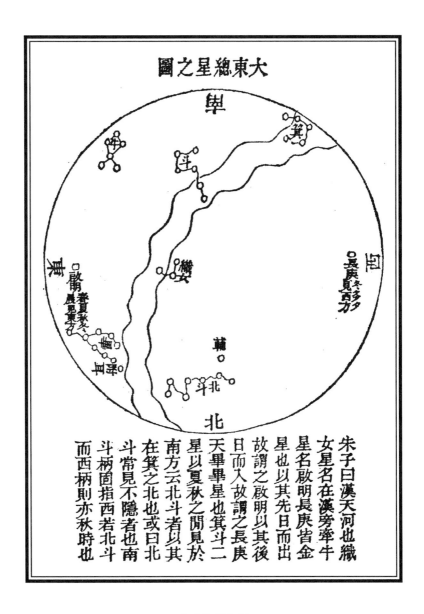

鞋履霜為喻，寫東方諸侯各國生活的困窮，再以周道之上，行役之人與佻佻公子作比，言貧富之懸殊。此即「傷於財」。第三章以所砍柴薪不可水浸為喻，直寫東國之人勞役之苦。嚴粲《詩緝》詮釋得好：「獲薪以供爨，必曝而乾之，然後可用。若浸之寒冽之泉，則濕腐而不可爨矣。喻民當撫恤之，然後可用，若困之以暴虐之政，則勞悴而不能勝矣。」第四章承上章而言，東人之子弟當苦差而不見慰問，再以西周京師之子弟作一對照。一勞苦，一逸樂，足見東西之差異。「舟人之子」與「私人之子」皆屬「西人之子」，一指王室貴族，一指平民百姓，他們或衣冠楚楚，或僚屬試用，自與東人勞苦之子大大不同。此傷社會之不公。第五章是一大轉折，前四句承上，後四句啟下。前四句怨西人之子生活逸樂，猶不知足，後四句藉河漢以喻西周王室，蓋東國之視京師，猶下土之視霄漢。先寫織女之勞苦，以承上文之「杼柚其空」，並啟下文之星象。第六章運用想像，歷數織女、牽牛、啟明、長庚以及天畢之星，皆徒有虛名而不適於用。織女織布不成，牽牛拉車無力，啟明長庚朝夕不明，天畢張網亦徒勞無功。全係問天、責天之詞。第七章更是騁放想像，重複問天、責天，猶如上文其他詩篇所說的「昊天不傭」、「昊天不惠」，只是這裡明列星象以問之責之而已。這一章全以箕斗二星為喻，說明東國之人對西周王朝的怨怒。王先謙《詩三家義集疏》結論下得好：「下四句與上四句雖同言箕斗，自分兩義。上刺虛位，下刺斂民也。」歐陽修《詩本義》也說：「箕斗非徒不可用而已，箕張其舌，反若有所噬；斗西其柄，反若有所挹取于東。」旨哉斯言！

四月

一

四月維夏，
六月徂暑。❶
先祖匪人，❷
胡寧忍予？❸

二

秋日淒淒，
百卉俱腓。❹
亂離瘼矣，❺
爰其適歸？❻

三

冬日烈烈，❼
飄風發發。

【直譯】

四月已經是夏季，
六月更是炎熱天。
祖先難道不仁慈，
為何忍心我受難？

秋天到了風淒淒，
所有草木都枯萎。
喪亂離散人病了，
何時適合我回歸？

冬天到了風凜冽，
暴風刮得真急切。

【注釋】

❶徂，往、至。一說：通「且」，將。
❷匪，非、不。人，同「仁」。匪人，即並非他人之意。一說：不是人。怨懟之辭。
❸胡，何、為何。寧，竟、寧可。
❹卉，草。腓，「痱」的借字，音「肥」，枯萎。
❺瘼，音「莫」，病苦。
❻爰，何、何處、何時。適，往。
❼烈烈，寒氣凜冽。以下三句，已見〈蓼莪〉篇。

民莫不穀，
我獨何害？

四

山有嘉卉，
侯栗侯梅。❽
廢為殘賊，❾
莫知其尤。❿

五

相彼泉水，⓫
載清載濁。⓬
我日構禍，⓭
曷云能穀？⓮

六

滔滔江漢，⓯
南國之紀。⓰

人們無不生活好，
為何只有我受累？

山上生有好草木，
有栗樹還有梅樹。
荒廢被摧殘折墮，
沒人知道他罪過。

看看那泉水流動，
有時清來有時濁。
我天天遭受災禍，
怎說能過好生活？

滔滔的長江漢水，
南方河川的主流。

❽侯，維、是。
❾廢，荒廢。一說：同「忕」，音「誓」，習慣。
❿尤，罪過。
⓫相，音「向」，看。
⓬載，又、且。
⓭構，「遘」的借字，遇。
⓮曷，何、何時。穀，善。
⓯江漢，長江和漢水。
⓰南國，南土，泛指南方。紀，綱紀、主流。

·梅·

盡瘁以仕，⑰
寧莫我有？⑱

鞠躬盡瘁來做事，
竟然沒人友善我？

七
匪鶉匪鳶，⑲
翰飛戾天。⑳
匪鱣匪鮪，㉑
潛逃于淵。

不是雄鵰不是鷹，
展翅高飛到雲天。
不是鰉魚不是鱘，
潛逃可以到深淵。

八
山有蕨薇，㉒
隰有杞桋。㉓
君子作歌，
維以告哀。

山上有蕨菜薇菜，
低地有杞樹桋樹。
君子寫了這首詩，
只為傾訴心中事。

⑰ 是說盡心盡力來做事。
⑱「寧莫友我」的倒裝句。寧，竟。有，通「友」。
⑲ 匪，非。下同。鶉，音「團」，鵰。鳶，音「淵」，鷂鷹。
⑳ 翰飛，高飛。戾，至。已見前。
㉑ 鱣，音「沾」，鰉魚。鮪，音「偉」，鱘魚。
㉒ 蕨、薇，兩種野菜名。見〈召南．草蟲〉篇。
㉓ 杞，枸杞。桋，赤楝。

【新繹】

〈四月〉一篇的題旨，據〈毛詩序〉說：「〈四月〉，大夫刺幽王也。在位貪殘，下國構禍，怨亂並興焉。」王先謙《詩三家義集疏》引用《左傳．文公十三年》杜《注》及徐幹《中論．譴交》等資料，認為應是「大夫行役過時，不得歸祭」的「怨思」之作。朱熹《詩集傳》則認為是詩人「遭亂自傷」之辭。事實上〈毛詩序〉所說的「怨亂並興」，本來就可以包括「不得歸祭」的怨思和遭逢亂世的自傷，所以歷來有關此詩題旨的說法，並無多大差異。

或許朱善《詩解頤》說得最好：「或以為行役，或以為憂亂。以詩考之，由夏而秋，由秋而冬，則見其經歷之久；由西周而南國，由豐鎬而江漢，則見其跋涉之遠。此行役之證也。『先祖匪人，胡寧忍予？』則無歸咎之辭；『亂離瘼矣，爰其適歸？』則無所逃避之辭。此憂亂之證也。」所以他以為此詩的主題，行役與憂亂兼而有之，「蓋大夫行役而憂時之亂，懼及其禍之辭也。」

詩共八章，每章四句。前三章寫行役過時、不得歸祭的哀傷。第一章寫夏日行役，苦不堪言。「先祖匪人」二句，罵祖先非人，豈理之常？蓋人窮則呼天告親，牛運震《詩志》云：「怨得無理，正是痛極」，王夫之《詩經稗疏》云：「其云匪人者，猶非他人也。……此自我而外，不與己親者，或謂之他，或謂之人，皆疏遠不相及之詞。」都說得很恰當。詩人自言行役既久，不能按時歸祭，故不得祖先保佑。第二第三兩章，分述秋冬行役途中所見，萬物凋盡，觸景而傷情。一則反映行役之久，一則暗寓思親之苦。第三章四句與上文〈蓼莪〉篇第五章幾乎全同，蓋思及父母養育之恩，「欲報之德，昊天罔極！」有呼天而自訴之意。第四章以下皆託物寄興，極寫憂亂懼禍之情。第四章寫山上嘉木為人殘賊，第五章寫清泉遇污則濁，以喻自己日日擔心受災遭禍。第六章忽舉南國江漢，應是強調行役路途之遠。路途雖遠，猶忠於王事，然而仍未親信於人，則其憂怨也可知。第七章以鳥飛魚躍，反興自己或無逃難之所。第八章以蕨薇杞桋等略含苦味的藥用植物起興，自述作詩告哀之由。孫月峰《批評詩經》說此詩「意新語險」，又評云：「造語入細，態不濃而淒然有致。」可稱允當。

・鶉・

・鳶・

・蕨・
・薇・

北山

一

陟彼北山，❶
言采其杞。
偕偕士子，❷
朝夕從事。
王事靡盬，❸
憂我父母。

二

溥天之下，❹
莫非王土。
率土之濱，❺
莫非王臣。
大夫不均，❻
我從事獨賢。❼

【直譯】

登上了那座北山，
我採那裡的枸杞。
身強力壯青年人，
從早到晚忙差事。
君王差事無窮盡，
憂慮我的父母親。

普天之下的土地，
沒有不是王領土。
沿著領土到海濱，
沒有不是王臣民。
大夫勞逸不平均，
我做的事最艱辛。

【注釋】

❶ 陟，音「至」，登、爬上。
❷ 偕偕，強壯的樣子。士子，年輕的士人。
❸ 已見〈唐風・鴇羽〉等篇。
❹ 溥，通「普」，遍。
❺ 率，循、沿。濱，水邊。四海之內的意思。
❻ 大夫，職位在卿與士之間的官員。不均，不公平。
❼ 獨賢，偏勞。

三

四牡彭彭，❽
王事傍傍。❾
嘉我未老，❿
鮮我方將。⓫
旅力方剛，⓬
經營四方。⓭

四

或燕燕居息，⓮
或盡瘁事國。⓯
或息偃在牀，⓰
或不已于行。⓱

五

或不知叫號，⓲
或慘慘劬勞。⓳
或棲遲偃仰，⓴

四匹雄馬奔跑忙，
君王差事夠緊張。
稱許我年紀未老，
誇獎我體力正強。
膂力是年輕力壯，
可以經營到四方。

有人安閒在休息，
有人勞累忙國事。
有人休息躺在牀，
有人奔波在路上。

有人不知民間苦，
有人慘淡太勞碌。
有人優遊且仰臥，

❽彭彭，是說奔跑又奔跑。
❾傍傍，是說一件又一件，處理不完。
❿嘉，稱許。
⓫鮮，讚美。將，強壯。
⓬旅，通「膂」，體力。
⓭經營，規劃處理工作。
⓮或，有人。下同。燕燕，安樂的樣子。居息，在家休息。
⓯盡瘁，盡心力而致病。見〈四月〉篇。事國，為國效力。
⓰息偃，休息、仰臥。
⓱不已，不停。行，音「杭」，道路。意思是到處奔波。
⓲是說不知民間疾苦。叫號，呼叫號哭。
⓳是說為公事辛勞不已。慘慘，慘淡。劬勞，辛勞。
⓴棲遲，棲息遊樂。偃仰，仰臥休息。

或王事鞅掌。㉑ 有人王事鞅在手。

六

或湛樂飲酒，㉒ 有人耽樂於飲酒，
或慘慘畏咎。㉓ 有人慘淡怕惹禍。
或出入風議，㉔ 有人出入發高論，
或靡事不為。㉕ 有人無事不幹活。

㉑鞅掌，鞅不離手。鞅，馬韁。表示終日不離鞍馬。一說：無暇整理儀容。
㉒湛，同「耽」，沉溺。
㉓畏咎，怕犯錯誤。
㉔風議，放言高論。
㉕靡事不為，無事不作。

【新繹】

〈毛詩序〉：「〈北山〉，大夫刺幽王也。役使不均，己勞於從事，而不得養其父母焉。」此一題解，或取自《孟子．萬章上》的「勞於王事而不得養父母」之說，漢代經師和唐宋疏傳並無異議。朱熹《詩集傳》也說它是「大夫行役而作」。在中國古人觀念裡，奉養父母是天大地大的孝道，誰也不敢質疑，這首詩有云：「王事靡盬，憂我父母。」意思是說忠孝不能兩全，就因為勞於王事，因此不能奉侍父母。不得奉侍父母是「果」，勞於王事是「因」，然而這首詩寫作的重點卻明明在「因」上頭，也因此清代以後，開始有人對舊說起了疑問。像姚際恆的《詩經通論》，就認為詩中有「偕偕士子」和「大夫不均」等明文，足以證明「此為士者所作，以怨大夫也。」是士對大夫所作的不平之鳴。

這種說法，符合清末民初的新思潮，所以日漸風行，幾乎被現代研究者所接納肯定。還有學者從古代統治階級中，王臣公，公臣大夫，大夫臣士，一層奴役一層的上下關係和宗法制度，來探討這首詩的時代背景，並且確定它所描寫的是士與大夫勞逸不均的對立與矛盾。

筆者向來「不薄今人愛古人」，覺得舊說新說都說得通，兼容並收可矣。在古代統治階級中，士是基層，為大夫做事，對他負責，而大夫是為王公服務的，對政事才有建議和執行的權力。因此士對事情有何不滿，可以反映給大夫，大夫再反映給王公上層。也因此，這首詩反映「役使不均」、「己勞於從事而不得養其父母」，說作者是士或是大夫，說當時大夫藉此「刺幽王」，我不知道有什麼不可以。

詩共六章，前三章每章六句，後三章每章四句。前三章一組，第一章以北山採杞起興，以「偕偕士子」二句，自表身分，言勞於從事。士，猶今言知識分子，士子則指基層知識青年。「朝夕從事」，見其勞苦。第二章說同居王土，同屬王臣，然大夫勞逸不均，而我所從事者，獨為賢勞。古人不知世界之大，以為四海之內皆是王土，甚至領土之外的海濱，都有歸屬的臣民，所以才有「溥天之下」氣象萬千那四句。第三章呼應上章末句「我從事獨賢」，言其所以「獨賢」之故。「四牡彭彭」二句，見其從事之勞。「嘉我未老」四句，見其「獨賢」，並呼應首章之「偕偕士子」二句。後三章一組，可合為一章，但歷來以協韻分為三章。連下十二個「或」字，以勞逸、苦樂、勤惰兩兩對比，說明「大夫不均」之事實，這是一大奇筆。沈德潛《說詩晬語》即云：「〈鴟鴞〉詩連下十『予』字，〈蓼莪〉詩連下九『我』字，〈北山〉詩連下十二『或』字。情至，不覺音之繁、辭之複也。」說得很有道理。

無將大車

一

無將大車，❶
祇自塵兮。❷
無思百憂，❸
祇自疷兮。❹

二

無將大車，
維塵冥冥。❺
無思百憂，
不出于熲。❻

三

無將大車，
維塵雝兮。❼

【直譯】

不要推動大車子，
只會自惹塵土喲。
莫想一切煩心事，
只會自尋痛苦喲。

不要推動大車子，
只惹塵土灰濛濛。
莫想一切煩心事，
不會走出見光明。

不要推動大車子，
只惹塵土遮蔽喲，

【注釋】

❶ 將，扶持、推動。大車，牛拉的車，用來載貨物。
❷ 祇，只是。自塵，自己招惹塵土。
❸ 百，虛指，言其多。
❹ 疷，音「奇」，病、苦惱。
❺ 冥冥，昏暗蔽日的意思。
❻ 熲，同「炯」，光明。
❼ 雝，通「壅」，遮蔽。

無思百憂，　　莫想一切煩心事，
祇自重兮。❽　　只會自加壓力喲。

❽ 重，累、加。

【新繹】

〈毛詩序〉：「〈無將大車〉，大夫悔將小人也。」將，即扶將、扶持之意。《鄭箋》補充說：「周大夫悔將小人。幽王之時，小人眾多，賢者與之從事，反見譖害，自悔與小人并。」〈毛詩序〉只說是大夫後悔幫助扶持了小人，《鄭箋》則不但補充說發生在周幽王之時，而且還說是賢者與小人共事，雖然常給幫助，卻反被譖害，所以自己後悔了。《孔疏》又進一步引申解釋，說詩人乃以此「興後之君子無得扶進此小人，適得憂累於己」，又說：「時政昏昧，朝多小人，亦所以刺王也」。這是漢、唐古文學派經師的看法。今文學派三家詩經師的看法也差不多。《韓詩外傳》卷七記趙簡子之語：「今子之所樹，非其人也。」並引此詩為證；齊詩《易林．井之大有》云：「大輿多塵，小人傷賢。皇父司徒，使君失家。」亦引此詩為證。提到的皇父，即幽王時人，已見〈十月之交〉篇。《荀子．大略篇》說得更清楚：「君人者，不可以不慎取臣；匹夫者，不可以不慎取友。……《詩》曰：『無將大車，維塵冥冥』，言無與小人處也」。

這些古代經師，以經世致用的觀點來解釋詩篇，自有其一套運用比興設喻的手法，不是講不通的。例如此詩，就可以解釋為：詩人勸人在亂世時，不必考慮太多，自尋煩惱，不怨天不尤人可矣。否則就像幫人推挽大車，車行塵起，灰灰濛濛，昏暗不明，不但會使自己沾惹塵土，而且會遮蔽視線，傷害身體。意思是不隨便幫人推挽大車，就不會吃這苦頭；由此設喻說明在位者不必考慮太多，動輒說要為國舉才等等。萬一所用非人，所舉不賢，反而會使自己擔憂受累。

不過時代改變，觀念也改變了。從宋代開始，經學家喜歡據詩直尋本意，像朱熹在《詩序辨說》中既斥〈詩序〉誤興為比，又在《詩集傳》中說：「此亦行役勞苦而憂思者之作」。朱熹的說法，後來研究者持論各有異同。尤其是清代以來的學者，更是眾說紛紜。有人說此乃詩人感時傷亂、自遣無聊之詞，有人說此詩作者非大夫，而為勞者直賦其事。例如陳子展《詩經直解》就說此詩「風格絕類〈國風〉，蓋采自西周民風，是由國史、太師，采入樂章而列在〈小雅〉。」他後來在《詩三百解題》中更直接說：「這詩大車不必是〈王風．大車〉那樣的車；推挽大車的人不必是為自己從事生產勞動，而是正在當差受苦。這詩是賦體，不是比體，也不是興體。」說來說去，真的是「詩無達詁」。

詩共三章，各章內容大抵相同。每章中雖然只換幾個字，卻都很有層層遞進的特色。同樣寫車行塵起，第一章用「塵」，只寫灰塵揚起；第二章的「冥冥」，則寫沙塵瀰漫，天色昏沉；第三章的「雝」，更寫塵土蔽空，遮住視線，一層比一層加濃。同樣寫憂能傷人，第一章的「疧」，只說心中憂苦，第二章的「熲」，馬瑞辰說其音義同「耿」，令人想到「耿耿不寐」的詩句，極言心中的戒懼不安，筆者以為熲同「炯」，意思是「不出于熲」，走不出塵土冥濛，無法見到光明；第三章的「重」，有人釋為「腫」，說是足腫，筆者以為重即加重之意，猶今言增加壓力。簡言之，是詩人運用比興的手法和重章疊句的形式，表現了簡單而高明的寫作藝術。

小明

一

明明上天，
照臨下土。❶
我征徂西，❷
至于艽野。❸
二月初吉，❹
載離寒暑。❺
心之憂矣，
其毒大苦。❻
念彼共人，❼
涕零如雨。❽
豈不懷歸，
畏此罪罟。❾

【直譯】

日月光明的上蒼，
光芒俯照大地上。
我行役一路向西，
到了荒涼的地方。
二月上旬的吉日，
已經經歷寒與暑。
內心這樣憂傷呀，
它中毒熱太痛苦。
想起那溫恭的人，
眼淚掉落如下雨。
難道不想回家鄉，
只怕這會觸法網。

【注釋】

❶下土，大地、人間。
❷征，遠行。徂，往。西，指鎬京之西。
❸艽，音「求」，荒遠的地方。一說：艽通「鬼」，指鬼方。
❹二月，周曆二月，等於夏曆十二月。初吉，上旬的吉日。
❺載，則。離，遭、歷。寒暑，一寒一暑，猶言一年。
❻大，同「太」。
❼共，同「恭」。共人，溫恭的人。詩人指其妻。
❽涕零，淚落。
❾罪罟，法網。

二

昔我往矣，
日月方除。❿
曷云其還？⓫
歲聿云莫。⓬
念我獨兮，
我事孔庶。⓭
心之憂矣，
憚我不暇。⓮
念彼共人，
睠睠懷顧。⓯
豈不懷歸，
畏此譴怒。⓰

以前我剛出發時，
日新月異歲將除。
什麼時候可回來？
一年將盡是歲暮。
想我獨自一人啊，
我的事務太繁重。
內心這樣憂傷呀，
怕我操勞不得空。
想念那溫恭的人，
眷眷懷念頻回顧。
難道不想回家鄉，
怕這遭譴責怒斥。

三

昔我往矣，
日月方奧。⓱
曷云其還？

從前我剛出發時，
季節變換正暖和。
什麼時候將回來？

❿ 方除，是說舊歲方去，新年正來。
⓫ 曷，何時。其還，將要回家。
⓬ 莫，同「暮」。歲暮，年終。
⓭ 孔庶，很多。
⓮ 憚，通「癉」，音「旦」，勞苦。
⓯ 睠睠，眷戀回顧的樣子。
⓰ 譴怒，譴責惱怒。
⓱ 奧，「燠」的借字，暖和。

政事愈蹙。18
歲聿云莫，
采蕭穫菽。19
心之憂矣，
自詒伊戚。20
念彼共人，
興言出宿。21
豈不懷歸，
畏此反覆。22

四

嗟爾君子，
無恒安處。23
靖共爾位，24
正直是與。25
神之聽之，
式穀以女。26

政事愈來愈急迫。
一年將盡是歲暮，
是採蒿收豆時候。
內心這樣憂傷呀，
自己招惹這憂愁。
想念那溫恭的人，
起身出房到外頭。
難道不想回家鄉，
怕這翻覆成罪過。

感嘆你君子人物，
不要常安閒自處。
應當謹守你職責，
正直的人來相助。
神明這樣聽到了，
會賞賜給你福祿。

18 蹙，急迫。
19 蕭，艾蒿。穫，作動詞用。菽，豆。
20 詒，通「貽」，留下。伊，此。戚，憂傷。
21 興，起床。出宿，走出臥房。
22 反覆，前後不一，指不測之禍。
23 恒，常。
24 靖，專注。共，恭、謹守。位，職位。
25 與，相助、親近。
26 穀，福。以，通「與」，給予。女，汝、您。

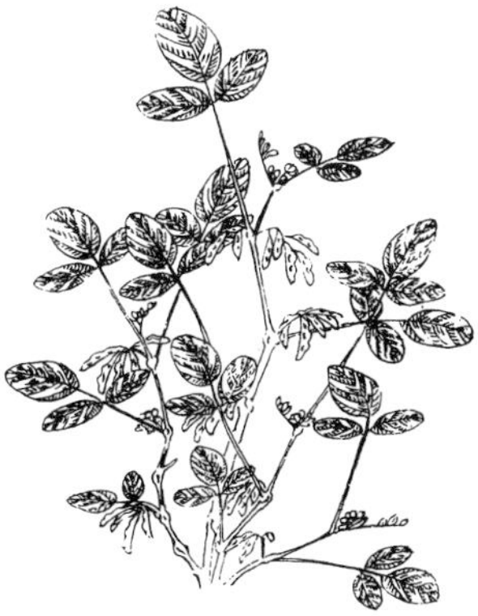
·菽·

五

嗟爾君子，
無恒安息。
靖共爾位，
好是正直。㉗
神之聽之，
介爾景福。㉘

感嘆你君子人物，
不要常安居休息。
應當遵守你職責，
喜愛這些正直者。
神明這樣聽到了，
會給你大大福澤。

㉗ 好，讀去聲，愛好。
㉘ 介，丐、求得。景福，大福。

【新繹】

〈毛詩序〉：「〈小明〉，大夫悔仕於亂世也。」詩中寫遠戍之人，遭逢亂世，只能祈望君子慎守職位，親近正直的人。《鄭箋》說詩中「君子」即指在上位之幽王而言。篇名何以題為〈小明〉？《鄭箋》說是因為「幽王日小其明，損其政事，以至於亂。」宋代如蘇轍《詩集傳》則認為是為了與〈大雅〉的〈大明〉篇有所區別，故名小。

詩共五章，前三章每章十二句，後二章每章六句。前三章一組，每章的前八句都是自述行役之苦及心頭之憂，後四句則反復以「念彼共人」言其對法網之懼。「共人」其意為何，歷來說法不一，頗有歧異。「共」同「恭」，大家都有共識，但恭謹、溫順之人，究竟是指當時隱居不仕之賢者，或詩人之僚友，或古代之勞臣賢人，或在家鄉之家人妻子，則宋代以後的學者，各有不同的意見。

筆者以為「念彼共人」必與上文前八句所述行役之苦有關。漢代桓寬《鹽鐵論・執務篇》曾云：「古者行役不逾時，春行秋返，秋行春來。寒暑未變，衣服不易，固已還矣。」又說：「今則徭役極遠，盡寒苦之地，危難之處」，往往逾時不歸，因而「一人行而鄉曲恨，一人死而萬人悲」。這些話可以用來解釋此詩，幫助我們解答問題。詩人言其當初離家出發之時，第一章說是「二月初吉」，第二章說是「歲聿云莫」，第三章在「歲聿云莫」之外，還加上「采蕭穫菽」一句。採食香蒿、收穫大豆的季節，更是歲暮的強調。這三章所寫，正是說明日居月諸，寒暑來往，行人久役於外，逾期未歸，轉眼又已一年。因此「念彼共人」，上承「曷云其還」，下啟「豈不懷歸」，描述的應是懷鄉思親之情。也因此詩人所想念的「共人」，應指家人妻子。屈翼鵬師的《詩經詮釋》就是如此主張的。

後二章是正面諷勉君子之詞。《鄭箋》以為君子指幽王，所以此使於邊遠之詩人，牧伯之大夫，在苦於勞役、欲安處而不可得、懷歸而不可得之餘，不禁起而嗟嘆在位之君子，宜居安而思危，舉用正直之士，如此自可安邦定國，得神保佑。有人棄舊說而求新解，說此「君子」即上文之「共人」，委曲穿鑿，似不可取。

鼓鐘

一

鼓鐘將將，❶
淮水湯湯。❷
憂心且傷。
淑人君子，
懷允不忘。❸

二

鼓鐘喈喈，❹
淮水湝湝。❺
憂心且悲。
淑人君子，
其德不回。❻

【直譯】

敲打鐘來聲鏘鏘，
淮河流水浩蕩蕩。
憂悶心情真悲傷。
想起那善人君子，
懷念誠然不能忘。

敲打鐘來聲喈喈，
淮河流水不停歇。
憂悶心情又傷悲。
想起那善人君子，
他的德行不僻邪。

【注釋】

❶ 鼓，作動詞用，敲。將將，同「鏘鏘」，鐘聲。
❷ 湯湯（音「商」），水勢浩蕩的樣子。
❸ 允，誠、誠實。
❹ 喈喈，鐘聲。
❺ 湝湝，水流聲。同「湯湯」。
❻ 回，邪曲。

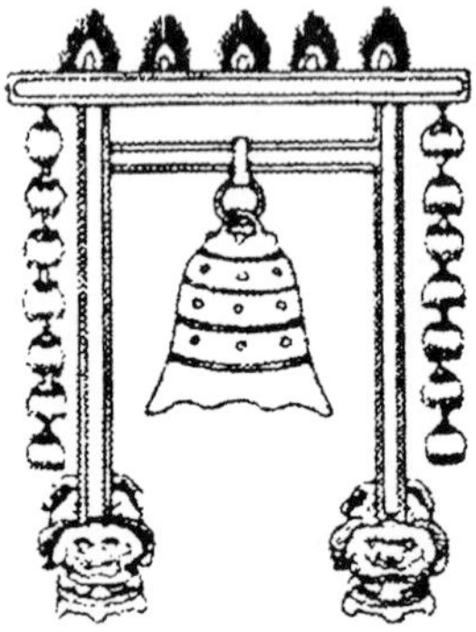

・鐘・

三

鼓鐘伐鼛，❼　敲打鐘來擂大鼓，
淮有三洲。❽　淮河中有三沙洲。
憂心且妯。❾　憂悶心情更難受。
淑人君子，　想起那善人君子，
其德不猶。❿　他的德行沒差錯。

四

鼓鐘欽欽，⓫　敲打鐘來聲欽欽，
鼓瑟鼓琴。　又鼓瑟來又彈琴。
笙磬同音。⓬　吹笙擊磬齊和鳴。
以雅以南，⓭　奏著雅樂和南樂，
以籥不僭。⓮　奏著籥樂不紛紜。

❼ 伐，敲、擊。鼛，音「高」，大鼓。
❽ 三洲，相傳淮河原有三個水中陸地，今已不可考。
❾ 妯，音「抽」，哀悼。
❿ 猶，通「瘉」，病、過錯。
⓫ 欽欽，鐘聲。
⓬ 同音，音調諧和。琴瑟在堂上演奏，笙磬在堂下演奏。
⓭ 以，為、奏。雅、南，兩種樂器名。雅是正樂，南是南方樂調。
⓮ 籥，音「月」，樂器名，狀似排簫。僭，亂。

【新繹】

〈鼓鐘〉一詩的主題，〈毛詩序〉只有「刺幽王也」一句話，別無他語。《毛傳》說：「幽王用樂，不與德比，會諸侯於淮上，鼓其淫樂以示諸侯，賢者為之憂傷。」是說周幽王會諸侯於淮上，用樂不當，故賢者為之憂傷。《鄭箋》也說：「為之憂傷者，嘉樂不野合，犧象不出門，今乃於淮水之上，作先王之樂，失禮尤甚。古者善人君子，其用禮樂各得其宜，至信不可忘。」也說幽王演奏先王之樂於淮水之上，是有失古禮的行為。「嘉樂不野合」二語，見《左傳．定公十年》。古人以為作樂而非其所，好之太過亦失禮，故謂之淫樂。《毛傳》說的「鼓其淫樂以示諸侯」，就是這個意思。《鄭箋》說的「今乃於淮水之上，作先王之樂」，也是這個意思。後來有人誤解其意，以為《毛傳》、《鄭箋》一稱「淫樂」，一稱「先王之樂」，互相矛盾，因而浪費了不少筆墨來討論此事。

其實，要討論的應該是下列兩個重點：一是周幽王有沒有會諸侯於淮上這個史實，一是周幽王為何作先王之樂於淮水之上。

關於前者，有人（像歐陽修）以為幽王無東巡之事，有人（像汪梧鳳《詩學女為》）則根據《左傳》「楚靈會於申」等資料，證明周幽王十年春「有事於東方，自太室而申而淮，自春而秋而冬，從流忘返。始則淮水湯湯，既而湝湝，終而水落洲見。詩人因鼓鐘之聲，思淑人之德，為婉言以諷之，冀其早自修省，而王卒不悟也。明年犬戎難作，而西周果亡矣。」有人（像王先謙《詩三家義集疏》）否定了上述說法，根據漢代今文學韓、齊遺說，認為此詩係周昭王南巡，由淮水入漢水時所作。陳子展《詩三百解題》以為「古今文家兩說，皆有所受，比較可信。兩說誰是？或者他說為是？有待於將來學者論定。」筆者觀點亦然。或許朱熹《詩集傳》所說的：「此詩之義未詳」，是到目前為止，最簡便的一個結論。至於後者「幽王曷為作先王之樂於淮水之上」，是《孔疏》提出來的問題，迄今亦尚無定論，讀者也只能像前人一樣按經文求索其解了。

詩共四章，每章五句。全篇重章疊句，寫詩人在淮水邊上聽到鐘鼓琴瑟之聲，那是帝王的宗廟之樂，因而想起古代的善人君子，感到傷悲。前三章每章前二句借物起興，耳之所聞，由「鼓鐘將將」而「鼓鐘喈喈」而「鼓鐘伐鼛」，鐘鼓之聲由小而大；眼之所見，由「淮水湯湯」而「淮水湝湝」而「淮有三洲」，淮水之景由遠而近。第三句寫觸景傷情，憂心由「傷」而「悲」而「妯」，層層加深，引起下文，是關鍵句。後二句承應上文，說想起古代的禮樂制度，想起古代的善人君子，覺得古道陵夷，不禁悲從中來。

為什麼聽到這些淮水邊上的鐘鼓之聲，就會發思古之幽情呢？答案是：因為按照古代的禮樂制度，帝王的宗廟之樂，是不可以隨便在外地舉行的，如果那樣，就是失禮的淫樂了，那是古代制禮作樂的善人君子所不允許的。所以詩人一旦在淮上聽到了這些古樂雜以南音，不由傷悲作詩以刺之。從何知道淮上所奏者，原是宗廟之樂呢？關鍵就在第四章。第四章寫鐘鼓並奏，琴瑟和鳴，笙磬同音，這些都是諸侯以上才能演奏的音樂。雅是中原正音，南是南國之樂，籥更是歌舞合演時的一種樂器。它們一起演奏，又能夠「不僭」不亂，意思也就是不越禮，這真的是多麼難得！所謂「此曲只應天上有，人間那得幾回聞」！只可惜「今乃於淮水之上，作先王之樂」，因而詩人不免要感慨係之了。

楚茨

一

楚楚者茨，❶
言抽其棘。❷
自昔何為？
我蓺黍稷。❸
我黍與與，❹
我稷翼翼。❺
我倉既盈，
我庾維億。❻
以為酒食，
以享以祀；❼
以妥以侑，❽
以介景福。❾

【直譯】

密叢叢的是蒺藜，
我來拔除那棘刺。
從古以來何為此？
我來種植黍與稷。
我種的黍很繁茂，
我種的稷很整齊。
我的穀倉已堆滿，
我的露倉更充溢。
拿來做成酒和飯，
用來獻神和祭祀；
請尸安坐和勸酒，
用來求得大福氣。

【注釋】

❶楚楚，茂盛叢生的樣子。茨，音「慈」，蒺藜。

❷抽，除去。棘，刺。

❸我，詩人自稱。指周王。

❹與與，茂盛的樣子。

❺翼翼，整齊的樣子。

❻庾，露天的糧倉。維，是。億，極言其多。

❼享，獻祭。

❽妥，安坐。侑，佐尸行禮。古代祭祖，以尸代神。尸是代替受祭者的活人。妥、侑，是祭祖時迎尸的兩個儀節。

❾介，匄（丐）、祈求。景福，大福祿。已見〈小明〉篇。

二

濟濟蹌蹌，⑩
絜爾牛羊，⑪
以往烝嘗。⑫
或剝或亨，⑬
或肆或將。⑭
祝祭于祊，⑮
祀事孔明。⑯
先祖是皇，⑰
神保是饗。⑱
孝孫有慶，⑲
報以介福，⑳
萬壽無疆。

三

執爨踖踖，㉑
為俎孔碩，㉒
或燔或炙。㉓

助祭者威儀堂堂，
潔淨你們的牛羊，
牽來冬秋祭祖先。
有的宰割有的烹，
有的陳列有的捧。
太祝祭在廟門內，
祭祀禮節很周全。
祖先光臨廟門旁，
神尸靈保來受饗。
主祭孝孫有喜慶，
酬報給以大福祥，
千秋萬歲無限量。

掌廚舉止很穩妥，
盛肉禮器大又多，
有燒肉也有烤肉。

⑩濟濟，恭敬端莊的樣子。蹌蹌（音「槍」），步調有節奏的樣子。

⑪絜，同「潔」，洗乾淨。牛羊，指祭祀用的祭品。

⑫烝，冬祭。嘗，秋祭。

⑬剝，宰割。亨，同「烹」，烹煮。

⑭肆，陳列、擺設。將，捧入、端進。

⑮祝，太祝，祭祀時向神禱告的司儀。祊，音「崩」，宗廟門內設祭的地方。

⑯孔明，非常清楚完備。孔，大、非常。

⑰是，此，指祊。皇，通「徨」，前往。

⑱神保，一稱靈保，即尸，祭祀時代替鬼神受祭。饗，進食。

⑲孝孫，主祭的周王，亦稱曾孫。有慶，有福。以下二句，是祝為尸致福於祭主之辭。

⑳介福，大福。指所祈求之事。

君婦莫莫，㉔
為豆孔庶，㉕
為賓為客。
獻醻交錯，㉖
禮儀卒度，㉗
笑語卒獲。㉘
神保是格，㉙
報以介福，
萬壽攸酢。㉚

四

我孔熯矣，㉛
式禮莫愆。㉜
工祝致告：㉝
徂賚孝孫。㉞
苾芬孝祀，㉟
神嗜飲食。
卜爾百福，㊱

君王主婦很敬肅，
盛肉高盤多難數，
招待賓尸和賓客。
敬酒勸酒杯交錯，
禮儀都合乎法度，
笑談都恰到好處。
神尸靈保已來到，
回報給以大福氣，
萬年長壽是酬報。

我非常恭謹致祭，
遵守禮儀沒差失。
太祝致辭告神靈：
去賜福主祭孝孫。
品味芬芳受祭祀，
神靈愛吃這飲食。
賜給你百樣幸福，

㉑ 執爨，進行廚房之事。爨，起火煮飯。踖踖（音「及」），敏捷的樣子。
㉒ 俎，盛放牲體的禮器。孔碩，很豐盛。
㉓ 燔，音「煩」，燒肉。炙，音「至」，烤肉。
㉔ 君婦，主婦。莫莫，敬謹小心的樣子。
㉕ 豆，用來盛肉羹的木製或陶製禮器。孔庶，很多。
㉖ 獻醻，敬酒勸酒的儀節動作。
㉗ 卒度，盡合法度。
㉘ 卒獲，全得其宜。
㉙ 格，通「佫」，至。
㉚ 酢，酬報。以上二句也是太祝禱告之詞。
㉛ 熯，通「戁」，敬謹。
㉜ 式，效法。愆，差錯。
㉝ 工祝，即太祝。古稱官為工，百工即百官。

如幾如式。[37]
既齊既稷，[38]
既匡既敕。[39]
永錫爾極，[40]
時萬時億。[41]

五

禮儀既備，
鐘鼓既戒。[42]
孝孫徂位，[43]
工祝致告。[44]
神具醉止，[45]
皇尸載起。[46]
鼓鐘送尸，
神保聿歸。
諸宰君婦，[47]
廢徹不遲。[48]
諸父兄弟，[49]

恰如預期如定式。
既又齊備又迅速，
既又端正又謹飭。
永遠賜你福之最，
時以萬計或億計。

祭祀禮儀已完備，
禮成鐘鼓已響起。
孝孫前往主祭位，
太祝致辭告祭畢。
神靈完全喝醉了，
神尸也起身告退。
擊鼓敲鐘送神尸，
祖先靈保亦告歸。
所有膳夫和主婦，
撤去祭品不延遲。
同姓眾父老兄弟，

34 徂，往。賚，音「賴」，賞賜。以下九句，皆太祝向孝孫（主祭者周王）轉告神靈之詞。
35 苾芬，芳香。孝祀，享祭。
36 卜，預祝。百，言其多。
37 如幾，如期。如式，依禮。
38 齊，齊備。稷，「亟」的借字，迅速。
39 匡，端正。敕，同「飭」，謹慎。
40 錫，賜。極，至。指最大的福祚。
41 時，是。一說：常。
42 戒，告。是說鐘鼓奏樂，以告禮成。
43 徂位，走回原位。在堂下朝西站立。
44 致告，致辭宣告禮成。
45 具醉，全醉。止，語尾助詞。
46 皇尸，對尸的敬稱。
47 宰，宰夫、膳夫。一說：家臣。
48 徹，通「撤」。廢徹，撤去祭品。
49 泛指同姓親屬中的長輩和同輩。

備言燕私。❺⓪

六

樂具入奏，❺①
以綏後祿。❺②
爾殽既將，❺③
莫怨具慶。
既醉既飽，
大小稽首。❺④
神嗜飲食，
使君壽考。❺⑤
孔惠孔時，❺⑥
維其盡之。
子子孫孫，
勿替引之。❺⑦

暢言宴飲增私誼。

樂隊都入後寢奏，
來安享祭後福祿。
你的肴饌已擺齊，
沒人抱怨齊慶祝。
已經酒醉已飯飽，
少長叩頭都說好。
神靈愛好這飲食，
使你長壽活到老。
很合禮又很合時，
全是主人能盡力。
願後代子子孫孫，
不要廢止能延續。

50 燕，通「宴」。燕私，古代祭祖之後的親屬私宴。

51 樂，樂隊。具，全。入奏，是說宴會開始，樂隊全進寢廟演奏。

52 綏，安、安享。後祿，後福，指祭後剩餘的酒肉。

53 殽，通「肴」，肉。將，大、美。

54 大小，長幼親屬。稽首，叩頭。「神嗜飲食」以下六句，是向主人告辭時的頌詞。

55 壽考，長壽。

56 孔，甚、很。惠，順。時，合宜、得時。

57 勿替，不要廢止。引之，要延續它。之，指祭祀禮儀。

【新繹】

〈楚茨〉是一首既寫農事，又寫祭祀的長詩，對周王祭祀的過程，有頗為詳細的描述。有關它的題旨，漢代今古文學派並無不同，但漢、宋經師的說法卻大相逕庭。〈毛詩序〉說此詩「刺幽王也。政煩賦重，田萊多荒，饑饉降喪，民卒流亡，祭祀不饗，故君子思古焉。」這種說法，由漢至唐的經師，幾乎沒有異議，但到了宋代，卻有不少學者起而駁斥。像朱熹的《詩序辨說》和《詩集傳》，就以為此篇以至〈車舝〉等十篇，辭氣和平，看不出什麼諷刺之意，甚至認為這不是什麼「刺幽王」，而是「述公卿有田祿者，力于農事，以奉其宗廟之祭。」同時及後世的學者，對朱熹的主張，大都贊同，唯獨反對他「述公卿」之祭的看法。像胡承珙《毛詩後箋》即云：「《集傳》公卿之說，不獨初祭求神、鼓鐘送尸，非公卿所有，即如絜牛騂牡之牲、君婦諸宰之號，奏寢之樂、燕毛之禮，千倉萬箱之入、四方八蜡之祭，皆非公卿所宜有也。」意思是詩中所寫致祭者，即使不是周幽王，也還應該是別的周王，決非公卿的身分。

其實〈毛詩序〉有一句話很重要，卻往往被讀者忽略了。他說的「故君子思古焉」，意思應該就是要大家「思古」而「傷今」。詩中明寫的，是「思古」，未寫的而要讀者自行體會言外之意的，在「傷今」，亦即所謂「刺幽王」。寫作藝術上是有這種寫法。宋代以後學者，也不是沒人注意到這個問題，像陳奐《詩毛氏傳疏》就說：「詩先言民事，而及神饗獲福也。陳古以刺今。」他說的「陳古以刺今」，就是上文所謂思古而傷今。方玉潤的《詩經原始》也說：「辭氣典重，禮儀明備，非盛世明王不足以語此。故〈序〉無辭以說之，不得不創為傷今思古之論。然詩實無一語傷今，顧安得謂之思古耶？」顯然他也注意到這個問題，而且他顯然不認同這種表現方式。筆者恰恰相反，認為寫作藝術上是有這種表現方式，既然有這種表現方式，〈毛詩序〉的說法就說得通。我們不必反對他。

詩共六章，每章十二句。第一章寫祭前，從除荊棘、種黍稷說起。由力農而引入祭祀。豐收後，高粱釀成酒，小米做成飯，用來祭祖祈福。這是祭前的準備工作。第二章第三章寫秋祭（嘗）冬祭（烝）宗廟時的活動及場景，極寫祭典之盛，降福之多。第二章寫司儀太祝、祭司神保（一稱靈保）、主祭孝孫在廟前及門旁各就各位，重要的是宰割牛羊，進獻血毛之膟；第三章寫膳夫、主婦準備祭品，薦俎陳豆，並款待賓客，包括賓尸和神保。尸是代神受祭的人，接受主祭的祭告，並代表受祭者飲食講話，通常由親族中父親已死、有德有爵的人來擔任。周代禮制，擔任祭司的叫神保，擔任受祭祖先的叫皇尸。這種禮制，秦、漢以後就沒有了，改以遺像代替。第四章第五章寫受嘏、祭祀的過程。第四章承上啟下，寫祝官致告，代表神靈致辭，所謂正祭，宣告祭禮開始舉行；第五章同樣寫祝官致告，所謂繹祭，宣告祭禮已經完畢。中間寫的就是在鐘鼓聲中，主祭回歸原位、代表受祭的皇尸起身引退，以及撤去祭品的過程。第六章寫祭後，繹祭完畢後，私宴同姓親族的情形。這時候，樂隊轉到後寢演奏，同姓之親，相聚宴飲，共敘天倫之樂。大家按長幼順序就坐，這就叫作「燕毛」。

以上寫的，大致符合天子諸侯歲時祭典的禮儀。清代徐瑋文的《說詩解頤》就曾經拿此詩與《儀禮》逐章比對，說是「按之有條不紊」。朱熹《詩集傳》所謂的公卿之說，實即王應麟《困學紀聞》所指的《儀禮．少牢饋食禮》。少牢饋食之禮，是卿大夫所有，祭祀時不必像天子用太牢全牛，而只用一羊一豕；正祭前也不像天子「祝祭于祊」那樣，先在門內祭先祖；當尸出入時，更沒有鐘鼓金奏的音樂。卿大夫的祭禮，在整個典禮過程中，很少有用樂的記載。因此對照來看，這篇〈楚茨〉不可能是朱熹所說的公卿奉其宗廟之祭，而是一首周王秋冬祭祀祖先、祭後私燕同姓諸臣的詩歌。清代牛運震《詩志》說得好：「《朱傳》以此篇為公卿祭祀之詩，按篇中稱君稱君婦，大夫不得有之，稱萬壽亦非大夫所宜，既徹而燕，考少牢饋食之禮亦無此儀，則非公卿之詩明矣。毛、鄭以為王者之詩，近之。」

另外，朱熹把這首詩視為〈豳雅〉之一，說見下文〈甫田〉篇的「新繹」。茲不贅論。

信南山

一

信彼南山，❶
維禹甸之。❷
畇畇原隰，❸
曾孫田之。❹
我疆我理，❺
南東其畝。❻

二

上天同雲，❼
雨雪雰雰。❽
益之以霢霂，❾
既優既渥；❿
既霑既足，⓫
生我百穀。

【直譯】

綿長的那終南山，
是大禹治理了它。
平整的原野溼地，
是曾孫墾闢了它。
我劃田界分溝渠，
或南或東那田地。

天上密佈著彤雲，
飄落雪花亂紛紛。
更加以下了細雨，
既又充沛又濕潤；
既又沾溉又充足，
滋長我所有穀物。

【注釋】

❶信，通「伸」，綿遠不盡的樣子。信彼，信信。南山，終南山。
❷維，是。禹，夏禹。甸，定、治理、釐定。
❸畇畇（音「勻」），開闊整齊的樣子。
❹曾孫，周王對所祭祀先祖的自稱。田，作動詞用，耕種。
❺疆，井田的田界。理，田界中的溝渠。二字皆當動詞用。
❻南東，南向或東向，猶言縱橫。
❼上天，《爾雅》：「冬謂上天」，指冬季的天。同雲，雲一色。
❽雨雪，下雪。雰雰，同「紛紛」。
❾霢霂，音「麥木」，細雨。

三

疆埸翼翼，⓬
黍稷彧彧。⓭
曾孫之穡，⓮
以為酒食。
畀我尸賓，⓯
壽考萬年。

疆埸田界很整齊，
小米高粱很茂密。
曾孫收穫的農稼，
都拿來作成酒飯。
獻給我神尸賓客，
祝福長壽萬萬年。

四

中田有廬，⓰
疆埸有瓜。
是剝是菹，⓱
獻之皇祖。
曾孫壽考，
受天之祜。⓲

田地中蓋有草廬，
田界間產有瓜子。
瓜可剝開可醃漬，
祭獻它們給皇祖。
曾孫長壽活到老，
受到上天的祝福。

五

祭以清酒，

先獻上清澄的酒，

❿ 優、渥，俱言其多。
⓫ 霑，通「沾」，足，通「浞」，都是潤濕的意思。
⓬ 埸，音「易」，田界。
⓭ 彧，音義同「鬱」。彧彧，茂盛的樣子。
⓮ 穡，音「嗇」，收割穀物。
⓯ 畀，音「閉」，給予。尸，祭祀時扮作受祭神靈的活人。已見前。
⓰ 中田，田中。廬，田中的茅屋，農忙時的暫居之所。
⓱ 是，此，指瓜。剝，剖開。菹，音「租」，醃菜、酢菜。
⓲ 祜，福。

從以騂牡，⑲
享于祖考。
執其鸞刀，⑳
以啟其毛，㉑
取其血膋。㉒

隨著獻上紅公牛，
祭饗給先祖先考。
提那帶鸞鈴的刀，
用來剖開牲的毛，
取牲的血和脂膏。

六

是烝是享，㉓
苾苾芬芬，㉔
祀事孔明。
先祖是皇，
報以介福，
萬壽無疆。

這樣冬祭獻祖先，
氣味都芳芳香香，
祭祀儀節很完善。
祖先降臨真堂皇，
酬報大家大福祥，
萬年長壽無限量。

⑲ 從，隨後再獻上。騂牡，毛色赤黃的公牛。周人尚赤。
⑳ 鸞刀，柄上有鈴的刀。
㉑ 啟，剝開。毛，毛皮。
㉒ 膋，音「聊」，油脂、牛油。
㉓ 烝，進獻，是說取出牛油後，加上黍米放在香蒿上燒，使香氣上升。
㉔ 苾、芬，皆芳香之意。見〈楚茨〉篇。

【新繹】

〈毛詩序〉說：「〈信南山〉，刺幽王也。不能修成王之業，疆理天下，以奉禹功，故君子思古焉。」解題如同上篇〈楚茨〉，都以「故君子思古焉」點醒讀者，從反面思考主題。歷來學者也多將此篇與〈楚茨〉相提並論。雖然《孔疏》以前，同樣承襲〈序〉說，宋代以後，亦同樣質疑經文與題旨不合，但是就此篇「大指」與〈楚茨〉「略同」一點而言，則古今一致。姚際恆《詩經通論》就這樣說：「此篇與〈楚茨〉略同。但彼篇言烝、嘗，此獨言烝，蓋言王者烝祭歲也。《集傳》亦以為大指與〈楚茨〉相似。」換言之，上一篇〈楚茨〉說「以往烝嘗」，是敘寫周王秋祭和冬祭的詩歌。這一篇〈信南山〉說「是烝是享」，則是單詠冬祭的詩歌，尤其此篇第二章有云：「上天同雲，雨雪雰雰」，據《爾雅》說冬曰「上天」，冬天的天空才叫「上天」；據《毛傳》說「豐年之冬必有積雪」，所寫場景更與冬祭之說相吻合。

詩共六章，每章六句。第一章言疆理已修，第二章言雨雪及時，這是描寫下文豐年的先兆。第一章開頭從「信彼南山，維禹甸之」寫起，末尾言「我疆我理，南東其畝」，有人以為這與大禹治水以及井田制度有關，發了不少議論。其中有人把「疆」解為井田制度下八家同井的田，把第三章的「埸」，解作一夫百畝的田界，尚屬合理可從，但有人過甚其詞，堅持己見，因而為了下文第四章的「中田有廬」一句，爭論廬舍究竟是蓋在公田或私田之中，甚至把「廬」解釋為「蘆」，即「菔」（蘿蔔）之借字，這就有些求其甚解了。第二章寫瑞雪澤霖，有利農稼，字句多用雙聲疊韻，音韻鏗然。第三章寫黍稷之盛，第四章寫瓜菹之多，兩者實即豐收之形容。文中提及「畀我尸賓」、「獻之皇祖」，則又由農事而言及祭祀祖先之事。第五章第六章寫「犧牲奉獻」。第五章寫犧牲之美，所宰之犧牲「騂牡」，指赤色雄牛，蓋因周尚赤色之故。第六章寫祀事之盛，「是烝是享」點明冬祭，承應上文酒食等祭品。「苾苾芬芬」則形容其香氣，呼應上章之「取其血膋」。《鄭箋》說得好：「血以告殺，膋以升臭。合之黍稷，實之于蕭，合馨香也。」

這些馨香，古人以為是可以上通神明的。

其實這首詩先寫農稼，後寫祭祀，此二事正是〈二雅〉的主要題材。在宗周禮樂文明中，祭祀和飲食息息相關。這首詩從第三章起，寫周王（曾孫）的黍稷可以做成酒食，獻給代替祖先的神尸；瓜類可剝可菹，還「祭以清酒，從以騂牡」，而且親執鸞刀「以啟其毛，取其血膋」來獻祭，供尸賓享用，最後說是「是烝是享，苾苾芬芬」。這些描寫，把宗周祭祀典禮中所進用的祭品和儀式，在以「醴」（即清酒）舉行「饗禮」之後，所謂「饋食」（黍稷煮成的飯）、「薦熟」（煮熟的菜餚）、「薦血腥」（新殺未煮的牲體）、「祼鬯」（鬱金草和黑黍釀成的酒），都一一寫到了。這和〈小雅．楚茨〉的「苾芬孝祀，神嗜飲食」、〈大雅．鳧鷖〉的「爾酒既清，爾殽既馨。公尸燕飲，福祿來成」、〈周頌．豐年〉的「以洽百禮，降福孔皆」等等一樣，都以禮品的豐盛，來表示對祖先神靈的虔誠和敬重。

吳闓生《詩義會通》評此詩章法云：「首章，地利。次章，天時。三、四二章，祭前擬議之辭。五、六二章，正言祭事。最得詩恉。」言簡而意賅，足供讀者參考。

甫田

一
倬彼甫田，❶
歲取十千。❷
我取其陳，❸
食我農人。❹
自古有年。❺
今適南畝，❻
或耘或耔，❼
黍稷薿薿。❽
攸介攸止，❾
烝我髦士。❿
二
以我齊明，⓫
與我犧羊，⓬

【直譯】

廣闊的那大田地，
每年收穫糧十千。
我取那舊有存糧，
來養活我的農人。
自古以來有豐年。
如今到南畝巡視，
有人除草或培土，
黍稷都茂密結實。
於是抽閒或歇息，
接見我田官俊士。

用我禮器盛好穀，
和我純色的牛羊，

【注釋】

❶倬，音「卓」，廣濶的樣子。倬彼，倬倬。甫田，公田。
❷十千，泛指，言其多。
❸我，周王自稱。下同。陳，存糧。
❹食，通「飼」，養、拿東西給人吃。
❺有年，大有之年、豐年。
❻適，往、到。南畝，向陽的田地，泛指農田。一說：指私田。
❼耘，除草。耔，培土。
❽黍稷，小米高粱，泛指農稼。薿薿，茂盛的樣子。
❾攸，乃、於是。介、止，都是休息的意思。
❿烝，進、接見。髦士，俊士，指田畯、農官。

以社以方。⓭
我田既臧，⓮
農夫之慶。
琴瑟擊鼓，
以御田祖，⓯
以祈甘雨；
以介我稷黍，⓰
以穀我士女。⓱

三

曾孫來止，⓲
以其婦子，⓳
饁彼南畝。⓴
田畯至喜，㉑
攘其左右，㉒
嘗其旨否。㉓
禾易長畝，㉔
終善且有。㉕

來祭土地和四方。
我的農田已耕種，
這是農夫的喜事。
彈琴鼓瑟還敲鼓，
用來迎接神農祖，
用來祈求及時雨；
用來助長我稷黍，
用來養活我男女。

曾孫周王已來到，
帶領農夫的婦子，
送飯食到那南畝。
田官到了很歡喜，
先揖讓他的左右，
試試那味道好否。
禾苗成長滿田畝，
終竟美好且豐收。

⓫ 齊，音「資」，「齍」的借字。明，潔淨。指祭器中的穀物。
⓬ 犧羊，供祭祀用的羊。毛色要單純。
⓭ 以，用來。社，土地神。方，四方之神。社、方，皆作動詞用。
⓮ 臧，善。是說收成好。
⓯ 御，音義同「迓」，迎接。田祖，指神農。
⓰ 介，助、助長。
⓱ 穀，養、養活。士女，男女、臣屬。
⓲ 曾孫，周王對所祭祖靈的自稱。已見前。來止，來了。
⓳ 以，帶領。其，應指農夫。
⓴ 饁，音「葉」，送飯。
㉑ 田畯，周朝的農官。已見〈豳風．七月〉篇。
㉒ 攘，通「讓」，揖讓。
㉓ 嘗，嚐。其，指婦子送來的飯菜。旨否，好不好吃。

曾孫不怒，㉖　　曾孫不曾怒斥過，
農夫克敏。㉗　　農夫真是能幹活。

四

曾孫之稼，　　曾孫田倉的莊稼，
如茨如梁；㉘　　像茅屋頂像橋頭；
曾孫之庾，㉙　　曾孫露天的穀倉，
如坻如京。㉚　　像小土坡像高丘。
乃求千斯倉，㉛　　於是要求千千倉，
乃求萬斯箱，　　於是要求萬萬箱，
黍稷稻粱。　　滿滿的黍稷稻粱。
農夫之慶，　　這是農夫的喜慶，
報以介福，　　神靈回報以鴻福，
萬壽無疆。　　萬年長壽無止境。

㉔ 易，長大。長畝，滿田。
㉕ 終，既。且，又。既好又多的意思。
㉖ 不怒，不曾生氣。表示滿意。
㉗ 克，能。敏，勤快。
㉘ 茨，茅屋頂。梁，橋樑。一說：屋梁。
㉙ 庾，露天的糧倉。
㉚ 坻，音「池」，山坡。京，高丘。
㉛ 斯，語助詞，有「這樣」的意思。下同。

【新繹】

〈毛詩序〉：「〈甫田〉，刺幽王也。君子傷今而思古焉。」《鄭箋》解釋所刺者為何：「刺者，刺其倉廩空虛，政繁賦重，農人失職。」而且鄭玄還以為詩人所思之古，係指成王而言。可見在漢儒心目中，這首詩和前兩篇〈楚茨〉、〈信南山〉一樣，都藉寫農事和祭祀來傷今而思古，反面呈現主題。和上兩篇同樣的，到了宋代，《朱傳》也對此說表示異議，認為「此詩述公卿有田祿者，力於農事，以奉方社田祖之祭」。《朱傳》這種說法，影響後世很大。但也有人質疑朱熹之說，認為詩中「曾孫」乃周王祭先祖之慣稱，而「以社以方」等所謂祭方社、田祖之語，亦「皆所以祈甘雨也，非報成也。」換言之，詩中所寫的重點，在農事而不在祭祀，在春祈而不在秋報。所以這首詩和〈楚茨〉、〈信南山〉兩篇，仍然同中有異。

詩共四章，每章十句。詩人「傷今而思古」，陳述古昔周王力田以祭神之事。第一章寫周王督耕力田，從耘耔寫起，「歲取十千」，言其甫田有萬畝之大，「自古有年」，期其年年豐收。第二章言期其豐收，故耘耔之後，收穫之前，即虔誠求穫，先祭土地、四方及田祖諸神。「齊明」，即整潔之粢盛，「犧羊」，即純色之牛羊，皆用以示敬。田祖，即先嗇，神農、后稷之類的農神。第三章重言周王督耕、求穫之事。「曾孫」對先祖而言，即前二章之「我」，我者，詩人代周王自稱也。寫作觀點改變，由第一人稱轉為第三人稱，此《詩經》常見之手法。「以其婦子」，《鄭箋》以為指周王之皇后世子，可能是祭祀的一種儀式。恐非是。「饁」歷來學者多解為農家婦子送飯菜，「田畯」即嗇夫田官，亦即上文所稱「髦士」。「終善且有」，亦即上文所稱「自古有年」。第四章以祈福作結。寫豐收報成，糧食堆積成山，神靈報以介福，賜以長壽。此恐亦祈禳設想之辭。

朱熹《詩集傳》曾說〈豳風．七月〉是豳詩，〈小雅〉中的〈楚茨〉、〈信南山〉、〈甫田〉、

〈大田〉四篇是豳雅，〈周頌〉中的〈思文〉、〈臣工〉、〈載芟〉、〈良耜〉等篇為豳頌。用意蓋在證實《周禮．春官．籥章》的豳詩、豳雅、豳頌之說，說明以農立國的周朝，是如何的重視農事生產。不管這些說法是否屬實，但這些描寫農業生產和農事活動的詩歌，卻充分反映了周代的禮樂文明。

大田

一
大田多稼，❶
既種既戒，❷
既戒乃事。
以我覃耜，❸
俶載南畝。❹
播厥百穀，❺
既庭且碩，❻
曾孫是若。❼

二
既方既皁，❽
既堅既好，
不稂不莠。❾
去其螟螣，❿

【直譯】

大田很多農作物，
已選種籽備農具，
已備妥這些事務。
用我鋒利的犁耜，
開始從事於南畝。
播種那各種穀物，
已經挺直已茁壯，
曾孫對此達期望。

已經含苞已抽穗，
已經結實已長好，
不長童粱和莠草。
除去那螟蟲螣蟲，

【注釋】

❶大田，即甫田。面積廣大的公田。
❷種，種籽。戒，音義同「械」，此皆作動詞用。指選好種籽，修整農具。
❸覃，音「炎」，通「剡」，銳利。耜，音「四」，犁、犁頭。
❹俶，開始。載，從事。
❺厥，其、那些。
❻庭，通「挺」。碩，大。
❼曾孫，已見前，指周王。若，順。
❽方，通「房」。皁，同「皀」。二字皆作動詞用，是說穀粒已生稃皮，結了穗，但未堅實。
❾稂，音「郎」，長穗不結實的童粱。莠，雜草。二字皆作動詞用。

及其蟊賊。⓫
無害我田穉，⓬
田祖有神，
秉畀炎火。⓭

三

有渰萋萋，⓮
興雨祁祁。⓯
雨我公田，⓰
遂及我私。⓱
彼有不穫穉，⓲
此有不斂穧；⓳
彼有遺秉，⓴
此有滯穗，㉑
伊寡婦之利。㉒

四

曾孫來止，㉓

以及那蟊賊害蟲。
莫害我田裡幼禾，
希望農神有靈驗，
把害蟲投給烈火。

烏雲密布天色暗，
下起雨來多而滿。
雨下到我公田裡，
隨而遍及我私田。
那邊有未割禾苗，
這邊有未收禾束；
那邊有遺落禾把，
這邊有散落禾穗，
是給寡婦的禮物。

曾孫周王已來臨，

❿ 螟，吃禾心的害蟲。螣，音「特」，吃禾葉的害蟲。
⓫ 蟊，音「毛」，吃禾根的害蟲。賊，吃禾節的害蟲。
⓬ 穉，同「稚」，幼禾。
⓭ 秉，持、捉。畀，給。炎火，烈火。
⓮ 有渰（音「掩」），渰渰，和「萋萋」都是形容烏雲密布的樣子。
⓯ 興雨，興雲作雨。祁祁，多而密的樣子。
⓰ 雨，當動詞用。公田，井田分九區，似「井」字，中為公田，餘為私田。
⓱ 私，私田。
⓲ 不穫，不能收割的。穉，同「稚」，指未成熟的嫩禾。
⓳ 不斂，不及載回的。穧，音「計」，已割而捆在一堆的禾束。
⓴ 遺秉，遺漏未收的禾束。
㉑ 滯穗，殘留的穀穗。

以其婦子；　帶領農夫的婦子；
饁彼南畝，　送飯菜到那南畝，
田畯至喜。　田官到了都歡喜。
來方禋祀，㉔　來時正舉行禋祀，
以其騂黑，㉕　用那騂牛和黑豕，
與其黍稷。　以及那黍稷穀物。
以享以祀，　用來分享來祭祀，
以介景福。　用來求得大幸福。

㉒ 伊，那是。利，好處、贈禮。
㉓ 以下四句，已見〈甫田〉篇。
㉔ 來，指曾孫到。方，正要。禋，音「因」，古代祭禮的一種。祭祀時，先燒柴升煙，然後把牲體、五穀和玉帛放在柴上燒。
㉕ 以，用。騂黑，赤色和黑色的牲體。

【新繹】

〈毛詩序〉：「〈大田〉，刺幽王也。言矜寡不能自存焉。」《鄭箋》補充解釋：「幽王之時，政煩賦重，而不務農事，蟲災害穀，風雨不時，萬里饑饉，矜寡無所取活，故時臣思古以刺之。」可見鄭玄以為此詩和上篇〈甫田〉一樣，是周幽王時賢臣所作。「思古」的「古」，他還指出是周成王之時。意思是詩人藉成王之時的勤於農事，來諷刺幽王之時的荒怠政事。這種陳古刺今的說法，傳到宋代時，引起非議。《朱傳》認定「此詩為農夫之詞，以頌美其上，若以答前篇之意也」。朱熹以為此詩應與上篇〈甫田〉合讀，是不錯的，但他說上篇是「述公卿有田祿者，力於農事」，說這一篇是「農夫之詞，以頌美其上」，二者之間，似有矛盾。所以姚際恆的

《詩經通論》就質疑說：「豈以公卿為上乎？」也因此晚近的學者大多兼採舊說，主張它是周王的祈年報賽之詩，和〈甫田〉是姊妹篇。前篇重在寫周王巡視春耕生產，此篇則重在察考秋季收成。因為它們的內容雖寫祭祀，卻以農事為主，所以有人把它們和上面的〈楚茨〉、〈信南山〉等篇，以及〈周頌〉中的〈載芟〉、〈良耜〉等篇，稱為《詩經》的農事詩。

詩共四章，前二章每章八句，後二章每章九句。詩以豐收祈福為重點，第一章從春耕殷勤寫起，「曾孫是若」，已點明順從曾孫周王之意。第二章寫夏日之耘草除蟲。《毛傳》云：稂即童粱也，指穀不結實。又云：螟螣蟊賊乃害田禾之害蟲，食心曰螟，食葉曰螣，食根曰蟊，食節曰賊。故祈神農以烈火燒之，除此四害。第三章涉入正題，寫入秋雨多豐收。「彼有」、「此有」四句，互文見義，描摹收穫之多，別以妙筆出之，真如方玉潤《詩經原始》所稱：「描摹多稼，純從旁面烘托。閒情別致，令人想見田家樂趣，有畫圖所不能到者。」其中「雨我公田，遂及我私」的公田、私田，即古人所謂籍田。藉有借助之意，公田指王者所擁有的面積很大的千畝籍田，由農民幫助耕作九百畝，私田則是農民在助耕公田之外，自有耕作的百畝之田。這涉及商周井田制度，是研究當時社會經濟的第一手史料。而「伊寡婦之利」一句，尤見古人宅心之仁厚。朱熹《詩序辨說》駁〈毛詩序〉「刺幽王」之說，即謂〈詩序〉專以此句生說。第四章以曾孫省斂、祭祀祈福作結，呼應上文「曾孫是若」。此章開頭四句全同上篇〈甫田〉，或係編詩作樂者常用之手法。

．螟、螣、蟊、賊．

瞻彼洛矣

一

瞻彼洛矣，
維水泱泱。❶
君子至止，❷
福祿如茨。❸
韎韐有奭，❹
以作六師。❺

二

瞻彼洛矣，
維水泱泱。
君子至止，
鞞琫有珌。❻
君子萬年，
保其家室。

【直譯】

瞻望到那洛水了，
只見河水浩茫茫。
君子光臨這地方，
福祿像茅屋頂般。
紅皮蔽膝閃光芒，
用作六軍的武裝。

瞻望到那洛水了，
只見河水浩茫茫。
君子光臨這地方，
刀鞘玉飾有輝光。
君子萬歲萬萬歲，
永保他家室安康。

【注釋】

❶ 泱泱，深廣的樣子。

❷ 君子，指周王。至止，到了。止，語尾助詞。下同。

❸ 如茨，像茅草屋頂，層層累積。

❹ 韎韐，音「媚隔」，用茜草染色的紅皮蔽膝。奭，赤紅色。有奭，奭奭、奭然。

❺ 作，興起、指揮。六師，六軍。古制：天子六軍。

❻ 鞞，音「筆」，刀鞘。琫，音「綳」，刀鞘的玉飾。有珌（音「必」），珌珌，形容玉有文彩。

三

瞻彼洛矣，
維水泱泱。
君子至止，
福祿既同。
君子萬年，
保其家邦。

瞻望到那洛水了，
只見河水浩茫茫。
君子光臨這地方，
福祿已合聚一堂。
君子萬歲萬萬歲，
永保他家國興昌。

【新繹】

〈毛詩序〉說此詩：「刺幽王也。思古明王能爵命諸侯，賞善罰惡焉。」《鄭箋》補充解釋，說這是描述以前周王命諸侯世子擔任將軍卿士，帶領六軍而出的情形；思古而傷今，藉以諷刺幽王。朱熹《詩集傳》因為詩中寫在洛水之濱操習六軍，六軍必屬天子所有，所以據詩尋義，認為此詩必定在周室東遷之後。他說：「此天子會諸侯於東都，以講武事，而諸侯美天子之詩。言天子至此洛水之上，御戎服而起六師也。」這種說法廣為宋代以後的學者所接受，但其實是有待商榷的。因為古籍中的洛水有二：一指雍州之洛水，起源於陝西西北，流至朝邑而注入渭水；一指豫州之雒水，源出陝西南部，流經河南洛陽附近而注入黃河。前者在西周都城鎬京附近，後者在東都洛陽附近。據段玉裁《經韻樓集．小箋》說，在漢魏以前，雍州渭洛的洛，字作洛，而豫州伊雒的雒，字作雒，絕無混淆。後來才混為一談，很多人一看到洛水，就全解讀為東都洛陽附近的雒水了。

這樣說來，〈毛詩序〉、《鄭箋》之說反而沒錯了。問題只在於〈毛詩序〉說的「古明王能爵命諸侯」，和《鄭箋》所說的「世子受爵命於天子」，是不是一回事。易言之，當時在鎬京之外、洛水之濱率領六軍出操的，究竟是周王本人，或者是諸侯世子。就此而論，二者其實並無矛盾。據王先謙《詩三家義集疏》的引述，鄭玄的注解，顯然是採用今文學魯、韓之說，而與《白虎通．爵篇》所說的「世子上受爵命，衣士服」相合。簡單的說，周幽王以前的聖君明王，會諸侯於洛水之上，檢閱六軍，諸侯世子乃受天子爵命而為將軍卿士，參與操練。詩即為此而作。

詩共三章，每章六句。全篇採用重章疊句的形式，前二句以「瞻彼洛矣，維水泱泱」，指明周王聚會諸侯的地點，並形容天子六軍軍容的浩大。「六師」即六軍。《周禮．夏官》：「凡制軍，萬有二千五百人為軍。王六軍。」可見人數之多，軍容之盛。第三句以下，全以「君子至此」作引，而以「君子萬年」作收，在整齊重複之中，見其錯落參差之美。以「韎韐有奭」、「鞞琫有珌」，寫六軍統帥的軍裝英姿；以「福祿如茨」、「福祿既同」，寫君子之福祿兼具。「如茨」形容如同茅草屋頂，寫其積累既多且厚；「既同」，意既相同，合而為一，《說文解字》即釋「同」為「合會」。由「如茨」而「既同」，累積由厚多而合會，見層遞之美。「保其家室」與「保其家邦」亦然，係承上文「以作六師」而來。有此雄壯之六軍，固足以保其尊榮福祿。由「家室」而「家邦」，亦足以見其層遞之美。

裳裳者華

一

裳裳者華，❶
其葉湑兮。❷
我覯之子，❸
我心寫兮。❹
我心寫兮，
是以有譽處兮。❺

二

裳裳者華，
芸其黃矣。❻
我覯之子，
維其有章矣。❼
維其有章矣，
是以有慶矣。

【直譯】

堂皇明亮的是花，
它的葉兒瀏亮啊。
我遇見了這個人，
我的內心舒暢啊。
我的內心舒暢啊，
因此愉快相伴啊。

堂皇明亮的是花，
芸芸那樣深黃呀。
我遇見了這個人，
只見他有文采呀。
只見他有文采呀，
因此互相關愛呀。

【注釋】

❶ 裳裳，通「堂堂」、「皇皇」。華，花。
❷ 湑，音「許」，豐美、瀏亮。
❸ 覯，音「構」，遇見。之子，這個人。
❹ 寫，舒暢、宣泄。
❺ 譽，通「豫」，愉快。處，居、相處。
❻ 芸其，芸芸，形容眾多的樣子。
❼ 章，文章、文采。原指服飾之美，借喻其人。

三

裳裳者華，
或黃或白。
我覯之子，
乘其四駱。❽
乘其四駱，
六轡沃若。❾

堂皇明亮的是花，
有的芸黃有的白。
我遇見了這個人，
駕著那四匹駱馬。
駕著那四匹駱馬，
六根轡繩真柔滑。

四

左之左之，❿
君子宜之。⓫
右之右之，
君子有之。⓬
維其有之，
是以似之。⓭

要他向左就向左，
君子適合他輔佐。
要他向右就向右，
君子獲得他弼佑。
因為有他來弼佑，
所以樣樣都照舊。

❽ 駱，黑色鬃尾的白馬。已見前。
❾ 已見〈皇皇者華〉篇。
❿ 左，作動詞用，向左。下同。
⓫ 宜，安、適合。
⓬ 有，具有、獲得。
⓭ 似，繼續、照舊。

【新繹】

〈毛詩序〉：「〈裳裳者華〉，刺幽王也。古之仕者世祿，小人在位，則讒諂並進，棄賢者之類，絕功臣之世焉。」《鄭箋》補充說明它的時代背景：「古者，古昔明王時也。小人，斥今幽王也。」意思是說：古昔像成王、宣王之類的明王，他們對於左輔右弼的賢才功臣，都採取世襲制度，代代子孫給予恩寵俸祿，但到了周幽王之時，卻起用了一些小人，狼狽為奸，因而讒諂並進，陷害排斥了很多賢才功臣。這種說法流傳到宋代，朱熹覺得它過於迂曲，所以據詩直尋本義，說：「此天子美諸侯之辭，蓋以答〈瞻彼洛矣〉也。」他認為這首詩和上篇〈瞻彼洛矣〉自成一組，〈瞻彼洛矣〉是「諸侯美天子之詩」，這一篇則是「天子美諸侯之辭」。〈瞻彼洛矣〉是美天子「御戎服而起六師」，這一篇則在美諸侯之時，拿上面講過的〈蓼蕭〉篇來比較說明。茲抄錄《朱傳》中一段析論文字於下：

言〈裳裳者華〉，則其葉湑然而美盛矣。我覯之子，則其心傾瀉而悅樂之矣。夫能使見者悅樂之如此，則其有譽處宜矣。此章與〈蓼蕭〉首章文勢全相似。言其才全德備，以左之則無所不宜；以右之則無所不有。維其有之於內，是以形之於外者，無不似其所有也。

朱熹的這段文字，主要是析論首章，但也已同時照應到末章的題旨部分，足供讀者參考。

此詩共四章，每章六句。前三章重章疊句，每章的前兩句都藉「裳裳者華」起興，由「其葉湑兮」而「芸其黃矣」而「或黃或白」，將春夏之際花明葉茂的景象，寫得非常鮮明亮麗。裳一作「常」，二字下半從衣從巾，皆可想見花繁低垂之狀。芸，即油菜，春夏之交，開花結果，花瓣鮮黃色，盛開時田野一片金黃。「或黃或白」則更深一層，寫花色黃白相映之鮮明。一說：黃指芸，白指蘿蔔。每章第三句以下，以「我覯之子」領起，由「我心寫兮」而「維其有章矣」而「乘其四駱」，遥寫所見之人的形象。先寫其容儀之平易近人，再寫其服飾之煥有文采，最後才寫其車馬之矯健齊備，層層加深，在敘事狀物中表現出歡欣飛揚的感情。最後一章由敘事狀物轉為說理，「左之左之」、「右之右之」，不知所指何事，語淺白而意難測。方玉潤《詩經原始》曾謂「末章似歌非歌，似謠非謠，理瑩筆妙，自是名言。」似承上章「六轡沃若」而來。以良馬喻賢才，以左右喻輔弼之臣，而「維其有之，是以似之」，則似與〈毛詩序〉所謂「古之仕者世祿」有關。今日之諸侯，昔日之世子；今日之世子，他日之諸侯也。

桑扈

一

交交桑扈，❶
有鶯其羽。❷
君子樂胥，❸
受天之祜。❹

二

交交桑扈，
有鶯其領。❺
君子樂胥，
萬邦之屏。❻

三

之屏之翰，❼
百辟為憲。❽

【直譯】

交交鳴叫的桑扈，
黃鶯一樣牠羽毛。
君子高興大家樂，
受到上天的福報。

交交鳴叫的桑扈，
黃鶯一樣牠頸項。
君子高興大家樂，
他是萬國的屏障。

這個屏障這骨幹，
諸侯以他為典範。

【注釋】

❶交交，鳥鳴聲。一說：小小貌。桑扈，鳥名。參閱〈小宛〉篇。
❷鶯，黃鶯。一說：有鶯，即鶯鶯，比喻有文彩。
❸樂胥，同樂。胥，相、皆。
❹祜，福。
❺領，頸。
❻屏，屏障。
❼之，此、是。翰，「幹」的借字，骨幹。
❽辟，君王，此指諸侯。百，泛指，所有的意思。憲，典範。

不戢不難，❾
受福不那。❿

四

兕觥其觩，⓫
旨酒思柔。⓬
彼交匪敖，⓭
萬福來求。

多麼和氣多謹厚，
受天福祿多麼多。

牛角酒杯那樣彎，
美酒滋味這樣柔。
不是僥倖不驕傲，
萬般福祿來相酬。

❾ 不，通「丕」，大、多。戢，音「輯」，收斂、和氣。難，音「蝻」，謹厚。
❿ 不，通「丕」。那，音「挪」，多。
⓫ 兕觥，犀牛角製成的酒杯。一說：形狀像犀牛的酒具。觩，音「求」，角彎曲的樣子。
⓬ 旨酒，美酒。
⓭ 彼、匪，俱通「非」。交，通「儌」，僥倖。敖，通「傲」，傲慢。

【新繹】

〈毛詩序〉：「〈桑扈〉，刺幽王也。君臣上下，動無禮文焉。」禮文，指禮儀文采而言。《鄭箋》、《孔疏》承其說。對照以上幾篇，可以明白〈毛詩序〉的所謂「刺幽王」，都是藉古昔明王來反面諷刺，所以詩中所寫，必然是古昔明王執政治國時，君臣上下謹守「禮文」的情形，用來對照周幽王的失政無禮。所以孔穎達才會對「刺幽王」之說加以申論：「以其時君臣上下升降舉動，皆無先王禮法威儀之文焉，故陳當有禮文以刺之。」

這道理朱熹自然懂，但他喜歡據詩直尋本義，所以他對此詩只說：「此亦天子燕諸侯之詩」，顯然是把此詩和上篇〈裳裳者華〉連在一起看。上篇言文采之美、車馬之盛，所以他說是

「天子美諸侯之辭」，此篇言「兕觥其觩，旨酒思柔」，所以他說是「天子燕諸侯之詩」。朱熹的解釋，普遍受到後來學者的贊同，但也因而使一些後學者習焉而不察，誤以舊說不足取了。

此詩共四章，每章四句。前二章皆以桑扈起興。桑扈亦名竊脂、布穀，其羽翼、頸領，皆有文采可觀，頗似黃鶯。詩人藉此以喻君臣上下同樂而有禮文。「君子樂胥」，君臣上下同樂也。第一章以桑扈羽毛之文采，比喻君子之才華足以受天之福。第二章以桑扈頸毛之文采，比喻君子之才幹足以安邦定國。第三章進而以屏翰為喻，說明諸侯有保家衛國之重任。「不戢不難」二句，三個「不」字，音義同「丕」，此皆先秦古籍所常見。第四章寫天子備酒燕飲諸侯，君臣同樂。「彼交匪敖」一句，《漢書．五行志》引作「匪交匪傲」，應劭注：「言在位者不傲訐不倨傲也」，譯文從之。

·桑扈·

鴛鴦

一

鴛鴦于飛，
畢之羅之。❶
君子萬年，
福祿宜之。❷

二

鴛鴦在梁，❸
戢其左翼。❹
君子萬年，
宜其遐福。❺

三

乘馬在廄，❻
摧之秣之。❼

【直譯】

鴛鴦雙雙正在飛，
畢網羅網圍捕牠。
君子長壽萬萬歲，
福祿雙全適合他。

鴛鴦雙雙在魚梁，
收斂他們左翅膀。
君子長壽萬萬歲，
適合那長久福祥。

四匹雄馬在馬棚，
鍘碎糧草餵食牠。

【注釋】

❶畢，捕鳥的長柄小網。羅，鋪在地上或空中的捕鳥大網。
❷宜，安、適合。
❸梁，魚梁，即用來攔魚的水壩。
❹戢，收斂。鴛鴦休息時，習慣把嘴插在左翅下。
❺遐福，大福。遐，長遠。
❻廄，音「就」，馬棚。
❼摧，鍘草料。秣，餵馬吃。二字皆動詞。之，指馬。

君子萬年，
福祿艾之。❽

四
乘馬在廄，
秣之摧之。
君子萬年，
福祿綏之。❾

君子長壽萬萬歲，
福祿雙全保養他。

四匹雄馬在馬棚，
糧草鍘碎餵養牠。
君子長壽萬萬歲，
福祿雙全安養他。

❽艾，保養。一說：輔助。
❾綏，安、定。

【新繹】

〈毛詩序〉：「〈鴛鴦〉，刺幽王也。思古明王交於萬物有道，自奉養有節焉。」《孔疏》進一步解釋：「前二章鴛鴦為興，言交於萬物有道，奉一物以例餘也。後二章又以芻秣之式，興奉養有節。」這種說法，是要讀者反面去思考問題，用周朝古代明王的交於萬物有道和奉養有節，來對照周幽王的廢申后、寵豔妻和荒淫失道。後來很多研究者不能接受這種思考方式，覺得與本文距離太遠，紛紛表示異議。像宋代朱熹就在《詩序辨說》和《詩集傳》中，直斥此說「穿鑿尤為無理」，認為本篇實與上篇〈桑扈〉相應，「亦頌禱之詞」。〈桑扈〉寫天子宴諸侯，此篇則是諸侯頌周天子之作。

朱熹的說法，後來研究者仍然不滿意，以為同樣牽強。到了明代何楷《詩經世本古義》，主張此詩「疑為幽王娶申后而作」，認為鴛鴦、秣馬都與新婚有關，並舉下文〈小雅．白華〉第七章的「鴛鴦在梁，戢其左翼。之子無良，二三其德」等句，以及〈周南．漢廣〉的第二章「之子于歸，言秣其馬」等句為證，說明這些詩句皆與初婚及親迎之事有關。何楷的詩詠初婚親迎的說法，受到後來研究者的歡迎。像清代姚際恆《詩經通論》就說：何楷之說，始於鄒肇敏的《詩傳闡》。不過，鄒氏以為詩所詠者，是「成王初婚」之事，與何楷主張「幽王娶申后」之說並不相同。相同的，是他們都以為詩中所寫，必與新婚有關。然而此篇因為前後皆詠幽王之事，故姚際恆認為何氏之說比較「近理」。近現代的學者，推闡此說的更多，像聞一多《詩經通義》就曾經說《詩經》中言及魚者，「皆兩性間互稱對方廋語」，言及魚梁、魚笱者，亦皆有婚姻戀愛之意。可以說，此詩已被認定是古代歌詠新婚親迎之作了。

事實上，上述姚際恆所稱鄒肇敏主張此詩係咏「成王初婚」之事，正可與〈毛詩序〉、《孔疏》等「刺幽王」之舊說相對照。舊說以古明王刺幽王，成王自亦古明王之一無疑。這樣說來，舊說仍可成立，後來很多研究者其實是庸人自擾而已。

此詩共四章，每章四句。前二章以鴛鴦匹偶起興男女愛慕之情。鴛鴦匹鳥，與鳳凰一樣，往往都是雌雄相守，比翼雙飛，故詩人以此比喻夫妻之恩愛。第一章「畢之羅之」，言以長柄小網或無柄羅網圍之捕之，蓋有促其戢翼並棲之意。第二章「戢其左翼」，言鴛鴦既已並棲魚梁之上，將喙斂藏在左翅之下，此乃鴛鴦棲息之常態，藉此寫其有並棲相守之意。第三、四兩章以摧秣乘馬起興結婚親迎之禮，合寫結婚之日，親迎之時，新郎迎娶新娘，乘坐馬車，「摧之秣之」，摧指剉草餵馬，秣指取穀餵馬。〈周南・漢廣〉篇有云：「之子于歸，言秣其馬」，固已言之。這些描寫，都是所謂比興的興句，有其濃厚的象徵意味，也產生了一定的藝術效果。

・鴛鴦・

頍弁

一

有頍者弁，❶
實維伊何？❷
爾酒既旨，❸
爾殽既嘉。❹
豈伊異人？❺
兄弟匪他。❻
蔦與女蘿，❼
施于松柏。
未見君子，
憂心奕奕。❽
既見君子，
庶幾說懌。❾

【直譯】

抬頭見的是皮帽，
這樣戴是為什麼？
你的美酒都醇厚，
你的菜肴都可口。
難道他們是外人？
只有兄弟沒其他。
像寄生草和女蘿，
攀緣附生在松柏。
尚未見到君子時，
憂悶心情無時已。
既然見到了君子，
禁不住滿心歡喜。

【注釋】

❶頍，音「揆」。抬頭可見的樣子。一說：即古「規」字。弁，皮帽，貴族參加宴會時所戴。

❷實，通「寔」，此。維、伊，都有「是」的意思。何，何故。

❸爾，你，指宴會的主人周王。旨，美味可口。

❹殽，同「肴」，泛指酒菜。嘉，美、好。

❺伊，是。異人，別人、外人。

❻匪，通「非」。匪他，是說沒有別人，只有同姓兄弟。

❼蔦，音「鳥」，一名「桑寄生」。女蘿，一名「菟絲」。都是寄生的蔓草植物，附生在大樹上。

二

有頍者弁，
實維何期？❿
爾酒既旨，
爾殽既時。⓫
豈伊異人？
兄弟具來。⓬
蔦與女蘿，
施于松上。
未見君子，
憂心怲怲。⓭
既見君子，
庶幾有臧。⓮

三

有頍者弁，
實維在首。
爾酒既旨，

抬頭見的是皮帽，
這樣戴著為何事？
你的美酒盡甘醇，
你的菜肴盡合時。
難道還有局外人？
兄弟都來相歡暢。
像槲寄生和松蘿，
一直攀延到松上。
尚未見到君子時，
憂悶心情真徬徨。
既然見到了君子，
希望能心情開朗。
抬頭見的是皮帽，
這樣戴在頭頂上。
你的美酒盡甘醇，

❽ 奕奕，心神不定的樣子。
❾ 庶幾，希望的語氣。說，通「悅」。懌，音「易」，喜悅。
❿ 期，同「其」。何期，幹什麼。
⓫ 時，合時、新鮮。
⓬ 具，通「俱」，全、都。
⓭ 怲怲，很擔心的樣子。
⓮ 臧，善、好轉。

·蔦·

爾殽既阜。⑮
豈伊異人？
兄弟甥舅。⑯
如彼雨雪，⑰
先集維霰。⑱
死喪無日，⑲
無幾相見。⑳
樂酒今夕，
君子維宴。㉑

你的菜肴盡時尚。
難道他們是外人？
都是兄弟和甥舅。
就像那下雪時節，
最先下的是雪珠。
死喪不知是何日，
不必多久即相見。
歡樂暢飲在今晚，
君子在此設良宴。

⑮ 阜，美盛、豐富。
⑯ 甥舅，泛指異姓親戚。
⑰ 雨雪，下雪。
⑱ 集，落下。霰，音「現」，雪珠。是下雪的先兆。
⑲ 無日，不知何日。
⑳ 無幾，不必多久。
㉑ 維宴，只管宴飲，休理其他。

【新繹】

〈毛詩序〉：「〈頍弁〉，諸公刺幽王也。暴戾無親，不能宴樂同姓，親睦九族，孤危將亡，故作是詩也。」這樣解題，和上面若干篇什「刺幽王」一樣，反言為刺，都宜從反面來理解。〈毛詩序〉刺幽王暴戾無親，不能宴樂同姓，親睦九族，反言之，詩中經文字面上所寫的，正是明王時代君子能宴樂同姓，親睦九族。所以《鄭箋》說：「戾，虐也。暴虐，謂其政教如雨雪也。」那是從反面刺的觀點來解釋的，而朱熹《詩集傳》說的：「此亦燕兄弟親戚之詩」，則從正面立論。其實這只是一體的兩面，並不如一些說詩者所強調的那麼矛盾對立。

《孔疏》引述若干先秦文獻，來證明此詩是西周末年王室宴樂同姓諸公之作，最有參考價值。《孔疏》引證的資料中，像《左傳．昭公九年》的：「王使詹桓伯辭於晉曰，我在伯父，猶衣服之有冠冕」；《穀梁傳．僖公八年》的：「弁冕雖舊，必加於首；周室雖衰，必先諸侯」；甚至像《禮記．文王世子篇》的：「公若與族燕，則異姓為賓」，這些資料對於我們閱讀此詩，都有很大的幫助。戴皮帽，表示是貴族；稱兄弟，代表與周王同姓。蔦和女蘿必須依附松柏等喬木始能生長，同姓兄弟也必須依附周王始能興旺。此詩正寫周王通過飲食宴享之禮，來顯示「親親」之義。在同宗之誼、兄弟之情的反復歌詠中，來闡揚「兄弟無遠」的道理。這就是所謂「享以訓共儉，宴以示慈惠。」陳子展的《詩經直解》、《詩三百解題》引錄不少相關資料，讀者可以自行參考。他在《詩經直解》書中有一段話說得很剴切，值得注意。他說：

愚讀此〈詩序〉、《孔疏》，覺其未能洽暢。嗣據嚴氏《詩緝》、胡氏《後箋》，乃知〈序〉說可不謂誤。朱熹《辨說》攻〈序〉，殆不其然。

他還稱引嚴粲《詩緝》之言，說讀《詩經》與他書有別，「唯涵泳浸漬乃得之」。讀《詩經》本來就必須好好涵泳玩味。

詩共三章，每章十二句。第一、二兩章，重章疊句，極言君臣宴飲之樂，開頭俱從「有頍者弁」寫起。屈翼鵬師《詩經詮釋》注：頍，舉首貌。弁，皮弁也，冠類。天子燕（宴）用皮弁。又說前二句意為：戴此皮弁，是為何故乎？意謂將燕（宴）也。第一、二兩句即以此弁喻周王為舉國之冠冕。第三、四兩句寫宴會酒肴之盛，「爾」指主人周王。第五、六兩句寫與會賓客，以同姓兄弟為主。第七、八兩句又以蔦蘿二句提比，言兄弟之親，有如寄生之木，女蘿之草，互相依附，然皆依賴周王以存。此轉折語，意態橫生。以下四句承此，言同宗兄弟以未見王為憂、既見王為喜，足見王者國家之元首。

第二章為首章之複沓，偶易一二字，其意雖同，而層次有別，皆加濃轉深之語。第三章作收束語，意更深濃，言須盡今夕之歡。弁者由設問而已「在首」，酒肴由「嘉」而「時」而「阜」，賓客由「兄弟無他」而「兄弟具來」而「異姓親戚」，蔦蘿由「施于松柏」而「施于松上」而「雨雪維霰」，無不層層遞進。「如彼雨雪，先集維霰」二句，寄興深遠。既正面言親族之密當如此雪，復以反面言雪霰易於消溶為憂。「集」字，屈翼鵬師《詩經詮釋》引《尚書．君奭》「其集大命于厥躬」等語，謂當作「落下」解，最得古義。至於「死喪無日」以下四句，則嚴粲《詩緝》解析最獲我心：「末章言周亡無日，族人縱得見王，其能幾乎？當急與族人飲酒相樂於今夕，蓋王今維宜宴而已。言今夕，謂未保明日之存亡；言維宴，謂天下之事亦無可為，惟須飲耳。其辭甚迫矣，豈真望王宴樂之哉！」這就是所謂「刺幽王」。

‧女蘿‧

車舝

一
間關車之舝兮，❶
思孌季女逝兮。❷
匪飢匪渴，❸
德音來括。❹
雖無好友，
式燕且喜。❺

二
依彼平林，❻
有集維鷮。❼
辰彼碩女，❽
令德來教。❾
式燕且譽，❿
好爾無射。⓫

【直譯】

展轉車軸的銅轄，
思慕少女要出嫁。
不是飢餓不口渴，
只因美德來會合。
雖然沒有好朋友，
但願歡宴且喜樂。

依依平原樹林裡，
成群棲息長尾雞。
合時的那大姑娘，
望有美德來教益。
但願宴飲且歡愉，
喜歡你永不厭棄。

【注釋】

❶ 間關，車輪轉動時車轄的聲響。舝，同「轄」，車軸兩頭的鐵鍵。
❷ 思孌，思慕。季女，少女。逝，往。指親迎。
❸ 匪，非、不是。下同。
❹ 括，通「佸」，聚會。
❺ 燕，通「宴」，宴飲。
❻ 依彼，依依，茂盛的樣子。
❼ 鷮，音「驕」，一種野雞名。
❽ 辰，美善。辰彼，辰辰。碩女，美女。古人以高大為美。
❾ 令德，美德。
❿ 譽，通「豫」，愉快。
⓫ 射，音「亦」，通「斁」，厭棄。

三

雖無旨酒，
式飲庶幾。⑫
雖無嘉殽，
式食庶幾。
雖無德與女，⑬
式歌且舞。

雖然沒有香醇酒，
但願飲來差不多。
雖然沒有美佳餚，
但願吃來差不多。
雖無美德配上你，
但願能載舞載歌。

四

陟彼高岡，⑭
析其柞薪。⑮
析其柞薪，
其葉湑兮。⑯
鮮我覯爾，⑰
我心寫兮。⑱

登上那高高山頂，
砍那橡木作柴薪。
砍那橡木作柴薪，
它的樹葉瀏亮呀。
好在我能碰上你，
我的內心舒暢呀。

五

高山仰止，⑲

高山令人仰望它，

⑫庶幾，表示希望。下同。
⑬女，通「汝」，你。與，配、陪伴。
⑭陟，登、升。
⑮析，砍。柞，樹名。古以析薪代指結婚。
⑯湑，音「栩」，瀏亮。
⑰鮮，善。覯爾，遇見你。
⑱寫，舒暢。
⑲止，語尾助詞，通「之」。下同。

·柞·

景行行止。⑳	大道令人遵循它。
四牡騑騑，㉑	四匹雄馬跑不停，
六轡如琴。	六條韁繩像彈琴。
覯爾新昏，㉒	與你媾合締新婚，
以慰我心。	來安慰我相思情。

⑳ 景行，大道。
㉑ 已見〈四牡〉篇。
㉒ 昏，通「婚」。

【新繹】

〈毛詩序〉：「〈車舝〉，大夫刺幽王也。褒姒嫉妒，無道並進，讒巧敗國，德澤不加於民。周人思得賢女以配君子，故作是詩也。」從〈楚茨〉以下，到本篇〈車舝〉為止，前後共十篇，〈毛詩序〉都說是「刺幽王」之作。雖然同是諷刺幽王之作，但每篇所刺的重點不同。此篇所刺重點，在於「褒姒嫉妒」，因其嫉妒讒巧，所以幽王才失政敗國。比照以上諸篇的「正言若反」，詩中所寫，正是「思得賢女以配君子」。所以《朱傳》說此篇是歌頌「宴樂新婚之詩」，與〈毛詩序〉的「刺幽王」，一從正面說，一從反面說，並無牴觸。歷代頗多學者對以上二說發表不少的批評，其實多非通達之論。

詩共五章，每章六句。從詩中文字看，詩人在親迎途中駕著四牡六轡的馬車，自是所謂君子的大夫階級。第一章開頭二句，與第五章最後四句，首尾相應。起先寫親自駕車迎娶賢女，用間關展轉的車輪轉動聲，來形容馬車正在前進。舝，即轄。第二章的「依彼平林」以至第四章的

「陟彼高岡」，是寫馬車途中經過平原和高山。第二章的「有集維鷮」以至第四章的「析其柞薪」，是藉鳥之並棲、薪之析伐，來比喻娶妻新婚，這是《詩經》中常見的比興手法。在〈國風〉的〈漢廣〉、〈南山〉、〈豳風〉以及〈小雅〉的〈鴛鴦〉等篇中，我們都已曾經提過，茲不贅言。在這些描述中，我們看到了詩人迎娶時的喜悅之情。

·鷮·

同樣的，從首章第二句「思孌季女逝兮」以下，我們看到詩人心目中新娘的形象，第一章稱「季女」，第二章稱「辰彼碩女」，以及各章的「爾」、「女」等等，她又年輕，又高大，合乎當時的審美標準，更重要的是，她具有美好的德性。第一章的「德音來括」，第二章的「令德來教」，第三章的「雖無德與女」以及最後第五章的「高山仰止」，都是在強調新娘的這種德性之美。他們的婚姻，就建立在這品德的基礎上。從第一章到第三章的「式燕且喜」、「式燕且譽」、「式歌且舞」，層層加深，想像新婚喜宴上的種種歡樂場面；從第四章的「鮮我覯爾，我心寫兮」，到第五章的「覯爾新昏，以慰我心」，敘寫能遇上新娘，是自己最大的慶幸與安慰。在在都顯示出他對這「德音來括」的新娘充滿著敬仰愛慕之情。

讀了這樣的作品，回頭再看看〈毛詩序〉所說的：「周人思得賢女以配君子」，再想想褒姒如何讒巧誤國，也就可以明白為什麼要說此詩是「刺幽王」了。

青蠅

一

營營青蠅，❶

止于樊。❷

豈弟君子，❸

無信讒言。

二

營營青蠅，

止于棘。❹

讒人罔極，❺

交亂四國。❻

三

營營青蠅，

止于榛。❼

【直譯】

營營飛舞的蒼蠅，

停留在園籬笆上。

平易近人的君子，

莫相信讒言誹謗。

營營飛舞的蒼蠅，

停留在酸棗樹上。

讒人誹謗沒限度，

攪亂四方諸侯王。

營營飛舞的蒼蠅，

停留在榛子樹頂。

【注釋】

❶營營，形容蒼蠅飛舞的聲音。青蠅，今稱蒼蠅。

❷止，停。樊，籬笆。

❸豈弟，通「愷悌」，平易近人。

❹棘，酸棗樹。很多籬芭是用棘樹和榛樹裁成的。

❺罔極，無限。

❻交亂，從中破壞、到處擾亂。四國，四方諸侯之國。

❼榛，一種落葉喬木。

讒人罔極，
構我二人。❽

讒人誹謗沒底限，
構惡你我兩人間。

❽構，構陷、陷害。在中間製造事端。

【新繹】

〈毛詩序〉解題，只說此詩是「大夫刺幽王也」，大夫何人，所刺何事，則未說明。從詩中文字看，自然與讒言有關。經文勸愷悌君子不要聽信讒言，那麼所謂「刺幽王」者，必然與幽王聽信讒言有關。王先謙《詩三家義集疏》引《易林．豫之困》：「青蠅集藩，君子信讒。害賢傷忠，患生婦人。」據此可知，三家詩中的《齊詩》，認為是寫周幽王過於寵信褒姒，因其進讒而傷害忠賢。這可補明《毛詩》之義。另外，有人因下一篇〈賓之初筵〉定為衛武公入為王朝卿士時所作，因此把這一篇也連在一起，歸為同時之作。如果此說可以成立，那麼此詩作者就是衛武公了。

詩共三章，每章四句。在〈小雅〉之中，這是一首短詩，可是因它把讒人比作蒼蠅，取象鮮明，感情痛切，加上用語淺白，寄興深遠，在重章疊句之中，層層深入，因而頗受後人注意。每章前二句，都以「營營青蠅」取興，歐陽修《詩本義》云：「詩人以青蠅喻讒言，取其飛聲之眾可以亂聽，猶今謂聚蚊成雷也。」這是就「營營」解作飛蠅之聲而言，其實就其往來飛舞而言，到處傳播病菌，更為可怕。「止于樊」、「止于棘」、「止于榛」，三章第二句只易一字，詩人自有其用意。意思是，只能讓牠們停留在庭園藩籬之中，絕對不得入乎堂室之內，更不能靠近身邊或食物之前。

每章的後二句，都是勸周王不要親近小人，聽信讒言。稱周王為愷悌君子，那是美稱，用來與諂媚小人對照。蒼蠅驅之不去，小人亦往往驅之不去，故鄭重言之。「無信」者，莫信也，有千萬叮嚀之意。王充《論衡．言毒篇》有云：「君子不畏虎，獨畏讒夫之口。讒夫之口，為毒大矣。」因為中毒之人，一身死之而已，口舌傳播之毒，則一國潰亂。第二章的「讒人罔極，交亂四國」，正說其為禍之大。交亂四國，引起四方諸侯各國擾攘不安者，皆因讒言無所不用其極也。由此亦可推知，此一進讒之人，必在周王身邊，為周王之所最親信者。所以上述衍《齊詩》之說的《易林．豫之困》才說：「害賢傷忠，患生婦人。」所謂婦人，當指褒姒無疑。晚清魏源《詩古微》云：

> 《易林》云：「患生婦人」（〈豫之困〉）、「恭子離居」（〈觀之革〉）。夫幽王聽讒，莫大於廢后放子。而此曰「患生婦人」，則明指褒姒矣；「恭子離居」，用申生恭世子事，明指宜臼矣。故曰「讒人罔極，構我二人」，謂王與母后也。「讒才罔極，交亂四國」，謂戎、繒、申、呂也。

魏源之論，雖然稍嫌過於指實，但說的卻是歷史事實。

・榛・

第三章結語二句的「讒人罔極，構我二人」，即使「二人」不是如魏源所指「王與母后」，而是如《朱傳》所言：「已與聽者為二人」，也全是在於強調讒言之可畏。意思是說，即是同心如你我之二人，亦唯恐小人挑撥是非，構惡其間，更何況是其他陌生之人或四方諸侯之國呢！

賓之初筵

一

賓之初筵，❶
左右秩秩。❷
籩豆有楚，❸
殽核維旅。❹
酒既和旨，❺
飲酒孔偕。❻
鐘鼓既設，
舉醻逸逸。❼
大侯既抗，❽
弓矢斯張。❾
射夫既同，❿
獻爾發功。⓫
發彼有的，⓬
以祈爾爵。⓭

【直譯】

賓客剛入筵席時，
東主西賓守禮節。
果籃肉盤排成行，
魚肉乾果都陳列。
美酒既已調香醇，
喝起酒來真和諧。
射禮鐘鼓已架設，
舉盃敬酒有秩序。
大射箭靶已豎起，
張弓搭箭都整齊。
比賽射手已會合，
各自表現你射技。
射向那靶中目標，
來求得你的勝利。

【注釋】

❶ 初筵，初入筵席時。筵，竹席。古人宴會，設筵於地，人坐其上。
❷ 左右，是講坐位，主人在東，客人在西。秩秩，左右有序的樣子。
❸ 籩，盛果實乾肉的竹器。豆，盛肉類食物的器具。二者都是古代祭祀宴享時的必備品。已見前。有楚，楚楚，擺設整齊的樣子。
❹ 殽，肴，指豆器內的魚肉。核，指籩內的核果。維，是。旅，陳列。
❺ 和旨，是說酒調和味美。
❻ 孔偕，很和諧。一說：很熱烈。
❼ 舉醻，舉杯敬酒。醻，同「酬」。逸逸，往來有序的樣子。
❽ 大侯，周王舉行大射禮時所用的皮製箭靶。抗，豎起。

二

籥舞笙鼓，⑭
樂既和奏，
烝衎烈祖。⑮
以洽百禮，⑯
百禮既至。⑰
有壬有林，⑱
錫爾純嘏，⑲
子孫其湛。⑳
其湛曰樂，
各奏爾能。㉑
賓載手仇，㉒
室人入又。㉓
酌彼康爵，㉔
以奏爾時。㉕

三

賓之初筵，

執籥起舞奏笙鼓，
眾樂都協和伴奏，
呈獻歌舞娛先祖。
用來配合各儀式，
所有儀式都周至。
又很盛大又整齊，
神靈賜你大福氣，
子子孫孫都歡喜。
他們歡喜稱快樂，
各自表演其射技。
來賓於是挑對手，
主人也加入比試。
斟上那滿滿大盃，
來慶賀你射中時。

賓客剛入筵席時，

❾ 張，是說箭已上弦，弓已拉開。
❿ 射夫，參加射箭比賽的人。同，會齊。
⓫ 獻，呈、表現。發功，射箭的功力。
⓬ 的，音「地」，目標。指靶心。
⓭ 祈，求。爾，你，指比賽的對手。爵，古酒器名，此指罰酒。古人射箭比賽，敗者飲酒。
⓮ 籥，音「躍」，古管樂器名。籥舞，執籥而舞。
⓯ 烝，進、進樂。衎，音「看」，娛樂。烈祖，創業的祖先。
⓰ 洽，配合。百，泛稱，言其多。
⓱ 至，周備。
⓲ 即壬壬林林，形容百禮盛大的樣子。壬，大。林，盛。
⓳ 錫，賜。純嘏，大福、厚福。
⓴ 湛，音「躭」，喜悅。
㉑ 奏，獻、表現。

溫溫其恭。
其未醉止，㉖
威儀反反；㉗
曰既醉止，
威儀幡幡。㉘
舍其坐遷，㉙
屢舞僊僊。㉚
其未醉止，
威儀抑抑；㉛
曰既醉止，
威儀怭怭。㉜
是曰既醉，
不知其秩。㉝

四

賓既醉止，
載號載呶。㉞
亂我籩豆，

那樣溫和又恭敬。
當他尚未喝醉時，
威儀態度很慎重；
一旦到他喝醉了，
威儀態度就變形。
離開他座席走動，
屢次起舞步輕盈。
當他尚未喝醉時，
威儀態度還文靜；
一旦到他喝醉了，
威儀態度就發萌。
這樣還說醉了酒，
不知規矩不要緊。

賓客已經喝醉了，
又是號叫又吵鬧。
打翻我果籃肉盤，

㉒載，則。手，親手、親自選取。仇，敵、比賽的對手。
㉓室人，主人。入，入場。又，通「侑」，陪客比賽。一說：勸酒。
㉔康爵，大酒杯。一說：空酒杯。
㉕奏，獻。時，射中時。
㉖止，語尾助詞。下同。
㉗反反，恭謹的樣子。
㉘幡幡，變了，變成輕率的樣子。
㉙舍，通「捨」，離開。遷，移動。
㉚僊僊，飄飄欲仙的樣子。僊，「仙」的古字。
㉛抑抑，是說尚有節制。
㉜怭怭（音「必」），輕薄的樣子。
㉝秩，規矩。一說：通「失」，缺失。
㉞號，大叫。呶，音「撓」，喧鬧。

屢舞僛僛。(35)
是曰既醉，
不知其郵。(36)
側弁之俄，(37)
屢舞傞傞。(38)
既醉而出，
並受其福；
醉而不出，
是謂伐德。(39)
飲酒孔嘉，(40)
為其令儀。(41)

五

凡此飲酒，(42)
或醉或否。
既立之監，(43)
或佐之史。(44)
彼醉不臧，(45)

屢次起舞身歪倒。
這樣還說是喝醉，
不知道自己過失。
歪戴皮帽這樣斜，
屢次起舞不停止。
如果醉了就離去，
大家都說好運氣；
如果醉了不離席，
這樣就叫缺德鬼。
喝酒本來是好事，
只是要有好禮儀。

所有這些喝酒人，
或者喝醉或不曾。
已經為他立酒監，
有時幫他設酒史。
那醉的固然不好，

(35) 僛僛（音「欺」），身體歪歪斜斜的樣子。
(36) 郵，通「訧」，過失。
(37) 側弁，歪戴皮帽。俄，傾斜。
(38) 傞傞（音「娑」），盤旋不停的樣子。
(39) 伐德，缺德、敗德。
(40) 孔嘉，甚佳、很好。
(41) 令儀，好儀態。
(42) 凡此，所有這些。
(43) 監，酒監，一名「司正」，在酒宴上糾察禮儀的官員。
(44) 史，酒史，一名「侑食」，在宴會中記事記言的官員。
(45) 臧，善。
(46) 從謂，跟從別人勸酒。

不醉反恥。
式勿從謂，㊻
無俾大怠。㊼
匪言勿言，㊽
匪由勿語。㊾
由醉之言，㊿
俾出童羖。51
三爵不識，52
矧敢多又！53

不醉的反而受辱。
莫再隨人勸人酒，
莫使醉者太出醜。
不該說的就不說，
沒有理由就不講。
依照醉者的胡言，
都會生出缺角羊。
酒過三巡不清醒，
豈可勸人再多飲！

㊼ 大，通「太」。怠，怠慢失禮。
㊽ 匪，通「非」。下同。
㊾ 由，理由、法式。
㊿ 由，聽從。醉，醉客。
51 俾，通「譬」，譬如。一說：使。童羖，沒有角的公羊。
52 三爵，古代君臣小宴的禮節，以來回三杯酒為度。
53 矧，音「審」，況且。多又，又多喝。

【新繹】

〈毛詩序〉說：「〈賓之初筵〉，衛武公刺時也。幽王荒廢，媟近小人，飲酒無度，天下化之。君臣上下，沉湎淫液。武公既入，而作是詩也。」說得很清楚，詩是衛武公刺周王飲酒無度而作。序文中「沉湎淫液」以下文字，《鄭箋》補注云：「淫液者，飲食時情態也。武公入者，入為王卿士。」但是，據《史記．衛康叔世家》：「武公即位，修康叔之政，百姓和集。四十二年，犬戎殺周幽王。武公將兵往，佐周平戎甚有功。周平王命武公為公。」似乎此詩應作於周平王之世，衛武公所刺者未必為幽王。又據王先謙《詩三家義集疏》所引，《後漢書．孔融傳》李賢注引韓詩云：「衛武公飲酒悔過也。」《易林．大壯之家人》云：「舉觴飲酒，未得至口。側弁醉訩，拔劍斫怒。武公作悔。」則漢代今古文經師雖然都同意作者為衛武公，但說法略有不同。古文學派認為是衛武公刺周幽王之作，今文學派則認為是衛武公自述飲酒悔過之作。

宋代《朱傳》取韓詩之說，以為「按此詩義，與〈大雅．抑〉戒相類，必武公自悔之作」。後來學者，或各是其是，或兼採二說，如陳奐《詩毛氏傳疏》云：「是詩為（武公）追刺幽王而作」，方玉潤《詩經原始》亦云：「二說實相通」，說是幽王時君臣沉湎於酒，武公入為王卿士，難免不與其宴，未敢直諫，乃作此悔過自警，使王聞之，或以稍正其失。結論是「毛韓二說，原未嘗錯」。近現代研究者不少人同意此一觀點。

詩共五章，每章十四句，為〈小雅〉長篇之一。前二章陳古，陳述古代燕饗、大射之禮。射禮有四：大射、賓射、燕射、鄉射。四者皆以燕禮開端。天子諸侯的饗禮，宴必歌舞，故有鐘鼓。射必先設侯，侯者，靶也。靶心為的，射者以中的為勝。《禮記．射義》：「天子之大射，謂之射侯，……射中者得與于祭。」此詩第一、二兩章，鋪敘燕飲、比射以及歌舞致祭場面，由迎賓設席開始，既設而飲，既飲而射，因祭而飲，寫得井井有條，顯得典雅莊重。首章開頭二句，「賓之初筵」即來賓初入坐席之時；「左右秩秩」即主人就坐於堂上筵席之東，而賓客坐於西，井然有序。一路寫去，全是燕飲、大射以及樂舞祭祖過程，無不百禮周至。此與後二章所寫失禮場面可相對照。姚際恆《詩經通論》即云：「此章言唯射乃飲酒也。前八句言射初燕飲，下六句言大射之事。」

第三、四兩章刺今，刺主客既醉失禮之狀。第三章以下，又寫燕飲之事。蓋大射之禮，先言

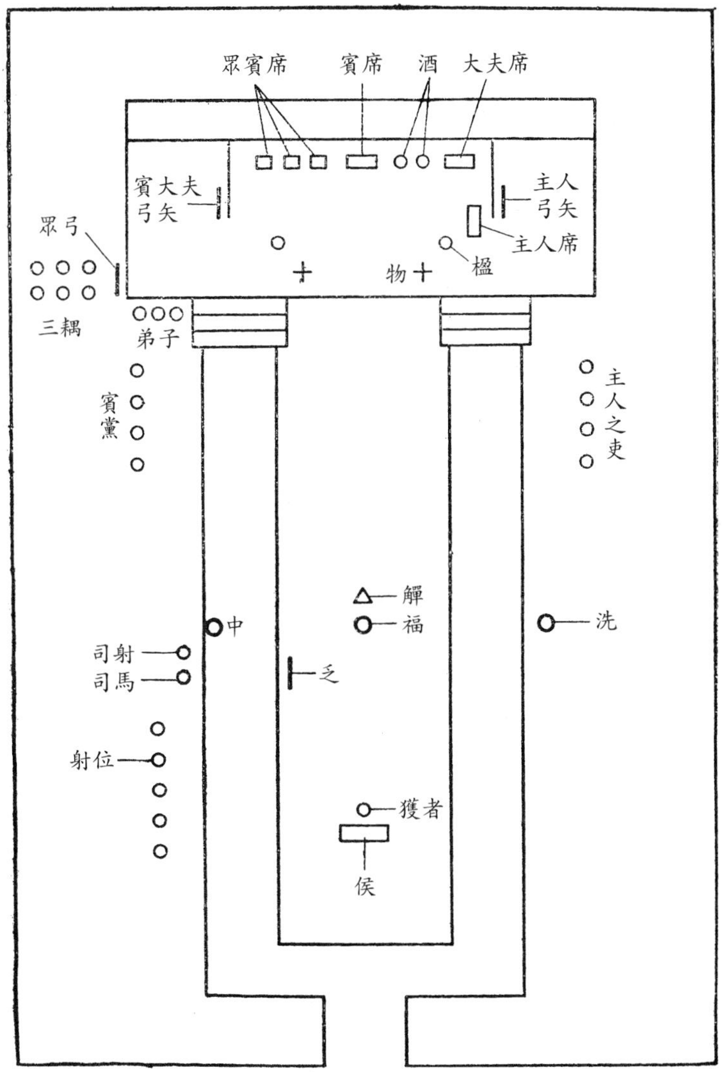

《儀禮》鄉射禮圖

（施隆民／繪製）

射前燕飲，再行射禮，射畢再行燕饗之禮。姚際恆評曰「屢舞」醉態，凡作三層，寫一層，深一層。「僊僊」是初醉，「傲傲」是大醉，「傞傞」則是極醉。「舍其坐遷」、「亂我籩豆」、「側弁之俄」，更是醉態可掬，或者說醜態盡出。

第五章以申戒自警作收。酒監掌令，糾察禮儀；酒史記事，記載失言。酒監和酒史就是《儀禮》中所說的「司正」和「侑食」。設立他們的目的，一方面是希望賓客能盡興暢飲，一方面又希望不要多飲失態。〈湛露〉篇既說「不醉無歸」，又說「莫不令儀」，亦即此意。可是此篇所寫的主客，卻醉後失態了，所以詩人有諷刺或悔過自刺之意。「彼醉不臧」以下四句，承酒監察儀而言；「匪言勿言」以下四句，承酒史慎言而來。「俾出童羖」，醉者荒唐之言，天下豈有無角之羊？「三爵不識」，戒醉之辭。《鄭箋》云：「三爵者，獻也，酬也，酢也。」所謂三巡，非止三杯也。

以上十篇，都是周幽王時代士大夫的傷時刺亂之作，所謂〈甫田之什〉，最大的特色，都是從反面寫，藉周初聖王的禮樂文明來諷刺末世昏君的暴虐統治。

魚藻

一

魚在在藻，❶
有頒其首。❷
王在在鎬，❸
豈樂飲酒。❹

二

魚在在藻，
有莘其尾。❺
王在在鎬，
飲酒樂豈。

三

魚在在藻，
依于其蒲。❻

【直譯】

魚在哪裡？在藻間，
有夠分明牠的頭。
王在哪裡？在鎬京，
歡樂的他正喝酒。

魚在哪裡？在藻下，
有夠長的牠尾巴。
王在哪裡？在鎬京，
他正喝酒歡樂呀。

魚在哪裡？在藻底，
依傍在那香蒲裡。

【注釋】

❶ 句應讀作「魚在？在藻」。下同。藻，水草名。

❷ 有頒，頒頒，猶「斑斑」，形容黑白分明的樣子。一說：形容頭的大小。

❸ 讀作「王在？在鎬」。下同。

❹ 豈，通「愷」，和樂。豈樂、樂豈，都是歡樂的意思。

❺ 莘，長。有莘，莘莘。

❻ 蒲，水草名。

王在在鎬，
有那其居。❼

王在哪裡？在鎬京，
有夠安閑他起居。

❼ 有那，那那、那然，安逸的樣子。

【新繹】

〈毛詩序〉：「〈魚藻〉，刺幽王也。言萬物失其性，王居鎬京，將不能以自樂，故君子思古之武王焉。」話說得很清楚，詩人思古之武王，藉武王建都於鎬，生活安樂，如魚得水，用來諷刺幽王同樣居住鎬京，卻不能安然自樂。詩中經文寫的，是正面對周武王的歌頌，〈毛詩序〉所要點明的，是文字背後對周幽王的諷刺。《鄭箋》闡釋〈毛詩序〉說：「萬物失其性者，王政教衰，陰陽不和，群生不得其所也」、「將不能以自樂，言必自是有危亡之禍」，這是就「刺幽王」來立論。朱熹《詩集傳》說：「此天子燕諸侯，而諸侯美天子之詩也。」這是就美武王的觀點來說明。二者並無矛盾，有些學者不明此理，竟說《朱傳》反對毛、鄭之說，殊屬無謂。陳子展《詩經直解》說得好：「倘吾人知〈序〉固有反經以序之一例，或知《詩》亦有合樂與瞽矇諷誦之義，則知此〈序〉亦可通也」。

詩共三章，每章四句，是〈小雅〉短篇之一，重章疊句，語言淺白，有民歌性質。每章皆以第一句「魚在在藻」，興第三句「王在在鎬」。何楷《詩經世本古義》云：「魚在在藻，王在在鎬，兩句炤映甚明。魚興王，藻興鎬。」用現代新式標點，這兩句應該標為「魚在？在藻」、「王在？在鎬」，就容易了解是詩人自問自答。魚在水底藻蒲之間，游來游去，真得優游之樂，藉此比喻武王之建都鎬京，適得其所。

每章的第二句，寫魚游藻間的形狀。第一章寫魚頭之斑，第二章寫魚尾之長，第三章寫依於香草，不但形容其優游之樂，而且寓有神龍見首不見尾的喻意。每章的第四句，寫武王在鎬京生活安樂，住的地方大，幾乎天天飲酒作樂，可是當時卻政治清明，天下太平。因此西周末年的詩人，不禁要暗中反問：同樣住在鎬京，為什麼到了幽王之時，就萬物失其性，君臣百姓都惶惶不安，不能以自樂呢？

明代鄒肇敏、何楷等人，曾推究周武王何時在鎬京可以如此生活快活，他們都以為是「武王克商，飲至也」，說是克殷之後，還說：「飲至者，嘉其行至，故因在廟中飲酒為樂也」，又說：「豈樂者，奏豈（凱）而樂也」，這就真的有些求其甚解了。

以下十四篇，一樣是反映周幽王時代的作品。依照《毛詩》舊本每十篇一組的分法，原來〈魚藻〉以下十篇才稱為〈魚藻之什〉，但最後的四篇，因不便另外分卷，所以也併入了〈魚藻之什〉內。

采菽

一

采菽采菽，❶
筐之筥之。❷
君子來朝，❸
何錫予之？❹
雖無予之，
路車乘馬，❺
又何予之？
玄袞及黼。❻

二

觱沸檻泉，❼
言采其芹。❽
君子來朝，
言觀其旂。❾

【直譯】

採大豆呀採大豆，
方筐圓簍來盛它。
諸侯來朝見天子，
用什麼來賜給他？
雖沒什麼賜給他，
仍送輅車四匹馬，
還有什麼賜給他？
黑色龍袍和斧黼。

噴湧翻騰的泉水，
我採那裡的水芹。
諸侯來朝見天子，
我看到他們龍旗。

【注釋】

❶菽，豆類的總稱。
❷筐、筥（音「舉」）都是盛物的竹器。筐，方形；筥，圓形。
❸君子，此指諸侯。下同。
❹錫予，賜給。
❺路車，諸侯所乘的車，也叫輅車。乘馬，四匹馬。
❻玄袞，上衣畫有卷龍的黑色禮服。黼，音「甫」，下裳黑白相間有斧形圖紋的禮服。
❼觱（音「必」）沸，噴湧而出的樣子。檻，通「濫」。
❽芹，水芹。
❾旂，繪有蛟龍的旗幟。已見前。

其旂淠淠，⑩
鸞聲嘒嘒。⑪
載驂載駟，⑫
君子所屆。⑬

三

赤芾在股，⑭
邪幅在下。⑮
彼交匪紓，⑯
天子所予。
樂只君子，⑰
天子命之。
樂只君子，
福祿申之。⑱

四

維柞之枝，⑲
其葉蓬蓬。⑳

他們龍旗正飄揚，
鑾鈴車聲響清亮。
或駕驂馬或駟馬，
諸侯來到都靠它。

大紅蔽膝在大腿，
綁腿斜纏在膝下。
不驕傲也不怠慢，
這是天子所賜呀。
快樂呀諸侯君子，
天子下令賞賜他。
快樂呀諸侯君子，
福呀祿呀加封他。

這是柞樹的枝幹，
它的枝葉很蓬勃。

⑩ 淠淠（音「配」），形容旗幟飄動的聲音。
⑪ 鸞，鸞鈴。嘒嘒，鸞鈴聲。
⑫ 驂，一車三馬。駟，一車四馬。
⑬ 屆，至。
⑭ 赤芾，大紅蔽膝。古代諸侯所用。股，大腿。
⑮ 邪幅，綁腿。
⑯ 彼、匪，皆通「非」，不會的意思。交，通「絞」，緊張、驕傲。紓，緩慢。一說：彼，指邪幅。
⑰ 只，語助詞。下同。
⑱ 申，加、重複。
⑲ 柞，樹名。
⑳ 蓬蓬，生長旺盛的樣子。

樂只君子，
殿天子之邦。㉑
樂只君子，
萬福攸同。㉒
平平左右，㉓
亦是率從。㉔

快樂呀諸侯君子，
鎮守天子的邦國。
快樂呀諸侯君子，
萬萬福祿都會同。
從容的在王左右，
也同樣遵循順從。

五

汎汎楊舟，㉕
紼纚維之。㉖
樂只君子，
天子葵之。㉗
樂只君子，
福祿膍之。㉘
優哉游哉，㉙
亦是戾矣。㉚

泛泛飄流楊木舟，
麻竹大繩維繫它。
快樂呀諸侯君子，
天子評量獎賞他。
快樂呀諸侯君子，
種種福祿厚待他。
悠閒而又自在啊，
也是安泰之至呀。

㉑殿，鎮守。
㉒攸同，所聚。
㉓平平，韓詩作「便便」，從容閒雅的樣子。左右，諸侯左右的臣屬。
㉔率從，遵循、服從。
㉕汎汎，隨水飄流的樣子。楊舟，楊木做成的船。
㉖紼，繫船的麻繩。纚，音「始」，拉船用的竹索。維，維繫。
㉗葵，通「揆」，估計、估量。
㉘膍，音「皮」，厚賜。
㉙優、游，都是悠閒自得的意思。
㉚戾，至。

【新繹】

〈毛詩序〉說：「〈采菽〉，刺幽王也。侮慢諸侯，諸侯來朝，不能錫命以禮，數徵會之，而無信義。君子見微而思古焉。」意思是周幽王侮慢諸侯，不但不能對諸侯錫命以禮，而且常徵會他們，不講信義，近於戲弄。例如為了博褒姒一笑，數次驪山烽火，召來諸侯出兵相救，便是著名的例子。因此詩人作此以刺之。雖然〈毛詩序〉是反經為義，與經文字面之頌美諸侯來朝相反而言，但恰如《孔疏》所論，此說真的「於經無所當」，因此難於取信於讀者。同為漢代經師，今文學派三家詩就持議不同。據王先謙《詩三家義集疏》、陳喬樅《魯詩遺說考》，三家詩主張此為「王賜諸侯命服」之詩。至於宋代朱熹的《詩集傳》，則認為〈采菽〉與〈魚藻〉兩篇一組，「此天子所以答〈魚藻〉也」，是天子與諸侯的相互頌美贈答之作，實與周幽王的侮慢諸侯全然無關。到了清代，姚際恆《詩經通論》既斥〈毛詩序〉「刺幽王」之說，又謂《朱傳》為穿鑿之論，主張此「大抵西周盛王，諸侯來朝，加以錫命之詩」。方玉潤《詩經原始》也說：「美諸侯來朝也」。他們的說法都近於三家詩，也應該比較切合題旨。

其實，這首詩所反映的，是西周的朝禮。

朝禮是賓禮之一，賓禮則是天子與諸侯之間的外交禮儀。諸侯去朝見天子，在春天叫「朝」，在秋天叫「覲」。此詩首章次章都有「君子來朝」之句，《毛傳》云：「君子，謂諸侯也。」可見寫的正是諸侯朝見周王之事。今《儀禮》十七篇只有覲禮而無朝禮，依覲禮及《禮記．曲禮下》來推測，朝禮在行禮之後，仍然重在天子賜諸侯以車馬服飾。與此詩所記，正好契合。以下依經文順序略述其各章大意。

詩共五章，每章八句。除第三章全用賦筆，以「赤芾」來頌美「樂只君子」諸侯服飾為「天子所予」之外，其他四章開頭二句，全是托物起興。第一章寫採菽者以方筐圓莒盛之，第二章寫採水芹於噴泉之旁，第四章寫柞樹枝葉繁茂，第五章寫用繩維繫河中木舟，皆有其喻意，而且這些郊外草野之物後面，馬上接以「君子來朝」、「天子所予」，種種「賜之車馬以代其步」、「賜之衣服以表其德」（見《白虎通．黜陟篇》）的描寫，都令人聯想到這是四方諸侯來朝見天子、接受錫命的場面。《儀禮．覲禮》云：「覲禮，至于郊。」朝禮當亦如是。採菽、採水芹等，也正好是郊外所常見之物。分開來看，第一章的「路車乘馬」、「玄袞及黼」，是諸侯才能享有的車服。路車一稱輅車，它指諸侯的座車。玄袞，繪有卷龍的黑色上衣；黼，綉有黑白相間斧形圖紋的下裳，它是諸侯的禮服，代表尊嚴和公正。第二章的「旂」，繪有蛟龍的旌旗，它和鸞鈴一樣，都是諸侯車馬儀仗的表徵。第四章的「樂只君子」以下，既是「維柞之枝，其葉蓬蓬」的引申，同時「平平左右」二句也呼應第一章的「玄袞及黼」。黼綉有黑白的斧形花紋，正可形容諸侯處事要黑白分明，力求公正。第五章的「樂只君子」以下，同樣是上二句「汎汎楊舟，紼纚維之」的引申，木船要靠大繩索來維繫，才不會飄盪東西，王朝也要靠四方諸侯來扶持，才能國泰民安。這些都是淺顯的道理。這些淺顯的道理，在盛世明王時代，一切行諸自然，可是到了亂世昏君如幽王之時，卻處處出現問題。為什麼呢？詩人的疑問，〈毛詩序〉的作者，從時代背景的觀點反面來解釋它。後代的讀者，因為不了解西周的禮制，越到後來，對詩中所寫的事物，也就越茫然不解了。

角弓

一

騂騂角弓，❶
翩其反矣。❷
兄弟昏姻，❸
無胥遠矣。❹

二

爾之遠矣，
民胥然矣。❺
爾之教矣，
民胥傚矣。❻

三

此令兄弟，❼
綽綽有裕。❽

【直譯】

上弦下弦的角弓，
翩然那樣翻轉呀。
只要是兄弟親戚，
不該互相疏遠呀。

你們這樣疏遠呀，
人們都會學樣呀。
你們這樣教導呀，
人們都會倣效呀。

這是友好的兄弟，
彼此寬待有餘地。

【注釋】

❶ 騂騂，弓、弦調和適度的樣子。角弓，獸角為飾的弓。
❷ 翩其，翩然。反，是說弓上弦和卸弦後，兩端會朝不同的方向彎曲。
❸ 昏姻，婚姻。指異姓的親戚。
❹ 胥遠，相遠。
❺ 胥然，都是如此。是說互相疏遠。
❻ 胥傚，互相模倣。
❼ 令，善、好。
❽ 即綽綽裕裕，形容濶大寬裕的樣子。有裕，裕裕。

不令兄弟，
交相為瘉。❾

四

民之無良，
相怨一方。
受爵不讓，
至於己斯亡！❿

五

老馬反為駒，⓫
不顧其後。
如食宜饇，⓬
如酌孔取。⓭

六

毋教猱升木，⓮
如塗塗附。⓯

不是友好的兄弟，
互相傷害成仇敵。

人們如果不善良，
互相埋怨另一方。
接受爵位不禮讓，
輪到自己就善忘！

老馬反作小馬用，
那是不管它後果。
好像吃飯要吃飽，
好像酌酒要斟多。

莫教猱猴爬上樹，
好像土上加泥土。

❾ 瘉，音「欲」，病、詬病。
❿ 至于己，輪到自己。斯，就。亡，通「忘」。斯亡，就忘記。
⓫ 駒，小馬。
⓬ 饇，音「裕」，飽。
⓭ 酌，喝酒。孔，多。
⓮ 猱，音「橈」，猴子。升木，上樹。
⓯ 塗，泥土。塗附，用泥土塗抹。

·猱·

君子有徽猷，[16]
小人與屬。[17]

君子若有好謀略，
小人相從為部屬。

七

雨雪瀌瀌，[18]
見晛曰消。[19]
莫肯下遺，[20]
式居婁驕。[21]

飄落雪花亂紛紛，
一見日出就融消。
不肯謙卑對待人，
小人居然滿驕傲。

八

雨雪浮浮，[22]
見晛曰流。[23]
如蠻如髦，[24]
我是用憂。[25]

飄落雪花自悠悠，
一見日出化水流。
小人像南蠻西戎，
我因此深深擔憂。

[16] 徽猷，好謀、善道。
[17] 小人，指一般人民。與屬，跟隨、相從。
[18] 雨雪，下雪。瀌瀌，猶紛紛。
[19] 晛，音「現」，陽光。
[20] 下遺，下墜、降落。表示謙下。
[21] 居，通「倨」，傲慢。婁，「屢」的借字。
[22] 浮浮，猶紛紛。
[23] 流，溶化成水。
[24] 蠻，南蠻。髦，指西戎。
[25] 是用，是以、因此。

【新繹】

〈毛詩序〉：「〈角弓〉，父兄刺幽王也。不親九族而好讒佞，骨肉相怨，故作是詩也。」因為詩中經文大意也是如此，所以歷代學者較少異議。連朱熹的《詩集傳》也說：「此刺王不親九族而好讒佞，使宗族相怨之詩」。除了「刺幽王」不說之外，其他幾乎與〈毛詩序〉相同。《漢書．劉向傳》記載劉向上書時曾說：「幽、厲之際，朝廷不和，轉相非怨。詩人刺之曰：民之無良，相怨一方。」可見漢代經師也以「幽、厲之際」來概括言之。明代何楷《詩經世本古義》則不僅承襲「刺幽王」之說，而且還指明是周幽王因寵任異姓親戚以致疏遠了同姓兄弟。〈十月之交〉一篇所說的皇父七人，皆為褒姒姻黨，〈正月〉一篇也說親戚小人「洽比其鄰，昏姻孔云」，顯示褒姒一黨在當時的當權得勢。因此周幽王疏遠了同姓兄弟的骨肉之情，也因此周幽王的父兄作此以刺之。

詩共八章，每章四句。前四章重在刺王不親兄弟，字裡行間，真的不乏父兄訓誡口氣。第一章以角弓起興，言角弓不宜鬆弛，以喻兄弟不可疏遠。角弓，貴族日常所用之物。《朱傳》云：「弓之為物，張之則內向而來，弛之則外反而去」，可見弓在上弦去弦時，方向翩然反轉。兄弟婚姻之親，猶如弓弦之合，實不可分離。第二章「爾」指周王，言周王之疏遠兄弟，將影響人民之親情。第三章言兄弟有善良者，有不善良者，前者彼此寬容，後者互相指責。僅言兄弟而不及婚姻者，似以同姓同宗

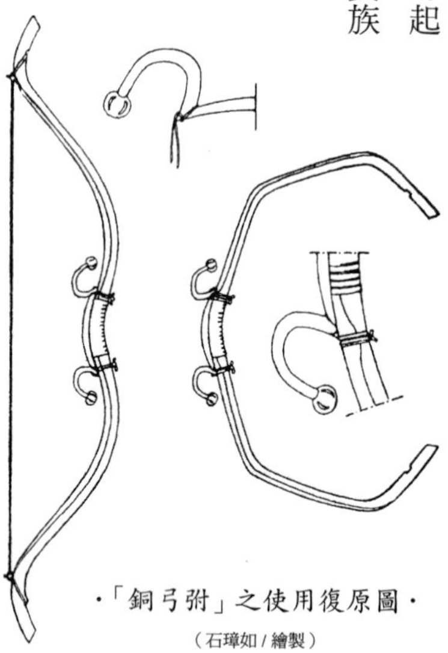

・「銅弓弣」之使用復原圖・

（石璋如／繪製）

者為限。第四章言兄弟一旦交惡不友好，將「相怨一方」，受爵而不讓。不讓則爭，爭則讒人乘隙構惡其間。受爵，大至受爵位，小至受杯酒，皆將招怨生恨。下文多就此引申。

後四章承上文「民之無良，相怨一方」而來，善用比興，取喻多奇。第五章以「老馬反為駒」為喻，說宜敬老養老；第六章以「毋教猱升木」為喻，說宜教化臣下。第七、八兩章皆以日出雪消為喻，說君子既出，小人自然消失，然而當今之周王，豈君子人乎？故詩人目睹小人驕橫野蠻之餘，心中不勝憂懼之至。

菀柳

一

有菀者柳，❶
不尚息焉。❷
上帝甚蹈，❸
無自暱焉。❹
俾予靖之，❺
後予極焉。❻

二

有菀者柳，
不尚愒焉。❼
上帝甚蹈，
無自瘵焉。❽
俾予靖之，
後予邁焉。❾

【直譯】

枯萎了的是柳樹，
不要奢望休息哪。
上帝最變動無常，
不要自去惹事哪。
當初要我治理它，
後來我受排斥哪。

枯萎了的是柳樹，
不要奢望納涼哪。
上帝最變動無常，
不要自找災殃哪。
當初讓我治理它，
後來我被流放哪。

【注釋】

❶ 菀，音「暈」，枯病。有菀，菀菀。一說：茂盛的樣子。
❷ 不尚，不可、不要奢望。
❸ 上帝，借指周王。蹈，跳動，比喻喜怒無常。
❹ 暱，音「匿」，親近。一說：過於親近或疏遠。
❺ 俾，使、讓。予，我。靖，治理。
❻ 極，「殛」的借字，排斥。予極，「極予」的倒文。
❼ 愒，音「氣」，休息。
❽ 瘵，音「債」，病。
❾ 予邁，「邁予」的倒文。是說把我放逐到邊遠地區。

三

有鳥高飛，
亦傅于天。❿
彼人之心，
于何其臻？⓫
曷予靖之，⓬
居以凶矜？⓭

有鳥兒奮力高飛，
也只能飛到天邊。
那人的心不可測，
到哪裡是他終點？
為何讓我治理它，
反而陷我於凶險？

❿ 傅，近、至。
⓫ 于何，到哪裡。臻，終點、極限。
⓬ 曷，為何。
⓭ 居，處、待。矜，危凶。

【新繹】

〈毛詩序〉說：「〈菀柳〉，刺幽王也。暴虐無親，而刑罰不中，諸侯皆不欲朝，言王者之不可朝事也。」對於此說，歷代學者除了對「刺幽王」稍有意見之外，大致沒有異議。朱熹《詩集傳》據詩尋義，也說：「王者暴虐，諸侯不朝，而作此詩。」對於是否「刺幽王」，避而不談。到了清代，頗有一些學者，對於是否「刺幽王」，才提出較多的質疑。例如姚際恆《詩經通論》說：「〈小序〉謂刺幽王，或謂厲王。〈大序〉謂諸侯皆不欲朝，《集傳》從之，非也。」他同樣據詩尋義，認為此詩「大概是王待諸侯不以禮，諸侯相與憂危」之作。魏源《詩古微》更以詩證詩，認為以此篇質之於〈大雅〉中刺厲王、幽王之作，風格蓋有所不同，他說「厲王暴虐剛惡」，「幽王童昏柔惡」，「刺厲王詩皆欲其收輯人心；刺幽王詩皆欲其辨佞遠色」，加上刺厲王詩有「上帝板板」、「蕩蕩上帝」之語，與本篇「上帝甚蹈」頗相近似，故認定此詩所刺者乃厲王，而非幽王。此可備一說。

詩共三章，每章六句。〈小雅〉短篇之一。陳子展《詩經直解》以為此詩風格近似歌謠，或出自民間歌手，未必如《孔疏》所言為諸侯不朝者所自作。第一、二兩章皆以菀柳不可止息起興，言在王朝為政處事之難。菀柳之「菀」，一作「茂盛」解，雖似相反，而實相成。第三章更以鳥之高飛，至天而止，興周王之變化莫測，初則信任，後則流放。怨憤之情，真見於言外。

都人士

一

彼都人士，❶
狐裘黃黃。❷
其容不改，
出言有章。❸
行歸于周，❹
萬民所望。

二

彼都人士，
臺笠緇撮。❺
彼君子女，❻
綢直如髮。❼
我不見兮，
我心不說。❽

【直譯】

那個都城的人士，
狐皮袍衫黃又黃。
他的容貌沒改變，
說出的話有文章。
即將回歸到鎬京，
千萬民眾所仰望。

那個都城的人士，
頭戴草笠黑布冠。
那個貴族的子女，
頭髮細直像綢緞。
我如今見不到呀，
我的心裡不喜歡。

【注釋】

❶都，京城。此指鎬京。

❷狐裘，狐皮袍。黃黃，形容皮裘罩衫的顏色。

❸章，文采。是說出口成章。

❹行歸，將歸。周，指周都鎬京。

❺臺，通「薹」，莎草。臺笠，草笠。緇，音「資」，黑布。撮，束髮小帽。一說：帽帶。

❻君子女，君子之女。指在上位者。一說：此句當解讀為彼君之子女。子女，謂未成年。

❼綢，「鬗」的借字，髮多。一說：猶言髮如綢直。

❽說，通「悅」。

三

彼都人士，
充耳琇實。[9]
彼君子女，
謂之尹吉。[10]
我不見兮，
我心苑結。[11]

那個都城的人士，
塞耳飾物是美石。
那個貴族的子女，
稱呼他尹氏姞氏。
我如今見不到呀，
我的內心真鬱卒。

四

彼都人士，
垂帶而厲。[12]
彼君子女，
卷髮如蠆。[13]
我不見兮，
言從之邁。[14]

那個都城的人士，
冠帶如裂帛下垂。
那個貴族的子女，
卷髮上翹如蠍尾。
我如今見不到呀，
我願永遠的追隨。

五

匪伊垂之，[15]

不是故意下垂它，

[9] 充耳，即耳墜，冠下垂於耳旁的飾物。琇，美石。

[10] 尹吉，尹氏和姞氏。指上文「彼君子女」的姓氏，尹，其父之氏。姞，其母之姓。

[11] 苑，音「鬱」，鬱積。

[12] 垂帶，垂下的衣帶。厲，通「裂」，綢布的殘餘。

[13] 卷髮，鬢邊卷曲的髮型。蠆，音「豺」去聲，蠍子，一種行走時尾巴向上翹的毒蟲。

[14] 邁，遠、遠行。

[15] 匪，非。伊，是、此。指上文的「垂帶」。

帶則有餘。
匪伊卷之，⑯
髮則有旟。⑰
我不見兮，
云何盱矣？⑱

冠帶本就有多餘。
不是故意捲起它，
髮型本就有翹曲。
我如今見不到呀，
為什麼心就憂慮？

⑯ 匪伊，不是它。同上。伊指上文的「卷髮」。
⑰ 有旟，旟旟，像旗幟揚起的樣子。
⑱ 盱，音「虛」，憂慮。

【新繹】

〈都人士〉這首詩，從古至今，從全篇題旨到字句注釋，歷來都有爭議。

〈毛詩序〉說：「〈都人士〉，周人刺衣服無常也。古者長民，衣服不貳，從容有常，以齊其民，則民德歸壹。傷今不復見古人也。」意思是說：古代管理人民的明王，關於衣服儀容，有一定的規制，所以民德歸厚。言下之意，是感嘆時代風氣改變了，衣服無常，人心不古。但〈毛詩序〉的這段話，卻與《禮記・緇衣篇》的：「子曰：長民者，衣服不貳，從容有常，以齊其民，則民德壹。《詩》云：彼都人士，……萬民所望。」頗相重複。據陳子展《詩三百解題》的推論，〈詩序〉是毛公所作，《禮記・緇衣篇》相傳是七十之徒公孫尼子所作，同是六國時人，究竟是誰抄襲誰？委實難以斷定。朱熹《詩序辨說》和陳啟源《毛詩稽古編》認為《禮記・緇衣篇》襲用〈毛詩序〉，魏源《詩古微》和王先謙《詩三家義集疏》則認為〈毛詩序〉襲用公孫尼子《緇衣》之說。王先謙還根據《孔疏》所引《左傳・襄公十四年》服虔的注，以及《禮記・緇衣篇》鄭玄的注，來證明此詩毛氏雖有五章，但三家詩卻缺首章，只有四章。他還「細味全詩」，認為首章單言士，和以下四章皆士女對文，其詞不類，等等，來斷定首章是毛氏將逸詩「強裝篇首」的。當代學者程俊英、蔣見元《詩經注析》還補充說，熹平石經魯詩殘石〈都人士〉篇亦無首章，足證王說可信。

話雖如此，但歷來學者還是很多人採信朱熹《詩集傳》的說法：「亂離之後，人不復見昔日都邑之盛，人物儀容之美，而作此詩以嘆惜之也。」認為這是周室東遷以後的作品。

詩共五章，每章六句。從第一章開始，有些詞語的解釋，歷來就有很多歧異。這雖是《詩經》的共同特色，但像此篇如此紛雜的，畢竟不多。例如首句「彼都人士」，一般都說「都」指王都，即西周舊都鎬京，但有人（像馬瑞辰）就把「都人」連讀，說「都人」即「美士」或「美人」。像「行歸于周」句，一般都解作將歸鎬京，但有人主張「周」應解為「忠信」，而「行歸」乃指女子于歸，將嫁往鎬京。所有的解釋都非常紛歧。此不贅引。以下析論段落大意，僅就筆者所感而言之。

第一章寫鎬京人士服飾之美，音容依舊。「出言有章」一句，尤見與鄉野他邦者之不同，此文化之素養，即「萬民所望」者也。第二章以下，以「彼都人士」與「彼君子女」對比，寫其冠珥髮飾之美，充滿憶往懷舊之情。第一章的「狐裘黃黃」，據《白虎通．衣裳篇》：「諸侯狐黃」、《禮記．玉藻》：「狐裘黃衣以裼之」，等等，知係諸侯之服。第二章的「臺笠緇撮」，據《毛傳》：「緇撮，緇布冠也」，又《禮記．士冠禮》，等等，乃知為士之所服。對照之下，前後似有今昔之不同。第二章言「綢直如髮」，第四章言「卷髮如蠆」，上引〈毛詩序〉所說的：

「周人刺衣服無常也」，不知道是否即指這些而言。第三章的「彼君子女，謂之尹吉」，《鄭箋》：「吉讀為姞，尹氏、姞氏，周室昏姻之舊姓也」，說明出身不凡，父母俱為貴族，此亦或即第一章所謂之「萬民所望」？第四、五兩章專寫彼都人士之冠帶及彼君子女之卷髮，詩人詠此，似有深意。《禮記．緇衣篇》曾引《詩經．曹風．鳲鳩》篇的「淑人君子，其儀一也」，來說明一個正人君子言行必須前後一致，詩中的「彼都人士」和「彼君子女」，應即此類。方玉潤《詩經原始》評之曰：「寫帶、髮一層，風致翩然，令人神往。」又：「全篇只詠服飾之美，而其人之風度端凝，儀容秀麗自見。即其人之品望優隆與世族之華貴，亦因之而見。」這樣的人，即將「行歸于周」，故詩人詠此送之。至於「彼都人士」與「彼君子女」是什麼關係，詩人比並二者以言之，究竟有什麼用意，筆者就不敢多加臆測了。

采綠

一
終朝采綠，❶
不盈一匊。❷
予髮曲局，❸
薄言歸沐。❹

二
終朝采藍，❺
不盈一襜。❻
五日為期，
六日不詹。❼

三
之子于狩，❽
言韔其弓。❾

【直譯】

整個早上採菉草，
還是不滿手一把。
我的頭髮捲成團，
趕快回家梳洗罷。

整個早晨採藍草，
還是不滿一圍裙。
五天約定是歸期，
如今六天不來臨。

這個人要去打獵，
我就裝好他弓箭。

【注釋】

❶終朝，整個早晨。綠，通「菉」，草名，一名藎草。
❷匊，古「掬」字，雙手合捧。一匊，猶言一大把。
❸曲局，卷曲。
❹薄，趕快的意思。沐，洗頭髮。
❺藍，草名。其汁可以染青。
❻襜，音「摻」，衣襟前的圍裙。
❼詹，至、到。六日，與上文「五日」，有人說是五月六月之日。
❽之子，這個人。于，往。狩，打獵。
❾韔，音「暢」，弓袋。作動詞用。

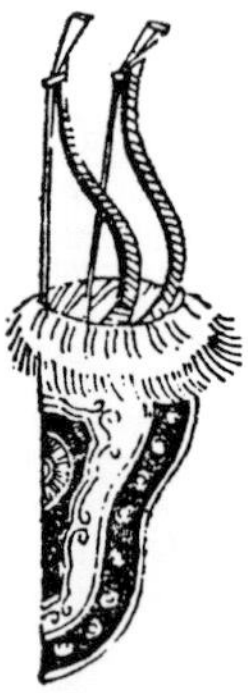

·韔·

之子于釣，
言綸之繩。⑩

這個人要去釣魚，
我就理好這釣線。

四

其釣維何？⑪
維魴及鱮。⑫
維魴及鱮？
薄言觀者。⑬

他釣到的是什麼？
是鯿魚以及鰱魚。
是鯿魚和鰱魚嗎？
我就趕快看看去。

⑩ 綸，釣竿上的線。
⑪ 維，是。
⑫ 魴，鯿魚。鱮，鰱魚。
⑬ 者，語氣詞。一說：者，通「諸」，之乎的合音。

【新繹】

〈毛詩序〉：「〈采綠〉，刺怨曠也。幽王之時，多怨曠者也。」刺時多怨曠，亦即刺幽王也。征役過時，王政之失。《鄭箋》為詩中第二章作補注說：「婦人過於時乃怨曠。五日六日者，五月之日、六月之日也。期至五月而歸，今六月猶不至，是以憂思。」歷來學者幾乎都同意此為怨曠之作，討論的重點，多在檢討舊說的一些細節。例如朱熹《詩序辨說》：「此詩怨曠者所自作。非人刺之，亦非怨曠者有所刺於上也。」他以為怨曠者只是一般的思婦，未必有所刺於上，但采詩者編詩者卻可視為反映時代的作品。又如嚴粲《詩緝》說：「去時約以五日而歸，今六日而不歸，時未久而怨，何也？古者新昏三月不從政。此新昏者之怨辭也。」這是對《鄭箋》把「五日」

「六日」解為「五月之日」「六月之日」所作的商榷。另外，龔橙《詩本誼》說此為〈小雅〉中「西周民風」之一，吳闓生《詩義會通》也說：「此詩與〈殷雷〉〈伯兮〉略同，純為〈風〉體，不當列入于〈雅〉。」事實上，諸侯之國有百姓有民歌，同樣的，周王朝所直接管轄的都城，也可以有百姓有民歌。〈小雅〉之中，當然在朝士作品之外，亦可收王畿「民風」之作。

此詩共四章，每章四句。前二章都託物寄興。第一章說採「綠」，第二章說採「藍」，它們都是可以染色的植物。終朝，整個早上，古人的用法，其實也就是整天的意思。終朝採綠採藍，不是重點，重點在第二句。採了老半天，都還不滿雙手一掬、圍裙一兜，這表示採綠採藍者，心不在焉，所以採集少了。換句話說，她為相思所苦。接下去的第三、四兩句，第一章寫自己的頭髮蓬亂，第二章寫丈夫的逾期未歸，都是這種為相思所苦的具體說明。「五日為期，六日不詹」，是夸飾的寫法。問題不在一日一月時間的長短，而在於思婦對丈夫想念的殷切。對有情人來說，一日不見，如隔三秋哪！

後二章用賦筆，卻只橫說，卻不直敘。前二章是從丈夫去後著筆，後二章是從丈夫歸後想像。第三章說如果丈夫要去狩獵，就先為他準備箭袋，把弓箭放入袋中；如果要去釣魚，就先為他準備釣竿，把釣線纏結紮實。第四章只承釣魚而言，釣到什麼魚，也不是重點，重點在寫夫婦倡隨之樂。雖只寫垂釣倡隨之樂，狩獵的倡隨之樂，亦可例見。這叫意在言外。配合全篇來看，後二章越寫倡隨之樂，也就越見前二章離別之苦。

此篇寫思婦之幽怨，真的刻畫入微，允為佳作。

黍苗

一

芃芃黍苗，❶

陰雨膏之。❷

悠悠南行，

召伯勞之。❸

二

我任我輦，❹

我車我牛。❺

我行既集，❻

蓋云歸哉！❼

三

我徒我御，❽

我師我旅。❾

【直譯】

蓬勃成長的黍苗，

陰雨及時滋潤它。

長長南行的隊伍，

召伯隨時慰問它。

我來挑擔我推挽，

我來扶車我牽牛。

我們工作已完成，

大概可說回家囉！

我徒步走我駕車，

我跟從師我從旅。

【注釋】

❶ 芃芃（音「朋」），草木茂盛的樣子。

❷ 膏，作動詞用，潤澤。

❸ 召伯，召穆公。姓姬，名虎，召公奭之後，是周厲王、宣王、幽王三朝大臣。勞，慰勞。

❹ 任，背負、肩扛。輦，當動詞用，推拉車子。

❺ 車，推挽車子。牛，牽牛拉車。

❻ 集，完成。

❼ 蓋，大概。一說：通「盍」，何不。

❽ 徒，徒步。御，駕車。一說：徒，步兵。御，車夫。

❾ 師，旅都是軍隊編制的單位。一旅五百人，一師五旅。

我行既集，
蓋云歸處。⑩

四

肅肅謝功，⑪
召伯營之。⑫
烈烈征師，⑬
召伯成之。⑭

五

原隰既平，⑮
泉流既清。
召伯有成，
王心則寧。

我們工作已完成，
大概能回家安居。

快速完成謝工程，
召伯用心經營它。
威武長征的隊伍，
召伯用心組成它。

高原窪地已整平，
山泉河流已濬清。
召伯治謝有成就，
周王心裡就安寧。

⑩ 處，安居。
⑪ 肅肅，嚴整快速的樣子。謝，邑名，申伯所封之國，在今河南境內。功，建築工程。
⑫ 是說謝邑的建築工程，就是召伯所營造的。
⑬ 征師，遠行的隊伍。
⑭ 成，組成。
⑮ 原隰，高平和低窪之地。平，填平、整治。

【新繹】

〈毛詩序〉：「〈黍苗〉，刺幽王也。不能膏潤天下，卿士不能行召伯之職焉。」《鄭箋》補充解釋：「陳宣王之德、召伯之功，以刺幽王及其群臣廢此恩澤事業也。」意思很清楚，詩人諷刺幽王的原因，在於他的卿士不能像召伯那樣盡責。

召伯，姓姬，名虎，封於召國，世稱召穆公虎。他是周初召公奭的後代，厲王、宣王、幽王三朝的重臣。據陳啟源《毛詩稽古編》說：「穆公諫厲王親兄弟，又脫宣王於難，而以子代之。及王立，復為平淮夷，城謝邑。上能宣布王德，下能慰安眾心。穆公先朝舊臣，年高望重，盡瘁事國，不敢告勞。」這樣的國之重臣，幽王不用，反而寵豔妻而親小人，詩人當然要諷刺他了。但這首詩，從經文看，它只是寫召伯「城謝邑」之事。所謂「城謝邑」，是指召伯受周宣王之命，帶領官兵徒役南下，為宣王母舅申侯，經營申地，建築謝邑（在今河南信陽），作為申侯之都。因為只寫召伯「城謝邑」之事，所以有人認為不宜說是「刺幽王」。像朱熹的《詩序辨說》和《詩集傳》，就都是如此主張。不過，批評〈毛詩序〉「刺幽王」之說不切合詩意是可以的，但因此而批評〈毛詩序〉言之無據，那就是因噎廢食了。

另外，此詩與〈大雅．崧高〉篇，內容相近，同詠一事。元代劉玉汝《詩纘緒》云：「〈黍苗〉為營謝方畢而歸之詩，〈崧高〉為營謝既成，申伯出封之詩。此二詩之表裡先後也。」可以互相參閱。王先謙《詩三家義集疏》引三家之說，以為此乃「召伯述職，勞來諸侯」之作，可能就是將上述二篇混為一談了。

詩共五章，每章四句。第一章藉「芃芃黍苗，陰雨膏之」南行途中所見，以喻召伯之能膏潤申侯謝邑。第二、三兩章，分別以徒役官兵之口，寫在召伯率領之下，完成謝邑建城的使命。詩中之「我」，兼你我而言。「我行既集」，即言行伍集結，喻同心協力。第四章點明召伯所築工事在謝邑。第五章以「原隰既平，泉流既清」喻召伯之建謝邑有成，並以「王心則寧」喻此城之成，功在國家。何楷《詩經世本古義》云：「謝為荊、徐要衝之地，封申伯於此，則足以鎮撫南國。宣王之心則安也。」洵為知言。

隰桑

一

隰桑有阿，❶
其葉有難。❷
既見君子，
其樂如何！

二

隰桑有阿，
其葉有沃。❸
既見君子，
云何不樂！

三

隰桑有阿，
其葉有幽。❹

【直譯】

窪地桑樹多婀娜，
它的葉兒多麼多。
已經見到了君子，
那種快樂怎麼說！

窪地桑樹多婀娜，
它的葉兒多光澤。
已經見到了君子，
還說什麼不快樂！

窪地桑樹多婀娜，
它的葉兒多幽黯。

【注釋】

❶ 隰桑，低濕地裡成長的桑樹。有阿，阿阿，婀娜多姿的樣子。
❷ 難，音「挪」，通「儺」，茂盛。有難，難難。
❸ 有沃，沃沃，肥美的樣子。
❹ 幽，通「黝」，淡淡的青黑色。表示成熟。

·桑·

既見君子，　已經見到了君子，
德音孔膠。❺　好聽言語太纏綿。

四

心乎愛矣，　心裡哪真正愛呀，
遐不謂矣。❻　怎麼不說出來呀。
中心藏之，　心中深深著迷他，
何日忘之！　哪一天會忘記他！

❺ 德音，美好的聲名。一說：動聽的言語。孔膠，很貞固、太纏綿。
❻ 遐不，何不。謂，告、說出。

【新繹】

〈毛詩序〉：「〈隰桑〉，刺幽王也。小人在位，君子在野，思見君子盡心以事之也。」王先謙《詩三家義集疏》說：「三家義未聞」，諒必沒有異議，因為〈毛詩序〉說的是亂世之中為人處事最基本的道理，只不過它與經文字面上所表達的意義，顯然是男女愛情詩，實在有很大的距離。就因為它收在〈小雅〉中，連一向據詩直尋本義的朱熹，在《詩序辨說》中只質疑說：「此亦非刺詩」，在《詩集傳》中亦云：「此喜見君子之詩，詞意大概與〈菁莪〉相類。然所謂君子，則不知其何所指矣。」這與他對〈國風〉中的愛情詩往往斥為淫詩，態度上大不相同。所以陳啟源的《毛詩稽古編》就調侃他說：「〈隰桑〉思君子，猶〈丘中有麻〉之思留子也。〈隰桑〉詩音節，略與〈風雨〉同。使編入〈國風〉，朱子定以為淫詩也。」近現代以來，很多《詩經》的讀者，所以常屏棄舊說而不用，跟這種質疑的風氣不無關係。

事實上，作詩者有作者之本義，採詩者、編詩者亦自有其編採的用意，說詩者更有其說詩的道理。讀《詩經》的人，是應該善自體會的。

因此，這首詩從字面上看，自然是熱戀中女子的愛情告白，說它是婦女思念丈夫的情詩也可以。如果當初採集它或編輯它的人，認為它作於幽王之時，選自西周的王畿地區，因而把它收入〈小雅〉之中，說它反映周幽王的時代風氣，又有什麼不可以？後來的說詩者，如果重視政教風化，藉此引申，說它刺幽王之時，小人在位，賢才遺佚，害得君子苦於行役，婦女「思公子兮未敢言」，不是也發乎情、合乎禮、也合乎理？因此，讀《詩經》時，要放開胸懷，要了解時代背景，要明白詩的意義，但不必把什麼美刺之說一直放在心上。

此詩共四章，每章四句。是〈小雅〉中的短篇，也是〈小雅〉中少見的愛情詩篇。前三章都以「隰桑有阿」起興，藉「其葉有難」、「其葉有沃」、「其葉有幽」來寫桑葉成長色澤的不同。《孔疏》就說：「難，為葉之茂；沃，言葉之柔；幽，是葉之色。言桑葉茂盛而柔軟，則其色純黑，故三章各言其一也。」有阿，即阿阿；有難，即難難，皆婀娜多姿之形容。有沃，即沃沃；有幽，即幽幽，沃潤綠暗之意。王先謙《詩三家義集疏》早就說過：「經中凡累字多用有字，與累字無異。」第四章與前三章愛情之直接表白不同，前三章表白之坦承、熱切，純是設想之辭，第四章所寫者則是現實。現實生活中，此熱戀中之女子，實如《楚辭．山鬼》所謂「思公子兮未敢言」。有此波折，更見用情之深。「中心藏之，何日忘之」，也就成為傳誦千古的名句。

白華

一

白華菅兮，❶
白茅束兮。
之子之遠，❷
俾我獨兮。❸

二

英英白雲，❹
露彼菅茅。❺
天步艱難，❻
之子不猶。❼

三

滮池北流，❽
浸彼稻田。

【直譯】

開白花的菅草呀，
用白茅捆成束呀。
這個人如此遠離，
使我多麼孤獨呀。

潔亮相映的白雲，
露沾那菅花白茅。
天數命運不順利，
這個人待我不好。

滮池的水向北流，
浸著那田裡稻禾。

【注釋】

❶白華，白花，指菅。菅，音「堅」，野茅。疑為「蔄」之借字，即蘭草，男女交往互贈之物。見〈秦風．溱洧〉篇。
❷之子，此人。遠，疏遠。
❸俾，使。
❹英英，通「瑛瑛」，形容雲的白。
❺露，此作動詞，潤澤。
❻天步，時運、命運。
❼猶，如、如人。一說：通「猷」，謀。不猶即無謀。
❽滮，音「標」，地名，在西安西北方。

嘯歌傷懷，
念彼碩人。❾

四
樵彼桑薪，❿
卬烘于煁。⓫
維彼碩人，⓬
實勞我心。

五
鼓鐘于宮，
聲聞于外。
念子懆懆，⓭
視我邁邁。⓮

六
有鶖在梁，⓯
有鶴在林。

長嘯吟歌傷懷抱，
想起那高大人兒。

砍伐桑樹做柴薪，
我來燒火入爐煙。
只想那高大人兒，
實在擾亂我心情。

敲打鐘兒在宮內，
鐘聲應傳到外頭。
思念這人心煩燥，
對待我如此疏闊。

有禿鶖棲在魚梁，
有白鶴棲在林間。

❾ 碩，高大。古以碩大為美。
❿ 樵，此作動詞，砍伐。
⓫ 卬，音「昂」，我，女子自稱。煁，音「神」，小爐灶。
⓬ 維，只、只是、只想。
⓭ 懆懆（音「草」），憂慮不安的樣子。
⓮ 邁邁，非常疏遠。
⓯ 鶖，音「秋」，水鳥名。梁，魚梁、水壩。

·鶖·

維彼碩人，　只想那高大人兒，
實勞我心。　實在擾亂我的心。

七

鴛鴦在梁，　鴛鴦並棲魚梁上，
戢其左翼。⑯　收斂牠們左翅膀。
之子無良，　這個人太沒良心，
二三其德。⑰　三心兩意玩花樣。

八

有扁斯石，⑱　扁扁的這墊腳石，
履之卑兮。⑲　踩著它還是低呀。
之子之遠，　這個人這樣遠去，
俾我疷兮。⑳　使我相思成疾呀。

⑯ 戢，收斂。已見〈鴛鴦〉篇。
⑰ 是說三心兩意，愛情不專一。
⑱ 有扁，扁扁。斯石，這上車用的墊腳石。
⑲ 履，此作動詞，踩著。卑，低。
⑳ 疷，音「其」，病。

【新繹】

〈毛詩序〉：「〈白華〉，周人刺幽后也。幽王取申女以為后，又得褒姒而黜申后。故下國化之，以妾為妻，以孽代宗。而王弗能治，周人為之作是詩也。」《鄭箋》進一步解釋，說詩中五個「我」字，皆申后自稱；詩中的「之子」、「子」，皆指幽王；詩中的「碩人」，則指褒姒。王先謙《詩三家義集疏》也引《漢書．班倢伃傳》，說「所舉《齊》義，明與《毛》同」。可見漢代經師不論今古文學派，對於此詩主題，俱無爭論。到了唐代，《孔疏》更引《帝王世紀》：幽王三年納褒姒，八年立以為后。則黜申后當在八年，而此詩當成於申后見黜之後。現代學者陳子展《詩經直解》即據此並參照幽王十一年被殺，定此詩作於幽王八年至十一年（公元前七七四～七七一年）之間。

對於〈毛詩序〉的「周人刺幽后」之說，宋儒朱熹《詩序辨說》云：「此事有據，〈序〉蓋得之。但幽后字誤，當為申后刺幽王也。」《詩集傳》中更直接說是：「申后作此詩。」這種申后自作的說法，影響不少後代學者，像清代方玉潤的《詩經原始》就說：「此詩情詞悽惋，託恨幽深，非外人所能代。故《集傳》以為申后作也。」事實上，這只是他們的想法，詩人代申后寫怨情，也一樣可以達到情詞悽惋、託恨幽深的境界。

詩共八章，每章四句。每章的前兩句，全用比興，借物言情。每章的後兩句，則用賦筆，傾訴其心中幽恨，並塑造「碩人」的負心無情。「碩人」指身材高大，這是《詩經》中審美的一個標準，可指男性，也可指女性。

八章中用了八個譬喻，每個譬喻都有其指涉的現實意義。例如第一章的「白華菅兮，白茅束兮」，《朱傳》就解說：「蓋言白華與茅尚能相依，而我與子乃相去如此之遠」。像第三章的「滮池北流，浸彼稻田」，《鄭箋》就解為：「池水之澤；浸潤稻田，使之生殖。喻王無恩意於申后，滮池之不如也。」滮池在今陝西西安西北，近西周鎬京。像第六章的「有鶖在梁，有鶴在林」，《鄭箋》也解為：「鶖也，鶴也，皆以魚為美食也。鶖之性貪惡而今在梁，鶴絜白而反在林。興王養褒姒而餒申后，近惡而遠善。」作者就通過這些博喻的運用，借喻寓怨，表達了心中的哀怨與不平。

緜蠻

一

緜蠻黃鳥，❶
止于丘阿。❷
道之云遠，
我勞如何。
飲之食之，
教之誨之。
命彼後車，❸
謂之載之。❹

二

緜蠻黃鳥，
止于丘隅。❺
豈敢憚行，❻
畏不能趨。❼

【直譯】

文彩綿密的黃鳥，
棲息在山丘斜坡。
道路是這樣遙遠，
我的辛勞如何說。
給他喝呀給他吃，
教導他呀告誡他。
命令那隨行副車，
囑咐他呀載著他。

文彩綿密的黃鳥，
棲息在山丘角落。
怎麼敢害怕行役，
只怕不能快快走。

【注釋】

❶緜蠻，巧小而有文彩的樣子。一說：鳥鳴聲。黃鳥，黃雀。
❷止，棲息。丘阿，山坡彎曲的地方。
❸後車，副車。隨行備用的車子。
❹謂，告訴、命令。載，裝載。
❺隅，角落。
❻憚，怕。行，行役、走路。
❼趨，小步快走。

飲之食之，
教之誨之。
命彼後車，
謂之載之。

三

緜蠻黃鳥，
止于丘側。
豈敢憚行，
畏不能極。❽
飲之食之，
教之誨之。
命彼後車，
謂之載之。

給他喝呀給他吃，
教導他呀告誡他。
命令那隨行副車，
囑咐他呀載著他。

文彩綿密的黃鳥，
棲息在山丘旁邊。
哪裡敢害怕行役，
只怕不能到終點。
給他喝呀給他吃，
教導他呀告誡他。
命令那隨行副車，
囑咐他呀載著他。

❽極，至、到達終點。

【新繹】

〈毛詩序〉：「〈緜蠻〉，微臣刺亂也。大臣不用仁心，遺忘微賤，不肯飲食教載之，故作是詩也。」微臣何謂？《鄭箋》說：「微臣，謂士也。古者卿大夫出行，士為末介。士之祿薄，或困乏於資財，則當賙贍之。幽王之時，國亂，禮廢恩薄，大不念小，尊不恤賤，故本其亂而刺之。」說得很詳細。當時的士，屬於統治者之基層，雖注重文武合一，但工作辛勞，地位微賤，每以行役勞逸不均為苦。若遇聖君明時、大臣仁者，能體恤其勞，所謂飲食教載之，都還算幸運；否則遇上像周幽王那樣尊不恤賤的時代，遇上沒有仁心的大臣，微臣之士也只有自嘆生不逢辰了。〈毛詩序〉的「微臣刺亂」之說，就是在這樣的基礎上建立的。「刺」者是反面說，經文卻從正面寫。

朱熹說《詩》，往往據經文直尋本義，對此詩也一樣。他的《詩序辨說》說此篇詩中未見刺大臣意，《詩集傳》中更認為：「此微賤勞苦，而思有所托者，為鳥言以自比也。」他的這些意見，引起後來學者熱烈的討論。陳啟源、黃震以迄朱鶴齡等人，都對「為鳥言以自比」一語加以駁斥，以為如此解釋不成文義。但也有人同意他「未見刺大臣意」的說法，認為玩味詩意，真的感覺不出諷刺的氣味，因而提出新的主張。像姚際恆《詩經通論》就說：「此疑王命大夫求賢，大夫為詠此詩。」像方玉潤《詩經原始》也說：「此王者加惠遠方人士也。」比較起來，新不如舊。舊說反而切題，通達無礙。上文已說，不再贅述。

詩共三章，每章八句。三章反覆詠嘆，只是一個意思。前四句都藉黃鳥起興，寫行役之苦。行役之士，途中經過山丘時，無論丘阿、丘隅、丘側，處處皆可聽到林間文彩黃鳥的鳴叫聲，使他覺得人不如鳥。鳥如此快樂，可以棲息，人卻不得不奔波途中，如此勞頓。後四句寫有仁心的大臣，能體恤行役之士的辛勞，在飲食教誨之餘，還偶而叫徒步勞累之士，可以上車隨行。陳子展《詩經直解》說這是出於士的想像：「後託為在上者之言，實為幻想，徒自道其願望：飲之食之，望其周恤也；教之誨之，望其指示也；謂之載之，望其提攜也。」說的也有道理，可供參考。

瓠葉

一

幡幡瓠葉，❶
采之亨之。❷
君子有酒，
酌言嘗之。❸

二

有兔斯首，❹
炮之燔之。❺
君子有酒，
酌言獻之。❻

三

有兔斯首，
燔之炙之。❼

【直譯】

飄動的葫蘆葉子，
採摘它呀烹熟它。
君子備有香醇酒，
斟滿我來品嘗它。

有兔子這樣一頭，
裹泥炰牠燒烤牠。
君子備有香醇酒，
斟滿我來敬獻他。

有兔子這樣一頭，
燒烤牠呀熏烤牠。

【注釋】

❶幡幡（音「番」），猶翩翩，翻動的樣子。瓠，音「胡」，葫蘆。
❷亨，同「烹」，煮熟。
❸酌，斟酒。嘗，品嘗。
❹有、斯，都是語助詞。首，頭、隻。一說：斯首，白頭。
❺炮，把連毛帶肉的兔或雞鴨塗上泥土，放在炭火上煨熟。燔，把肉放在火上烤熟。
❻獻，主人酌酒敬賓。
❼炙，把肉串放在火上熏烤。

·瓠·

君子有酒，
酌言酢之。❽

四

有兔斯首，
燔之炮之。
君子有酒，
酌言醻之。❾

君子備有香醇酒，
斟滿我來回敬他。

有兔子這樣一頭，
燒烤牠呀再炰牠。
君子備有香醇酒，
斟滿我再勸飲他。

❽ 酢，音「作」，賓客以酒回敬主人。已見前。

❾ 醻，同「酬」，主人再行勸酒。已見前。

【新繹】

〈毛詩序〉：「〈瓠葉〉，大夫刺幽王也。上棄禮而不能行，雖有牲牢饔餼，不肯用也。故思古之人不以微薄廢禮焉。」《鄭箋》：「牛羊豕為牲，繫養者曰牢，熟曰饔，腥曰餼，生曰牽。不肯用者，自養厚而薄于賓客。」意思是說：周幽王待下儉嗇，棄禮不用，即使有三牲六畜，也不肯殺來待客。因此大夫寫詩以刺之。詩中經文的字面，寫主人以瓠葉兔首待客，正是寓刺之意。對照〈小雅〉中的宴客之詩，像〈鹿鳴〉寫賓主盡歡之宴樂，像〈伐木〉寫主人待客之殷勤，像〈魚麗〉寫酒筵菜肴之豐盛，無不反映古人待客重禮尚厚的風氣。此詩中經文寫以瓠葉、兔首待客，即使主人情真意摯，畢竟還是微薄失禮了。

可能因為《毛傳》釋瓠葉為「庶人之菜」，《鄭箋》也解詩中「君子」為「庶人之有賢行者也」，說是「農功畢，乃為酒漿以合朋友，習禮講道藝也。」所以據詩尋義的朱熹，在《詩序辨說》和《詩集傳》中都反對〈毛詩序〉，說「此亦燕飲之詩」。意思是：此非大夫刺幽王之詩，而是士人甚或庶人宴樂賓客之作了。後來一些學者承衍此說，幾乎都認定沒有什麼「刺」意。對於詩中何以稱「君子有酒」，也大多不管它有何意義了。

詩共四章，每章四句。第一章以瓠葉起興。瓠葉，固為庶人之菜，但君子的酒則未必。《左傳．昭公元年》記載：「趙孟入鄭，鄭伯享之。禮畢，趙孟賦〈瓠葉〉。」杜預注：「古人不以微薄廢禮，雖瓠葉兔首，猶與賓客享之。」有人援此注解此詩，正見菜肴可以如庶人之微薄，而士禮不可廢。禮之不廢，藉酒寫出。禮之不廢，薄酒亦自香醇矣。第二章以下，以「有兔斯首」與「君子有酒」對舉，兔首燔之炙之炮之，酒則獻之酢之醻之。據《儀禮．鄉飲酒禮》，獻者，主酌敬賓；酢者，賓回敬，主亦卒爵；醻者，主人復酌進賓，此謂一獻之禮。《禮記．鄉飲酒義》有云：「非專為飲食也，為行禮也。」物輕沒關係，合禮才要緊。〈瓠葉〉一詩，寫主人先試飲，才獻賓客，等賓客回敬之後，再取酒自飲，又勸賓客多飲，這就是所謂嘗、獻、酢、酬，最合乎禮的四個儀式。可貴者應在於此。《詩經傳說彙纂》引張彩云：「一物而三舉之者，以禮有獻、酢、醻故也。酒三行而殽惟一兔首，益以見其約矣。」說的重點在物之輕薄上，雖然自有其道理，但總覺得少了什麼。

漸漸之石

一

漸漸之石，❶
維其高矣。
山川悠遠，
維其勞矣。
武人東征，❷
不皇朝矣。❸

二

漸漸之石，
維其卒矣。❹
山川悠遠，
曷其沒矣。❺
武人東征，
不皇出矣。❻

【直譯】

巉巉高峻的石崖，
是那樣的崇高呀。
山河的悠長遙遠，
是那樣的辛勞呀。
將士到東方征戰，
無暇顧及破曉呀。

巉巉險峻的石崖，
是那樣的高矗呀。
山河的悠長遙遠，
哪裡是它盡處呀。
將士到東方征戰，
無暇顧及日出呀。

【注釋】

❶ 漸漸，通「嶄嶄」、「巉巉」，山石高峻的樣子。
❷ 武人，軍人、將士們。
❸ 皇，通「遑」，閒暇。不皇，無暇。朝，早晨。
❹ 卒，「崒」的借字，高危。
❺ 曷，何時、何處。沒，盡頭。
❻ 出，日出。一說：脫險。

三

有豕白蹢，❼
烝涉波矣。❽
月離于畢，❾
俾滂沱矣。❿
武人東征，
不皇他矣。⓫

夜空有豬白蹄子，
成群涉過天河呀。
月亮靠近畢星旁，
使得大雨滂沱呀。
將士到東方征戰，
無暇顧及其他呀。

❼ 豕，豬。蹢，音「敵」，蹄。
❽ 烝，眾。涉波，渡水。
❾ 離，通「麗」，靠近。畢，星宿名。
❿ 俾，使。滂沱，下大雨。古人傳說月近畢星，即將下大雨。
⓫ 他，其他的事情。

【新繹】

〈毛詩序〉：「〈漸漸之石〉，下國刺幽王也。戎狄叛之，荊舒不至，乃命將率東征，役久病於外，故作是詩也。」《鄭箋》：「荊，謂楚也。舒，舒鳩、舒鄝、舒庸之屬。役，謂兵士也。」《孔疏》說得更清楚：「詩者，下國所作，以刺幽王也。以幽王無道，西戎北狄，共違叛之；荊楚之群舒，又不來至，乃命將率東行征伐之。其役人士卒，已久而疲病勞苦於外，故作是〈漸漸之石〉詩以刺之。」從漢至唐，經師對此詩的看法，大概就是如此。不過，〈毛詩序〉於此詩及〈苕之華〉、〈何草不黃〉二篇，皆曾言東夷入侵之事，亦俱不見於古史記載，不知何故。

到了宋代，朱熹對以上舊說作了若干修正。他的《詩序辨說》云：「〈序〉得詩意，但不知果為何時耳。」他的《詩集傳》又說：「將帥出征，經歷險遠，不堪勞苦而作此詩也。」既然說

「不知果為何時」，似有否定「刺幽王」之意，又說「將帥出征」、「不堪勞苦而作此詩」，似乎也否定了詩為士卒所作。他的說法對後世影響很大，與舊說可謂並行而不廢。

詩共三章，每章六句。前兩章全用賦筆，寫山高路遙，征途勞頓。「武人東征」是關鍵句。武人兼將帥士卒而言，「東征」一事則不能徵諸古史，確指為何事何地。此詩之歧解，即肇因於此。「不皇朝矣」與第二章「不皇出矣」、第三章「不皇他矣」重疊。「不皇」即「不遑」，言東征時，夜間急促行軍或征戰，無暇顧及時間早晚或能否脫險等等其他之事。第三章忽寫「有豕白蹢」、「月離于畢」之事，令人頗感突兀。歷來注家說法不一，多以將雨之兆為解，但又語焉不詳。像朱熹就曾說：「豕涉波，月離畢，將雨之驗也。」並未多加說明。方玉潤《詩經原始》乃以「當日實事」作解，說：「此必當日實事。月離畢而大雨滂沱，雖負塗洩泥之豕，亦烝然涉波而逝，則人民之被水災而幾為魚鱉者可知，即武人之露體塗足，冒險東征，而不遑他顧者更可見。四句只須倒說，則文理自順，情景亦真。詩人造句結體與文家迥異，不可以辭害意也。」其實仍然沒有解釋什麼是「有豕白蹢」的問題。

在筆者所涉獵的有關資料中，對第三章比較有具體說明的是聞一多。他說「豕涉波」和「月離畢」都是屬於天象的問題。他根據《述異記》的「夜半，天漢中有黑氣相連，俗謂之黑豬渡河，雨候也」，和《太平御覽》卷十引《相雨書》的「四方北斗中無雲，惟河中有雲，三枚相連，如浴豬豨，三日大雨」，來說明民間早已有此傳說。他更對照《史記．天官書》和《易林．履之豫》等文獻，指出所謂「豕白蹢」者，即二十八星宿之一的奎星，一名天豕。它由十六顆星所組成，故可稱「烝涉波」，即成群涉過天河。「月離畢」的離，即「麗」之借字。麗者，近也。應劭《風俗通》：「雨師者，畢星也。」《晉書・天文志》亦云：「月行入畢，多雨。」所以第三章前四句所寫的，都是利用民間的氣象諺語，來說明將有滂沱大雨的預兆。

最後兩句，說東征的行軍，急促夜行，看見如此星象，不遑他顧，更是加速行進。比第一、二兩章的「不皇朝矣」、「不皇出矣」，說等不及破曉、日出，更遞進一層。要在大雨來臨之前，更加速前進。征途的辛勞，也就不言而喻了。

苕之華

一
苕之華，❶
芸其黃矣。❷
心之憂矣，
維其傷矣。❸

二
苕之華，
其葉青青。❹
知我如此，
不如無生。❺

三
牂羊墳首，❻
三星在罶。❼

【直譯】

凌霄花的花開了，
紛紜的它深黃呀。
內心這樣憂愁呀，
就是那樣悲傷呀。

凌霄花的花開了，
它的葉兒很茂盛。
早知道我這樣子，
還不如不曾出生。

母的綿羊特大頭，
參星映照在魚罶。

【注釋】

❶ 苕，音「條」，一種藤本植物，俗稱凌霄花。華，同「花」。
❷ 芸其，芸芸、芸然，形容深黃的顏色。
❸ 維，是。
❹ 青青，同「菁菁」，茂盛的樣子。
❺ 無生，未曾出生。
❻ 牂，音「臧」，母羊。墳首，突顯的大頭。
❼ 三星，即參星。見〈唐風·綢繆〉篇。罶，音「留」，魚簍。

·苕·

人可以食，
鮮可以飽。❽

人人都有食物吃，
卻很少可以滿足。

❽鮮，音「險」，少。

【新繹】

〈毛詩序〉：「〈苕之華〉，大夫閔時也。幽王之時，西戎東夷交侵中國，師旅並起，因之以饑饉。君子閔周室之將亡，傷己逢之，故作是詩也。」說大軍之後，必有凶年，幽王之時，戰亂之餘，因之以饑饉，詩人憫國之將亡，哀己之不幸，語極沉痛。大夫如此，人民之悲慘，不問可知。三家詩中，代表齊詩之說的《易林．中孚之訟》云：「牂羊羵首，君子不飽。年饑孔荒，士民危殆。」說得更為直截。所謂「饑者歌其食」，此為一例。

朱熹對於此詩，深有感觸，不僅在《詩集傳》中有所論述，在《朱子語類》中也特別提到此詩第三章：「周家初興時，周原膴膴，堇荼如飴，苦物亦甜。及其衰也，牂羊墳首，三星在罶云云，直恁地蕭索。」言下無限感慨。清末民初王國維更以此詩名其詞集，亡國之悲，身世之感，俱在其中矣。

詩共三章，每章四句。是〈小雅〉之最短篇。前兩章以「苕之華」起興。苕即凌霄花，屬紫薇科，五六月間開花，枯萎前，花深黃而葉茂綠，不久盛極而衰。故第二句「芸其黃矣」與「其葉青青」互文見義。王引之《經義述聞》云：「芸其黃矣，言其盛，非言其衰。故次章云其葉青青也。詩人之起興，往往感物之盛而嘆人之衰。有杕之杜，其葉湑湑，何其盛也！獨行踽踽，何其衰也！隰有萇楚，猗儺其華，何其盛也！樂子之無家，何其衰也！然則苕之華芸其黃矣云云，苕之華其葉青青云云，物自盛而人自衰，詩人所嘆也。」這段話實在說得太精彩了。物自盛而人自衰，所以興嘆：「知我如此，不如無生」。蓋以苕之花黃葉綠，反興人之憂傷憔悴。其沉痛悲苦難以言喻，故直而言之。直言沉痛之真切如此，似可作結矣，而不知竟有下文。方玉潤《詩經原始》所以評第三章「造語甚奇」者，其奇在此。

第三章以牂羊、三星為喻，真的出人意表。朱熹《詩集傳》云：「羊瘠則首大也。罶中無魚則水靜，但見三星之光而已。言饑饉之餘，百物凋耗如此。」母羊瘦弱，無以乳子；笱中無魚，唯見星光，正是一片饑荒景象。范家相《詩瀋》云：「牂羊墳首，野無青草之故；三星在罶，水無魚鱉可知。生意盡矣。」生意盡矣四字，最得詩中三昧。生意盡，非惟指野無青草、水無魚鱉而言，抑且形容人已無求生之意志。上文說：「知我如此，不如無生」，此言「人可以食，鮮可以飽」，悲苦更甚於前。蓋不如無生者，不必歷嘗今生之悲苦而已，而已無求生意志之人，則並置今生來生於不顧。「人可以食，鮮可以飽」二句，非窮困人之平淡語，實傷心人之絕望詞。王照圓《詩說》引述牟相庭《詩切》論詩之語，以為「人可以食，食人也。鮮可以飽，人瘦也。」王照圓引述時說：「此言絕痛。」陳子展引述時亦云：「注意此篇末二句有此別解。」此非別解，乃絕痛之言，王國維所以題名其詞集者也。

何草不黃

一

何草不黃，
何日不行。❶
何人不將，❷
經營四方。

二

何草不玄，❸
何人不矜。❹
哀我征夫，
獨為匪民？❺

三

匪兕匪虎，❻
率彼曠野。❼

【直譯】

哪有草兒不枯黃，
哪有日子不奔忙。
哪有人兒不出征，
辛苦經營到四方。

哪有草兒不凋零，
哪有人兒不可憐。
可憐我們出征漢，
偏偏不被當做人？

不是犀牛不是虎，
相率在那曠野間。

【注釋】

❶行，行役、出差。
❷將，出征。與行同義。
❸玄，近乎黑的顏色。形容草將枯爛。
❹矜，可憐。一說：音「關」，通「鰥」，無妻之人。
❺獨為，偏偏是。匪，通「非」。下同。匪民，不是人。
❻兕，犀牛。一說：野牛。
❼率，循、沿著。

·兕·

哀我征夫，　可憐我們出征漢，
朝夕不暇。　從早到晚不得閒。

四

有芃者狐，❽　有毛蓬鬆的狐狸，
率彼幽草。　相率在那深草叢。
有棧之車，❾　有高棚子的役車，
行彼周道。❿　行走在那大道中。

❽ 有芃，芃芃，形容獸毛蓬鬆的樣子。
❾ 有棧，棧棧，形容役車車棚高高的樣子。
❿ 周道，大道。指周王所闢的公路、國道。

【新繹】

〈毛詩序〉：「〈何草不黃〉，下國刺幽王也。四夷交侵，中國皆叛，用兵不息，視民如禽獸。君子憂之，故作是詩也。」朱熹《詩集傳》亦云：「周室將亡，征役不息，征夫愁怨之作。」一稱下國君子刺幽王用兵不息而作，一稱征夫愁怨之作，觀點雖略有不同，但認為詩寫征役之苦，反映西周末年衰亡景況，則前後一致。

詩共四章，每章四句。前兩章寫征伐不息，征夫備嘗行役之苦。兩章八句之中，五「何」字、一「獨」字，可作疑問句讀，亦可作驚嘆句讀，皆用以強調用兵之頻、行役之久。「何草不黃」、「何草不玄」，寫行役途中所見，衰草由黃而玄，既言季節遞換，亦寫心情黯淡。「何日不行」、「何人不將」、「何人不矜」，直是誇張語，細思之，卻是實情。《毛傳》：「將，行也。」《鄭箋》：「無妻曰矜。從役者皆過時不得歸，故謂之矜。」《朱傳》解釋俱無不同。久役不歸，有妻等如無妻；日日在外，有家等如無家。不謂之矜，其謂之何！「哀我征夫，獨為匪民」，承上啟下。上與第一章「何人不將，經營四方」相承，「經營四方」者，君上也；「獨為匪民」者，征夫也。

後兩章承「獨為匪民」而來。征夫自嘆非人，即〈毛詩序〉所謂：「視民如禽獸」。第三章「匪兕匪虎」、第四章「有芃者狐」，即以野獸為喻。征夫自嘆雖非野獸，卻朝夕不暇，相率於曠野荒草之間。「有棧之車」與「有芃者狐」，皆形容之詞，由譬喻而歸結於現實。「行彼周道」，即首章「經營四方」之意。方玉潤《詩經原始》云：「純是一種陰幽荒涼景象，寫來可畏。所謂亡國之音哀以思。詩境至此，窮仄極矣。」又：「周衰至此，其亡豈能久待？編詩者以此殿〈小雅〉之終」。旨哉斯言！哀哉斯言！

詩經新繹
雅頌編：小雅

作者：吳宏一
主編：曾淑正
企劃：叢昌瑜
內頁設計：Zero
封面設計：丘銳致

發行人：王榮文
出版發行：遠流出版事業股份有限公司
地址：台北市南昌路二段八十一號六樓
郵撥：0189456-1
電話：（02）23926899
傳真：（02）23926658

著作權顧問：蕭雄淋律師
二〇一八年三月一日　初版一刷（印數：二五〇〇冊）
售價：新台幣三八〇元

ISBN 978-957-32-8225-9（平裝）

YLib 遠流博識網 http://www.ylib.com
E-mail: ylib@ylib.com

國家圖書館出版品預行編目（CIP）資料

詩經新繹・雅頌編：小雅／
吳宏一著．-- 初版．-- 臺北市：
遠流，2018.03
面；　公分
ISBN 978-957-32-8225-9（平裝）

1. 詩經　2. 注釋

831.12　　107001513